타 임 워 커

Time Walker

3

뫼비우스의 띠

—

문지솔 장편소설

차례

프롤로그

신이 자신을 본따 인류를 만들었다. 그들을 살게 하고, 영원히 행복하게 살아가도록 안락한 환경을 만들었다. 그러나 그의 뜻대로 흘러가지만은 않았다. 그들을 영원히 살게 하고자 만들었던 규칙은 본인들에 의해 깨어졌다.

첫 번째 천사였던 사탄은 신이 만든 규칙을 수호하고 있었다. 그러다 어느 날, 의문을 느꼈고 그것을 확인하기 위해 행동에 옮겼다. 의문은 사실로 드러났다. 신을 닮았다고 생각했던 첫 번째 인류, 아담. 그는 사탄의 시험에 들게 된 최초의 인간이었다.

“위대한 분이시여. 저들은 결코 당신을 닮지 않았사옵니다. 지금까지도 그러하였고 앞으로도 그러할 것입니다.”

사탄이 말했다.

신은 침묵했다.

“만물의 왕이시여, 당신을 반쪽이라도 닮은 것은 우리와 같은 천사들뿐이옵니다. 저들에게 영원한 삶을 부여한다면 언젠가는 당신을 위협할 것이옵니다. 저들은 오만하고 범죄를 저지르기 쉬운 이들입니다. 저들을 반드시 살게 하여야겠다고 하시면, 바라옵건대 제게 저들을 시험할 권한을 주소서.”

사탄이 말했다.

“저들을 시험한다는 것은 곧 나를 시험하는 것과 같도다. 사탄아, 네가 그 권한을 갖게 된다면 머지않아 기필코 타락하게 될 것이니라.”

신이 말했다.

"당신의 반쪽을 닮은 내게 형벌을 내려주소서. 차라리 타락하여서라도 천국과 당신을 지키겠사옵니다. 지하에서 갇혀, 타락한 모든 이들을 거느리며, 그 속에서 지상의 인간들을 감시하겠사옵니다."

사탄이 말했다.

신은 오랜 고민 끝에 그의 말을 받아들였다. 인류를 살아가게 할 새로운 공간을 만들고, 그 곳에 다른 생명체들을 먼저 살아가게 하였다. 그 가장 가까운 지상의 아래에, 사탄이 은신할 터를 만들었다. 인류가 지구에 떨어지기 직전의 일이었다.

"왕이시여, 한 가지 부탁이 있사옵니다."

사탄이 다시 찾아와 말하였다.

"그들에게 당신의 힘 일부를 나누어 주소서. 그러하면 그들은 기필코 당신을 외면하고 자신들의 가치를 증명할 것입니다. 그때가 되면 제 충성심을 왕께서 알게 될 것입니다."

신은 허락했다.

"내기를 하는 것입니다. 만약 그들이 정말 당신을 닮았다고 느껴진다면, 저는 지하 속에서 모든 죄를 털어내고 당신에게 돌아갈 것입니다."

사탄이 머리를 조아리며 말했다.

그렇게 초능력자들은 인류 속에 존재하게 되었다.

제 1장
수면

타 임 워 커 3 : 뫼 비 우 스 의 띠

01.

강지환은 강두호 총수의 첫째 아들이었다. 강두호에게는 아들이 두 명이 있었는데, 후계자로 지목되어 있던 것은 첫째인 그였다. 그는 영민하고 사리에 밝았으며 철두철미한 구석이 있었다. 둘째 아들은 사업을 이어가기에는 성품이 여린 구석이 있었다.

그가 한 그룹의 총수가 되는 것을 반대하는 사람은 없었다. 어린 나이라는 점을 은연중에 지적하는 자는 있었으나, 그 중 단 한 사람도 속내를 꺼내보이지는 않았다. 20대 후반밖에 되지 않은 그가 그룹을 이끌게 되자, 매스컴의 관심이 뜨거웠다. 그를 주축으로 새로운 권력구조가 만들어졌다.

정치계와 재계의 관심도 당연히 뜨거웠다. 대한 그룹은 대한민국 안에서 1, 2등을 다투는 기업이었고 그만큼 영향력도 매우 컸다. 강지환은 하루에 10개가 넘는 스케줄을 소화해내면서 가는 곳마다 기자들의 아우성소리를 들었다.

강두호의 장례식장에는 수많은 인파가 몰렸다. 연예인들을 포함한, 정계 사람들이 주로 방문했으며, 심심찮게 일반 시민들도 빈소를 오갔다. 강두호의 둘째 아들인 강성호와, 그의 아내가 그곳을 지켰다. 강지환은 빈소가 차려진 지 둘째 날 이른 새벽이 되어서야 아버지의 장례식장을 찾아왔다.

장례식이 끝나고 나서도 강지환은 언론을 움직이며 돌아다녔다. 새로운 사내 규칙을 만들고 임금제도도 새롭게 바꾸었다. 대규모 채용이 진행되었다. 그는 절대로 언론을 피하는 모습을 보이지 않았는데, 기자들의 질문에 일일이 대꾸하고 있었다. 지나치지 않게, 딱 필요한 말만 하였다.

"꼭 필요한 기업을 만들고 싶다는 아버지의 뜻을 이었습니다. 절대로 실망시키는 일이 없도록 하겠습니다. 지켜봐 주십시오."

강지환이 카메라 앞에서 허리를 굽히며 한 말이었다.

"우리는 어떻게 되는 걸까?"

오세나가 하늘을 보며 말했다. 호텔 테라스였다. 호텔의 2층에 마련된 휴식 장소에 다 같이 모여 있었다. 강두호의 집에서 잠시 머물고 있던 유화는 오갈 데가 없어서 호텔에 묵고 있는 중이었다.

"일단은 휴식하는 거 아니야?"

유화가 말했다.

"일단은 그렇잖아? 팀장님은 일단 기다려 보라고 했지만."

박철민이 말했다.

그가 이광호를 바라봤다.

"가끔은 이렇게 편하게 쉬어도 되잖아요. 호텔 일도 도우면서."

이광호가 말했다.

"네 친구들 잘하고 있는 것 같더라. 실수가 많은 게 흠이기는 해도 그 정도면 실수가 잦은 거라고 할 수도 없으니까."

박철민이 말했다.

루돌프 선배와 김상현을 말하는 것 같았다. 설란은 실수 없이 능숙하게 일하고 있었다. 적응력이 원래 빠른 건지, 부모의 빈자리를 일하는 걸로 채우려는 건지는 알 수 없었다. 그래도 보기에 좋았다.

"우리 이러다가 초능력이 특기가 되는 거 아냐?"

오세나가 말했다.

"그건 너무 심심할 것 같아."

"무늬만 호텔리어였으니 할 게 있냐. 우리 소속이 어디였는지 이제야 확실히 알겠다."

박철민이 말했다.

무더운 여름이 지나고 이제 조금씩 선선해지고 있었다. 더는 바람에 섞여 후덥지근한 공기가 실려 오지 않았다.

"강지환, 그 사람."

유화가 말했다.

"왠지 마음에 안 들어."

"너무 딱딱해서 그러냐?"

박철민이 말했다.

"그것도 그렇고. 그냥 마음에 안 들어. 사람이 너무 빈틈이 없어."

유화가 말했다.

그녀는 강두호의 첫째 아들이 얼마나 인간미가 없는 사람인지 설명했다.

"무슨 꿍꿍이를 가지고 있는지 모르겠어. 도대체가 삼촌 친아들이라고 생각할 수가 없다니까. 삼촌은 적어도 뭔가 푸근했단 말이야. 사람이 느낌이라는 게 있잖아? 강지환 그 사람은 어쩐지 소시오패스 뭐 그런 느낌?"

유화가 몸을 바르르 떨었다.

"그렇지 않아?"

"확실히."

박철민이 수긍했다.

생각에 잠기는 그들을 바라보던 이광호가 절레절레 고개를 흔들었다.

"유화, 다른 데 취직할 데는 있어? 초능력 회사라도 만들게?"

이광호가 말했다.

"아니."

"취직할 곳이 어디 있어?"

유화와 박철민이 대답했다.

"그럼 호텔 일이라도 하자. 경호원도 얼마나 멋있는 직업이라고. 유화

너는 설란한테 가봐야지. 후배보다 일을 못하고 싶지는 않지?”

이광호가 말했다.

“예예, 일하러 가봐야죠. 전 먼저 가보겠습니다.”

유화가 말했다.

그녀는 다소곳이 허리를 굽혀 인사한 후, 먼저 테라스를 빠져나갔다.

강두호가 죽은 직후, 유달수는 집에서 지내고 있었다. 총수를 만나고 난 뒤로는 쭉 바깥에서 지냈었다. 집으로 돌아오는 일은 거의 없었다. 설란이 총수의 집에 없을 때면 그의 집에서 잠을 청했고, 그녀가 있을 때면 총수의 호텔에서 신세를 졌다. 직원 복지라는 명목 하에 그 모든 걸 무료로 누릴 수 있었다. 가끔 미안해질 때마다 총수는 ‘오랜 친구에게 이 정도도 못해주겠냐’며 다독였다.

그런 그가 지금은 옆에 없었다.

“벽에 똥칠할 때까지 살 줄 알았는데…….”

유달수는 그가 남긴 유품을 바라봤다. 그가 아끼던 녹음기였다. 총수의 변호사가 그의 물건을 들고 직접 찾아왔었다.

“영감탱이. 살아있을 때 줘야 고맙게 받지.”

유달수가 중얼거렸다. 말은 그렇게 했어도 내심 그의 죽음을 슬퍼하고 있었다. 강두호를 죽인 강도가 증거를 전혀 남기지 않았기에, 그를 위해서 복수를 할 수가 없었다. 그래서 더욱 슬픔이 짙었다.

그가 강두호의 죽음을 애도하고 있을 때였다.

“계십니까?”

낯선 이의 노크 소리가 들렸다. 집주소를 아는 초능력자들은 없었다. 동네 주민이거나, 잡상인이거나, 그도 아니면 경찰 관계자일 것으로 생각되었다.

그런데 의외의 일이었다. 회사 내 초능력자들의 존재에 대해 모르고 있을 게 분명한 그의 아들 강지환이 문 앞에 서 있었다.
"안녕하세요."
강지환이 인사했다.
그리고 그는 아주 환하게 미소 지었다.

02.

대한그룹 내 비밀리에 존재하는 팀이 있었다. 그들은 파견 전문인이라는 이름으로 하나의 팀을 형성하고 있었다. 외부로 나가는 일이 잦았고, 그룹 내의 그 누구도 자유롭게 근무하는 그들의 정체가 무엇인지 알지 못했다. 이름 불명, 소속 불명인 그들이 단지 존재한다는 사실만 알음알음 알고 있었다. 팀장이 누군지, 구성원이 모두 몇 명인지도 비밀에 붙여졌다. 강두호 총수가 직접 관리하던 그 팀은 일명 낙하산 팀으로 불렸다. 비밀이 유추되는 것을 막기 위해서 그들 모두가 한 자리에 모이는 일은 없었다. 그런데 그 전대미문의 일이 지금 벌어지고 있었다.
강지환은 만족스럽게 웃으며 넥타이를 바로 했다. 그리고 스탠드 마이크를 손가락으로 두어 번 두드렸다.
"모두 자리해주셔서 감사합니다. 여건이 되지 않아 참석하지 못하는 인원도 물론 있었지만 이 정도 모인 것만으로도 저는 무척 기쁩니다."
강지환 총수가 말했다.
"대한그룹의 회장이셨던 고 강두호 회장님의 첫째아들 강지환입니다. 가장 먼저 찾아뵈었어야 했는데 이렇게 뒤늦게 인사드려서 죄송할 따름입니다."
술렁거림 속에서 이광호가 마련된 의자에 앉았다. 강당을 가득 채운 인파에 그는 적잖이 당황하고 있었다. 그것은 오세나와 박철민 또한 마찬가지였다. 그들을 놀랍게 하는 것은 단지 많은 인파 때문만은 아니었다. 그룹 내에서 한 번씩 마주쳤던 초능력자들이 모두 한 자리에 있었던 이유였다.

"우리를 부른 이유가 뭘까?"

박철민이 조심스럽게 말했다.

유화는 그의 오른 편 의자에 앉아서 강단을 바라보고 있었다. 정확하게는, 강단에 오른 강지환의 뒤편으로 서있는 누군가를 바라봤다. 그의 말을 전해 듣고 영문도 모른 채 이곳으로 모이게 된 것이다.

"갑자기 나타나서 이래라 저래라 하는 것은 아무리 회장이라고 해도 큰 결례라고 생각합니다. 여러분은 어느 곳에 가든지 최고의 대우를 받을 자격이 있는 분들인 것을 아주 잘 알고 있습니다. 그러니 여기까지 하겠습니다. 그 이후의 이야기는 여기 계신 팀장님께 넘기도록 하겠습니다."

강지환이 말했다.

그가 뒤로 물러나서 유달수에게 마이크를 돌렸다. 약간은 망설이는 얼굴로 마이크를 움켜잡은 유달수는 강단을 둘러보며 입을 열었다.

"미리 언질을 하지 못해 미안합니다."

그는 마이크 옆으로 기침을 토해냈다.

"이곳으로 부른 이유는 다름이 아니라. 앞으로 우리들의 행보에 관한 것입니다. 매우 중요한 것이기에 왜 부르는 건지에 대해서는 발설하지 않았습니다."

유달수가 말했다.

"몇 달 전에 있었던 일을 모두 기억하실 겁니다. 초능력자들의 극히 일부만이 그 일을 수습하는 데 투입되었었죠. 그건 우리의 존재가 드러나는 것을 방지하기 위해서 만든 규칙에 따른 것이었습니다. 결국 막을 수는 있었지만 그 일로 많은 사람들이 목숨을 잃었고 그 수많은 생명들은 되돌아오지 못한 채 땅에 묻혀야 했습니다."

몇몇 초능력자들이 고개를 끄덕거리고 있었다.

유달수는 그들의 눈을 차례차례 응시했다.

"이런 생각을 해봅니다. 만약 우리가 정체를 숨길 필요가 없었다면? 애초에 규칙에 갇혀서 몸을 사리지 않고 떳떳하게 사람들을 도울 수 있었다면? 죄를 짓는 것이 절대 아닌 우리들의 선행으로 인해서 많은 사람들의 목숨을 구할 수 있었다면? 아무것도 모른 채 도망만 다니다가 맞아죽고, 뭉뚝한 이빨에 살이 찢길 때까지 뜯어 먹히고, 도망치다가 떨어져 죽는 등의 그러한 끔찍한 일들은 절대로 발생하지 않았을 겁니다."

유달수가 잠시 호흡을 정리했다.

강당 안은 순식간에 조용해졌다. 그러나 분명 조금씩 동요하는 분위기였다. 간간히 딴청을 피우던 초능력자들까지 모두 강단의 정중앙을 응시했다.

"해서 여기 계신 강지환 회장님과 함께 결론을 내렸습니다."

유달수가 말했다.

"우리는 이제 숨어서 살지 않을 겁니다. 우리의 정체를 세상에 드러내고, 거짓과 트릭이 아닌 진짜 초능력자들이 실존하고 있었다는 것을, 그리고 그 자들이 바로 긴급 상황에서 당신들을 구해낼 수 있는 믿음직한 이웃이라는 것을 만천하에 알릴 겁니다. 우리는 마녀가 아닙니다. 죄인 또한 아닙니다."

강단 안에 탄성이 터졌다.

누군가 박수를 치자 유달수가 팔을 들어올렸다. 박수갈채가 끊기고 긴장과 환희가 뒤섞인 묘한 침묵이 이어졌다.

"우리는 이제, 더는 숨지 않습니다."

유달수가 말했다.

"맞아, 내가 왜 거짓말쟁이 소리를 들어야 해!"
"우리는 유령이 아니잖아!"
흥분한 초능력자들이 소리쳤다.
유달수가 마이크를 잡아 뽑으며 말했다.
"이 결정에 동의하는 사람들은 모두 자리에서 일어나 주십시오. 소수의 의견도 존중합니다. 한 명이라도 반대한다면 저는 강행하지 않겠습니다."
말을 마치기 무섭게 초능력자들이 하나둘 일어섰다. 망설이던 이들도 주변의 설득에 못 이겨 엉덩이를 떼었다. 마지막까지 일어나지 않던 이광호를 오세나가 일으켜 세웠다. 유화 역시 떨떠름한 표정이었지만 동의의 의사를 밝혔다.
"인터뷰가 있을 겁니다. 많은 사람들이 우리의 초능력을 의심하겠지만 명심하십시오. 우리는 광대로 남지 않을 겁니다."

03.

강당에서의 일이 있은 직후부터였다. 그때부터 조금씩 사람들 사이에서 초능력자에 대한 이야기가 나돌기 시작했다. 목격담부터 직접 도움을 받았다는 사례까지 다양하게 소문이 퍼져갔다. 초능력이라는 현실과 동떨어진 소재는 화두에 오르기 더없이 좋은 것이었다. 인터넷을 기점으로 빠르게 퍼진 정보가 이제는 오프라인에서도 오가고 있었다. 소식을 접한 사람들은 말도 안 된다는 반응을 보였다. 그들이 웃어넘기며 언제부턴가 의문을 느끼기 시작할 즈음, 강지환이 메신저에 그들을 잘 알고 있다는 글을 남겼다. 그가 남긴 게시물은 사람들 사이에서 몇 번이고 재등록되었다.

대한그룹 강지환 회장은 공식석상에서 '초능력자들'이라는 단어를 언급했다. 그는 정확히 일주일 뒤에 기자회견을 열겠다는 말을 남겼다.

"굉장한데? 초능력자가 진짜로 있다는 거냐?"

김상현이 이광호를 보며 말했다.

식사 직후의 나른한 오후, 그들은 테라스에 나와 있었다.

"야, 초능력자들이라고 말한 걸 보면 한 명은 아니라는 거겠지?"

김상현이 말했다.

그는 휴대폰으로 강지환의 메신저 계정을 보고 있었다. 실시간으로 올라오는 그의 글들에 나름대로 해석을 덧붙이고 있었다.

"기자회견을 하겠다잖아."

이광호가 말했다.

"그것보다 너 일은 잘 적응했어? 철민이 형이 실수가 많다고 걱정하던데."

"처음부터 잘하는 사람이 어디 있냐? 지금은 벌써 다 적응했지."

김상현이 말했다.

이광호가 김상현의 어깨를 두드렸다.

"이제 일하러 가 봐야지."

이광호가 말했다.

"으아, 지긋지긋해. 그래도 열심히 해야지. 돈은 많이 주니까."

김상현이 투덜거리며 기지개를 쭉 폈다. 이광호가 어깨동무를 하자 그가 짜증을 내며 뿌리쳤다.

아직은 이러한 일상이 좋았다. 초능력자라는 사실이 밝혀진다면 그가 어떤 눈으로 보게 될지 가늠이 서질 않았다. 아무리 단순한 그라고 해도, 일반적인 초능력이 아닌 자신의 능력까지도 마냥 동경하리란 보장이 없었던 것이다.

모르는 사람들의 눈길도 받아야 한다. 그러기는 싫었다.

"더워 죽겠다고. 좀 달라붙지 마."

김상현이 말했다.

"나 이제 가 본다. 돌아가신 회장님이 너 바쁘다고 귀찮게 하면 안 된댔어."

"연락해라!"

이광호가 말했다.

아버지는 평생의 비밀을 오직 자신에게만 털어놨었다. 그가 불쌍하다고 여겨졌지만, 지금 와서는 자신 역시도 불필요하게 알려선 안 된다고 생각하고 있었다.

오세나와 유화는 짐을 옮기고 있었다. 초능력자들이 모여 사는 공간을 만들겠다는 강지환 회장의 말이 있었다. 하나의 단지밖에 존재하지 않는 고급 아파트였다. 모두 세 동으로 이뤄져 있었는데 이상한 점이 한 가지 있었다. 완공된 이래 입주한 사람이 한 명도 없었다. 화려한 외관에 맞지 않게 인적이 끊어져 있었던 것이다.

"왜 굳이 우리를 한 곳에 두려고 하는 걸까?"

오세나가 말했다.

아파트 단지는 입주 예정인 사람들로 붐비고 있었다. 그들 모두가 초능력자들이라는 점만 빼면 특이한 점이 없었다. 사다리차가 주차되어 있고, 짐을 옮기는 외부인들이 드문드문 보였다.

오세나와 유화는 짐이 간소했다. 양 손에 하나씩 커다란 짐 꾸러미가 다였다. 그 안에 들어있는 것은 옷가지 몇 개와, 꼭 필요한 생필품이 전부였다. 필요한 물품은 공동으로 구입해서 사용하기로 했다.

"들어가자."

유화가 말했다.

공동현관문 안으로 들어서자마자 오세나는 탄성을 내질렀다. 지나치게 넓은 구조에 정교하게 만들어진 특이한 장식품들이 시선을 사로잡았다. 공동현관문이 투명하지 않아서 밖에서는 보이지 않았던 광경이었다.

"이게 얼마짜리 아파트야? 안에 들어가서 기절하면 어떡하지?"

오세나가 들뜬 목소리로 말했다.

엘리베이터에 오르고 13층에서 내렸다. 한 층에 한 가구. 왼쪽과 오른쪽, 어떤 문으로 들어가도 결국은 같은 집이었다. 유화는 내려서 왼쪽 방향으로 향했다.

모델 하우스처럼 잘 정돈된 공간이었다. 분명 완공 날짜는 약 일 년 전으로 되어 있었다. 입주민이 없었다던 그곳은 먼지 하나 보이지 않았다. 누군가 지속적으로 다녀간 듯, 청소가 무척 잘 되어 있었다.

"세나야, 우선 짐부터 풀자."

유화가 말했다.

이광호와 박철민은 같은 동 12층에서 지내기로 했다. 그들은 오늘 근무가 있기 때문에 입주가 늦을 예정이었다.

"세나야, 우선 짐 가방은 눈에 보이는 곳에 둬."

유화가 말했다.

04.

기자회견 자리에 강지환 회장이 들어왔다. 그가 앉기도 전부터 사진을 찍어대는 기자들로 한 차례 소란이 빚어졌다. 그의 뒤로 들어오는 사람들을 발견하자, 기자들은 열렬하게 그들을 반겼다. 모두가 그런 것은 아니었다. 의심을 간직하고서, 다소 적대적으로 그들을 팔짱을 끼고 바라보는 이들도 있었다.

기자회견장에 마련된 의자는 모두 다섯 개였다. 가운데에 강지환 회장이 앉고, 양 옆으로 박철민과 오세나, 다른 초능력자 두 명이 앉았다. 잘 알지 못하는 두 명의 초능력자 중에 한 명은 왠지 낯이 익었다. 이광호는 일전에 강두호와 함께 있던 불쾌한 남자의 모습을 떠올렸다. 헤어스타일이 바뀌었지만 그가 맞는 것 같았다.

"와, 너랑 친한 사람들이잖아? 맞지?"

김상현이 호들갑을 떨며 물었다.

이광호는 그와 함께 기자회견장에 동참해 있었다. 혹시 모를 일에 대비해서 여러 명의 경호원들과 함께 와있던 것이었다.

"광호야, 너도 알고 있었어?"

김상현이 말했다.

그는 들뜬 얼굴이었다.

"목소리 낮추자. 이제 시작한다."

이광호가 말했다.

기자회견이 시작되었다. 강지환이 장내를 환기시키고 나서 질문을 차례대로 받았다. 가장 처음 질문할 수 있는 자격을 얻은 자는 방송 3사의 여성 기자였다.

"강지환 회장님께서는 SNS상에서 여러 차례 초능력자들을 언급하셨고, 그들을 잘 알고 있다고 매스컴을 통해 전한 바가 있습니다. 그렇다면 지금 이 자리에 함께 오신 그 분들이 소문 속의 초능력자들이라고 생각해도 되는 겁니까?"

여성 기자가 능숙하게 질문을 던졌다.

강지환이 마이크를 앞으로 당겼다.

"제 옆에 앉아 있는 이들 모두가 소문 속의 초능력자들이 맞습니다."

강지환 회장이 말했다.

기자들은 앞 다투어 카메라 플래시를 터뜨렸다. 그의 대답이 끝나자 기자들이 소리를 지르며 손을 들어올렸다. 회견장의 모습을 그대로 방송에 송출하고 있던 방송사의 기자 역시 손을 번쩍 들었다.

강지환 회장은 생방송을 진행 중인 기자를 손으로 가리켰다.

"단순한 괴담이라고 치부하기에는 목격자가 너무 많았습니다. 하지만 여태까지 초능력자라고 주장했던 사람들 모두가 결국은 트릭을 사용했던 걸로 밝혀졌는데요. 혹시 회장님께서는 지금 초능력을 실제로 사용하는 것을 보여줄 수 있으십니까?"

기자가 말했다.

"초능력자들에게도 인권은 있습니다. 하지만 여러분의 궁금증을 모르는 바가 아닙니다. 충분히 이해하고 의심을 품는 것도 어쩔 수 없는 것이라 생각하고 있습니다."

강지환이 말했다.

"그렇다면 지금 보여줄 수 있으신 겁니까?"

기자가 말했다.

"지금 저와 함께 대동한 이들 중에 두 명이, 시민들이 목격한 바로 그들입니다. 오세나 씨와 이운수씨입니다."

다시 플래시 세례가 이어졌다.

질문을 던진 기자는 긴장한 눈길로 기자회견장의 유일한 여성인 오세나를 응시했다. 강지환이 그녀를 향해 부드럽게 미소 지었다.

"아, 안녕하세요. 오세나입니다."

오세나가 마이크 앞으로 몸을 숙이며 말했다. 그녀는 적잖이 부담스러운 눈빛이었다.

"초능력을 보여 달라고 하셨는데요. 너무 놀라지 않아 주셨으면 좋겠어요."

오세나가 말했다.

그녀가 팔을 들어 올려 손바닥 위로 불꽃을 만들어냈다. 제법 크지만 화재가 일어나지 않을 정도의 적당한 양의 불길이었다. 팔짱을 끼고 지켜보던 기자들이 서둘러 카메라를 꺼내 들었다.

"다음 질문 받겠습니다."

강지환이 말했다.

"저, 다른 분들도 보여주실 수 있으신가요?"

기자가 소리쳤다.

"우리는 쇼를 하러 나온 것이 아닙니다. 이 뒤에도 초능력자들을 목격할 일들이 더없이 많아질 겁니다. 다음 질문 받겠습니다."

강지환이 말했다.

그동안 기자들의 말에 일일이 대답해주던 그였기에 기자들은 적잖이 당황하고 있었다. 경쟁하듯 질문을 던지려는 기자들 사이에서 누군가 손을 들었다. 신입 기자지만 점점 방송 입지를 굳혀가고 있는 여자였다.

"초능력자들을 목격할 일이 많아질 거라고 하셨는데요. 그 말은 앞으로 초능력자들이 전면에 나설 것이란 점을 암시한다고 봐도 되겠지요? 그렇다면 묻겠습니다. 실제로 존재했던 초능력자들이 이제야 사회로 나온 이유가 있습니까? 결심하게 된 계기가 있습니까?"

기자가 말했다.

"그렇습니다."

강지환이 말했다.

노트북을 두드리던 기자들이 손을 멈추고 그를 응시했다.

"우리는 끔찍한 재해를 기억해야 합니다. 저번 바이러스 사건이 다행히도 마무리가 되었습니다. 그건 초능력자들 중 몇몇이 노력해준 덕분이었습니다. 그동안 의심과 비웃음 속에서 숨어 지내야 했던 초능력자들이, 만약 공개적으로 사람들의 사이에 있을 수 있었다면 어땠을 것 같습니까?"

강지환이 되물었다.

기자들이 다시 자판을 두드렸다. 실시간으로 올라오는 기사들을 휴대폰을 통해서 읽던 김상현이 이광호의 몸을 장난스럽게 밀었다.

"나 이제부터 저 여자애 팬 할래."

김상현이 말했다.

"너 같은 놈한테는 세나가 아까워."

이광호가 말했다.

그들은 다시 강지환과 기자회견장 내의 기자들을 주시했다. 기자들의 움직임을 주시하다가 어딘가 옷차림이 수상한 사람을 발견했다. 짧게 자른 단발머리에 마스크와 모자를 착용하고 있었다. 이광호가 그 주변의 경호원에게 이를 알리려고 하자 그 사람은 예감이라도 한 듯이 몸을 돌려 바깥으로 나갔다. 기자회견 진행에 위협될 만한 행동은 없었기에 그는 고개를 돌려 강지환을 바라봤다.

"달랐을 겁니다. 힘이 있음에도 시민들을 보호하지 못했던 현실을 이제는 바꾸고 싶습니다. 그래서 이들과 마음을 합쳐 용기를 내게 된 것입니다. 사생활이 없을 것이 예상되지만 그마저도 감수하겠다고 말하는 겁니다. 힐난과 비난은 듣지 않겠습니다."

강지환이 말했다.

"야야, 빨리 기사 올려. 조각조각으로라도 괜찮으니까. 바로바로 올려."

"어, 하지만 그럼 앞뒤가 잘리잖아요."

"지금 여기 분위기를 봐! 너 말고 다 그렇게 하고 있잖아!"

언성이 높아지면서 질문은 조금 뒤로 미뤄졌다. 다시 기자회견이 진행되고, 생방송 카메라가 다시 돌기 시작했다.

"강지환 회장님께서 초능력자들과 개인적인 친분이 있으신 겁니까? 규모가 어느 정도나 되는 건지 알 수 있을까요?"

"대한 그룹 소속의 작은 계열사가 있습니다. 실제로 쓰고 있는 이름을 밝힐 수는 없는 점 양해 부탁드립니다. 그 작은 회사의 진짜 명칭은 SPC입니다. 초능력 회사라는 진짜 명칭을 숨기며 존재하고, 회사라기보다는 하나의 독립된 팀으로서 존재합니다. 확실하게 말할 수 있는 사실은 여기 이 분들이 전부가 아니란 것입니다."

강지환이 말했다.

기자회견은 곧 종료되었다. 기자회견장을 나가는 강지환과 초능력자들의 뒷모습이 카메라에 담겨 인터넷에 올라왔다.

"진짜 멋지다. 부러워. 그렇지 않냐. 누구는 이러고 살고 있는데."

인터넷에 올라온 사진을 보며 김상현이 중얼거렸다. 그러나 그러고 감상만 하고 있을 시간은 없었다. 이광호가 한발 앞서 회장이 빠져나간 문을 지나쳐 가고 있었다.

05.

기자회견이 종료된 그날 저녁, 강지환 회장은 SPC의 모두를 선상으로 초대했다. 화려하게 파티를 준비했고 외부인의 출입은 허용되지 않았다. 강지환 회장의 직속 경호원이나, 그의 측근조차 일반인이라는 이유로 자리에 초대받지 못했다.

"아버지의 죽음을 애도합니다. 그리고 우리들의 미래를 축복합시다."

강지환이 샴페인 잔을 높이 들며 말했다.

"위하여!"

"위하여!"

그리고 파티가 시작되었다. 미리 준비되어 있던 음식과 주류는 직접 꺼내서 먹을 수 있도록 했다.

"쓰러뜨리면 죽는 줄 알아."

"초능력 쓰기 없기."

"이제 이게 마지막이야."

도미노가 차례로 쓰러졌다. 도미노를 세우던 사람들이 환호성을 내질렀다. 연령대에 맞춰 나뉘거나, 함께 행동하던 이들과 어울리고 있었다. 그 속에서 틈틈이 인사를 나누며 다니는 사람들도 있었다. 강지환 회장 역시 그런 사람들 중 하나였다.

이광호 일행은 테이블 하나를 잡고 앉아 있었다.

"아까 인터뷰 잘했어."

유화가 말했다.

"결국 나는 한 마디도 못했네."

박철민이 멋쩍게 웃으며 말했다.

"형도 잘했어요. 떨지 않으면 됐죠."

이광호가 말했다.

그들이 음식을 먹으며 다른 초능력자들을 구경하고 있을 때였다.

"여기 있었네요."

오세나와 함께 기자회견장에 함께 했던 이운수였다. 전에 봤던 왠지 모르게 기분 나쁜 눈빛을 가진 남자였다.

"아까 잘하던데요."

이운수가 말했다.

"여기 앉아도 될까요?"

그러고는 당연하다는 듯이 빈 자리에 몸을 앉혔다.

"잘 부탁드립니다. 이광호씨는 저번에 봤었는데 특별한 인사도 하지 못해서 얼마나 아쉬웠다고요."

이운수가 말했다.

그가 내미는 손을 바라보다가 이광호가 손을 맞잡았다.
“저야말로 잘 부탁드립니다. 앞으로 잘해보자구요.”
이광호가 말했다.
이운수가 만족스러운 기색으로 테이블 위를 눈으로 훑었다.
“다들 소식가시네요.”
“저녁을 미리 먹고 와서요.”
박철민이 말했다.
“다른 분들도요?”
이운수가 말했다.
짧은 대화 속에 불편한 공기가 조성되고 있었다. 다행히도 이운수는 테이블에 오래 머물지 않았다.
“음, 일어나 볼게요. 죄송합니다. 그냥 인사를 드리고 싶었을 뿐입니다. 자주 보자고요. 특히 이광호씨, 당신과는 자주 보고 싶군요. 워낙 유명한 분이시잖아요.”
이운수가 말했다.
그가 다른 이들 사이에 섞여 들 무렵, 오세나가 이광호를 바라봤다.
“오빠는 저 사람 별로 안 좋아하는 것 같네. 마음에 안 들어?”
오세나가 말했다.
“그냥 그래.”
이광호가 말했다.
사실 있던 식욕도 없어지고 있었다. 왜인지 좋지 않은 분위기의 남자였다.
“세나 너는 왜 그래? 기분 안 좋아? 역시 부담됐던 거지?”
유화가 말했다.
오세나는 잘게 자른 스테이크를 한 조각 먹었다.
“총수님이 보고 싶어서.”

오세나가 말했다.

“광호 오빠, 나 초능력을 비밀로 해도 상관없어. 총수님을 다시 살릴 수는 없는 거야? 오빠는 할 수 있잖아.”

“에이, 뭘 그런 걸…….”

박철민이 만류했다.

“얼른 음식이나 먹어. 세나 너는 술 먹지 말고.”

오세나가 슬그머니 일어났다. 따라 일어서려는 박철민을 붙잡아두고, 유화가 대신 그녀를 뒤따랐다.

이광호는 그녀들이 창문가에서 대화를 나누는 것을 가만히 바라봤다.

“광호야, 솔직히 말해봐.”

박철민이 갑자기 운을 떼었다.

“시간 이동이 안 되었던 거지?”

이광호는 긍정도 부정도 하지 않았다. 하지만 어떠한 대답도 하지 않았다는 것은 긍정의 의미로 해석할 수 있었다.

“능력에 무슨 문제라도 생긴 거야?”

박철민이 스테이크를 썰며 넌지시 물었다.

“원인은 잘 모르겠어요.”

이광호가 말했다.

“그것 참 이상하네. 하지만 안심해. 아직 초능력을 갖게 된 지 몇 년 안 됐잖아. 계속 노력하다가 보면 괜찮아 질 거다.”

박철민이 말했다.

그의 말대로 경험의 부족이면 차라리 좋았다. 하지만 신경 쓰이는 점이 있었다. 악마 소동이 빚어졌을 때도 마무리 짓지 못한 것이 있었다. 분명히 감염되었을 걸로 생각했는데 아무런 변화도 없었다. 일이 마무리되고 사람들이 원래대로 돌아온 것처럼, 증상이 나타나기도 전에 해결되었을 수는 있었다.

하지만 또 하나 걸리는 점이 있었다. 악마를 숭배하는 집단에 들어갔을 때 있었던 의식 때문인지 몸에 변화가 생겼다. 신체적인 변화는 아니었다. 단지 충격적인 일을 겪은 뒤로 혼란을 겪고 있는 거라고 넘기기가 꺼림칙했다.

이광호는 박철민을 응시했다.

그러자 그는 안심시키듯 미소 지었다.

"내일부터 바로 일 시작이란다. 오늘을 즐겨야지."

박철민이 말했다.

06.

이광호는 유럽행 비행기 일반석에 앉아 있었다. 그는 잡지를 보는 척하며 중간 자리에 앉은 배 나온 남자를 응시했다. 납치극을 벌일 자들은 그 남자를 포함해 모두 세 명이었다. 다른 한 명은 일반석 가장 앞자리에 앉아 사람들을 보고 있었다. 나머지 한 명은 비행기 내부의 상황을 파악하기 위해 자리를 옮겨 다니고 있었다. 그들이 문제를 일으키는 시각은 약 20분 정도 뒤였다.

"죄송합니다. 손님, 원활한 운행을 위해서 자리에 착석해 주시기 바랍니다."

"이거 제가 더 죄송하네요. 배탈이 났는지 자꾸 화장실에 가게 됐네요. 길치라 제 좌석이 어딘지 모르겠어요. 혹시 괜찮으시다면 제 좌석이 어딘지 알려주실 수 있으십니까?"

"표를 볼 수 있을까요?"

선글라스를 낀 남자가 표를 꺼내 보여주고 있었다. 뺨에 살이 없는 각진 얼굴을 하고 있는 남자였다.

"안내해드릴게요. 이쪽으로 따라오세요."

남자가 직원의 안내를 받으며 따라가고 있었다.

이광호는 잡지를 덮고 자리에서 일어났다. 잠들어 있는 승객들 사이를 가로질러 그는 기내 화장실 안으로 들어갔다. 비행기 도착 시간까지는 반나절이 남았지만, 범인들이 본격적으로 행동하는 시간까지 얼마 남지 않았다. 그 전에, 빠르게 그들이 사용할 모든 수단을 제거한다.

'동반자살을 하도록 내버려두면 안 되겠지.'

이광호는 화장실 문을 닫았다.

그리고 허리를 숙여 좌변기 뒤를 살폈다. 테이프로 몇 번이나 감아서 고정시켜둔 물건이 만져졌다. 그것은 폭탄이었다.

이광호는 이어플러그를 연결했다.

"형님, 폭탄을 발견했어요. 말했던 대로 해체하지 않고 밖으로 내던질게요."

이광호가 말했다.

"잘했어. 타이밍 잘 맞출 수 있지?"

이어플러그 안에서 박철민의 목소리가 전해졌다.

"저만 믿으세요. 이걸 위해서 몇 번이나 시간을 돌렸으니까."

이광호가 말했다.

"그래, 눈에 띄지 않게 행동할 수 있겠어?"

"그렇게 해봐야죠. 얼굴이 알려지는 건 싫으니까요."

"알았어. 그럼, 조심히 뜯어내. 허술하게 해놓지는 않았을 거야."

"형님, 놈들은 초보예요."

"그래도, 인마! 걱정돼서 하는 말이야. 뭐, 네가 알아서 어련히 잘 하겠지만 말이다."

"그럼 끊을게요."

“아예 꺼 두진 마. 기자들 눈에 띄지 않게 조심하고.”

이광호는 이어플러그를 귀에서 빼냈다. 그것을 호주머니 속으로 감춰 둔 후, 그는 장갑을 꺼내서 꼈다. 폭탄을 제거하는 그의 움직임이 빨라졌다. 십오 분 남짓. 첫 번째 시도에서는 시간에 쫓기면서도 가능한 조심스럽게 폭탄을 제거했다. 하지만 몇 번의 반복을 통해 그럴 필요가 없다는 것을 알고 있었다.

폭탄이 있던 자리에는 폭탄을 대체할 물건을 하나 설치했다. 그는 장갑을 벗어서 재킷 호주머니 속에 넣었다.

“이걸로, 한 건 해결.”

이광호는 좌변기 뒤편에서 떼어낸 폭탄을 가방 속에 넣었다. 둥글고 긴 검은색 가방이었다. 손에 들고 다니도록 제작된 가방은 사실 승객에게서 잠깐 빌린 것이었다. 훔친 물건이지만 죄책감을 느낄 필요는 없었다.

“다음은 기장한테 가 봐야 하는데.”

이광호가 중얼거렸다.

누구의 눈에도 띄지 않게 접근해야 했다. 기장과 마주보는 일도 없었으면 했다. 잘 짜둔 각본, 기자들에게 미리 범죄가 일어날 것을 예고해 두었다.

그는 화장실에서 나왔다.

승객들은 대부분 숙면을 취하고 있었다. 그 속에서 기자들 몇 명이 긴장한 채로 눈을 굴리고 있었다. 수상한 사람들이 없는지 주시하는 모습이었다. 그 수상한 사람들이란, 비단 범인들뿐만이 아니었다. 대한그룹의 강지환 회장에게 미리 이야기를 전해들었을 것이다. 그들은 소문 속의 SPC일원을 찾기 위해 혈안이 되어 있다.

“잠깐만요.”

길목을 가로막은 남자를 보며 이광호가 말했다. 남자가 자리를 비켜주자, 이광호는 잠든 사람들 사이로 조심히 걸어 나갔다. 그는 일반석을 지나서, 일등석으로 향했다. 침대처럼 뒤로 젖혀 잠을 자고 있는 사람들이 보였다. 스튜어디스는 칸이 나뉘는 공간에서 등을 보인 채 뭔가에 열중하고 있었다.

이광호는 스튜어디스의 움직임을 주시하며 앞으로 향했다. 기장을 직접 만나는 것은 이번에도 불가능할 것이다.

음식을 준비하던 스튜어디스가 이광호를 발견하고 다가왔다.

"손님, 무슨 문제가 있으신가요?"

"제보할 게 있습니다. 어떤 사람이 있었는데, 하는 짓이 너무 수상쩍어서 말이죠."

이광호가 말했다.

스튜어디스가 조용한 기내를 잠깐 바라봤다.

"어떤 사람인지 알려줄 수 있습니까?"

"한 명인 줄 알았는데. 동행이 있는 모양이에요. 그 사람들 좌석은 저랑 같은 일반석이구요. 거기서 그 사람들을 거론하기가 꺼림칙해서 여기까지 오게 됐어요."

이광호가 말했다.

"무기를 소지하고 있던가요?"

스튜어디스가 긴장한 눈빛으로 말했다.

그녀가 무전기를 꺼내 작동시키려 했다.

"눈에 띄는 것은 좋지 않을 것 같습니다. 대신, 제가 이걸 가져왔어요. 그 사람들이 갖고 있던 가방인데 너무 수상해서 말이에요."

"절도는 좋지 않은 겁니다. 아직 확인이 된 것도 아닌데……."

"위급한 상황에서는 다르지 않나요? 그보다 다시 돌아가면 의심을 받을 게 분명해요. 안전한 사람들이라는 게 확인될 때까지 여기서 머물 수 있을까요?"

이광호가 말했다.

그는 겁에 질린 얼굴로 스튜어디스를 바라봤다. 그러자 심각해질 위험을 감지하고 스튜어디스가 이광호를 조금 더 안쪽으로 안내했다.

"잠시만 기다려주세요."

그녀는 조심스럽게 기장실로 향했다.

이광호는 모자를 조금 더 눌러쓰고 뒤를 바라봤다. 범인들의 모습은 보이지 않았다. 하지만 그들이 본격적으로 행동하는 시각은 얼마 남지 않았다.

"기장님께 전했습니다. 가방 안을 확인할 수 있을까요?"

스튜어디스가 말했다.

그녀는 이런 일이 처음인 것 같았다. 그러나 자신의 직무를 다하려는 느낌이었다. 이광호는 가방을 내려두고 지퍼를 열었다.

"정말 잘하셨어요."

폭탄을 확인한 스튜어디스가 말했다.

"위험하겠지만 저랑 같이 가주세요. 범인이 누군지 저희는 모릅니다. 눈에 띄지 않도록 제압해야 하는데 그 사람들 인상착의가 대충 어떻게 됩니까?"

"한 명은 선글라스를 낀 마른 남자입니다. 다른 한 명은 배가 나온 험악하게 생긴 남자고 나머지 한 명은 일반석의 맨 앞자리에 앉아 있습니다."

이광호가 말했다.

스튜어디스가 다시금 기장실로 향했다. 그러더니 무전에 대고 작은 목소리로 말했다.

"일반석의 맨 앞자리에 앉은 사람 신원확인 부탁드립니다. 가장 가까운 곳으로 착륙 시도할 겁니다. 손님들이 동요하지 않도록 부탁드립니다."

그들은 일반석으로 향했다.

범인들의 눈에 띄고 싶지 않다는 이광호의 말에 의해 둘은 최대한 관련 없는 사람처럼 움직였다. 이광호가 먼저 앞으로 향했다. 그는 자신의 자리로 돌아가 앉았다. 그러고는 기지개를 길게 폈다. 누군가 그의 팔에 부딪쳤다.

"이거 죄송합니다."

깡마른 남자가 신사적으로 말했다.

그러더니 그는 일반석의 맨 앞좌석으로 향했다. 앞좌석에서 스튜어디스 두 명이 범인의 신원조회를 부탁하고 있었다.

"협조하지 않으면 곤란합니다. 손님."

스튜어디스가 말했다.

이광호와 대화를 나눴던 직원은 범인의 소지품 위치를 확인하고 있었다. 혹시 추가로 나올지 모를 무기에 대비하려는 모습이었다.

"손님?"

이광호는 허리를 굽혀 의자 밑에 떨어진 물건을 주워들었다. 조금 전 부딪쳤던 남자가 떨어뜨린 물건이었다. 그는 권총에서 탄알을 모두 빼내고 다시 바닥에 내려두었다. 그러고는 권총을 조심스레 앞으로 밀었다.

"손님, 수상한 행동을 보이시면 저희도 어쩔 수 없습니다."

스튜어디스들이 말했다.

그녀들이 강제로 소지품을 검사하려 하자 맨 앞좌석에 타고 있던 남자가 일어났다. 동시에 중간에서 상황을 주시하던 배불뚝이 남자도 자리에서 일어났다.

배불뚝이 남자가 정면을 향해 총을 겨눴다.

"얌전히 있어!"

남자가 소리를 지르며 총알을 발사했다. 기내에 꽂힌 총부리가 그 다음 향한 곳은 스튜어디스들이었다.

"손 올리고 뒤로 나가. 얌전히 앞으로 가."

배불뚝이 남자가 말했다.

앞좌석에 앉아 있던 남자가 마스크를 벗고 일어났다. 그들의 일행인 깡마른 남자가 뭔가를 찾는 듯 바닥을 눈으로 훑었다. 그는 이내 바닥에 놓인 권총을 발견하고 그것을 집어 들었다.

"우리가 짜증나겠지. 하지만 너희들이 운이 없었던 거야."

"모두 고개 숙여! 수상한 행동을 하는 사람들은 가차 없이 죽이겠다."

일등석에서 숙면을 취하던 사람들이 소란스럽게 소리를 질렀다. 그러나 이내 잠잠해지고 있었다.

일반석에 남은 범인들은 승객들을 제압하는 데 몰두하고 있었다.

그들이 원하는 것은 돈. 비행기를 볼모로 집에 남은 가족들에게 돈을 남기고 숨을 거두는 것이 목적이었다.

"거기 너 뭐야."

"카메라 내려!"

범인들이 소리쳤다. 하지만 카메라로 그들의 사진을 찍는 것은 한 명이 아니었다. 연이은 승객들의 돌발행동에 범인들은 당황한 모습이었다.

"장난하는 거 아니야."

앞좌석에 있던 남자가 아마도 모든 계획을 총괄한 남자일 것이다. 그가 카메라를 들고 있는 사람들을 향해 권총을 한발씩 발사했다.

"다음엔 진짜로 맞출 거야."

범인이 말했다.

"카메라, 모두 일어서."

기자들이 순순히 일어섰다. 그러나 전혀 겁먹거나 주눅 들지 않은 모습이었다. 그들의 행동에 범인들이 외려 당황했다.

깡마른 남자가 우두머리를 향해 권총을 건넸다.

"이제 곧 이 비행기는 폭발한다."

그 말에 승객들이 동요했다. 울고 있는 사람들도 있었다. 기자들의 반응은 약간의 예상 범주만 넘어선 것이다. 상황은 범인들에게 유리하게 흘러가는 것 같았다. 하지만 범인들이 예상하지 못했던 것이 있었다.

상황을 바꾸는 것은 상황이다. 아무리 유리하게 짜놓았다 하더라도 한 가지가 어긋나면 연쇄적으로 돌발 상황이 생겨난다.

"그렇단 말이지?"

누군가 일어났다. 거구의 남자였다.

"나가 신나는 구경거리를 쪼까 할 수 있다고 해 가. 아그들이랑 같이 탔는데 말이여. 가만 지켜볼라 하니까는. 네 꼬라지가 영 말이 아닌기야. 그래서 나가, 너들을 손 좀 봐줘야 쓰겄는디."

남자가 손목을 우둑거리며 말했다.

그들이 간과한 것. 첫 번째. 원래 이 범죄에 대한 모든 정보를 아무도 알지 못했다. 대한 그룹의 강지환 회장은 개입하지 않았고 기자들도 없었다. 겁먹은 기자들이 대비책으로 누군가를 끌어들일 리도 없었고, 당당하게 그들에게 대응할 간 큰 이들도 비행기에 탑승하지 않았을 것이다.

"아, 거기 안 서?"

범인들의 우두머리가 말했다. 이상함을 눈치 챈 배불뚝이 남자가 일반석으로 돌아오고 있었다.

"아니, 쏴 보라니께! 칼은 몇 번 맞아 봤는디. 총도 한번 맞아 보자. 아그야."

거구의 남자가 말했다.

당황한 우두머리가 총을 발사했지만, 총알은 발사되지 않았다.

"왜, 왜 작동이 안 되지?"

거구의 남자가 인상을 쓰며 권총을 걷어찼다. 그는 범인들을 하나하나

제압해나갔다. 그야말로 폭력으로 또 다른 폭력을 누른 것이다.
그런데 범인들이 갑자기 비실비실 웃음을 터뜨렸다.
"웃어?"
곤죽이 된 우두머리를 보며 거구의 남자가 말했다.
"폭탄을 해제시킬 수 있는 건 우리뿐이야. 어차피 너희들은 모두 죽은 목숨이라고."
범인들이 웃음을 터뜨리던 그때 커다란 폭발음이 들렸다.
"순차적으로 터지도록 해놨지. 돈만 제대로 입금시켜주면 폭탄이 모두 터지는 일은 없을 거야. 적어도 한두 명쯤은 살아서 돌아갈 수 있겠지."
폭발한 곳은 비행기 꼬리 쪽이었다. 원래의 목적지가 아닌 곳으로 급하게 착륙을 시도 중이란 사실을 범인들은 모르는 눈치였다.
"알았으면 다시 자리로 돌아가 앉지?"
비행기가 크게 흔들리고 있었다. 천장에서 호흡기가 내려오고 승객들이 앞다투어 그것을 착용하기 시작했다.
상황은 역전된 듯 보였다.
"너희들, 그 카메라들은 뭐야?"
범인들이 하나둘 일어나 기자들을 향해 다가갔다. 기자들은 카메라를 품에 쥐고 주변을 둘러봤다.
"누가 또 도와줄 거라고 생각하지 마. 이미 우린 죽은 목숨이라고."
깡마른 남자가 말했다.
그렇지만 그는 기자들의 움직임에 민감하게 반응하고 있었다. 권총에서 누군가 탄알을 빼냈다는 사실을 염두에 두고 있는 것 같았다.
"우리가 그냥 죽진 않을 거야."
기자들 중 한 명이 말했다.
그러자 예상치 못한 상황은 또 다시 생겨났다.
"모두들 잘 봤지? 혹시나 했던 그 범죄가 실제로 벌어지는 중이야. 완전 소름. 대한 그룹 내의 초능력자가 예고했던 범죈데. 비행기를 납치한다고. 응, 조작 아니야. 여기 이렇게 현장에서 생생하게 보여주고 있잖아."

누군가 휴대폰에 대고 말하기 시작했다.

그는 구호장치도 착용하지 않은 채로 힘겹게 말하고 있었다.

"예언도 초능력이냐고? 그렇게 생각하면 여태까지 예언자로 알려진 사람들 모두가 초능력자? 이 영상이 언제 끊길지 모르겠다. 모두 끄지 말고 지켜봐 줘! 내 마지막 자료가 될지도 모르니까. 범죄자들? 아, 얼굴이 이렇게 생겼어."

한 매체에서 개인 방송으로 유명한 남자였다.

그가 범인들을 향해 카메라를 돌렸다. 카메라는 곧 빼앗겼지만 범인들에게는 상당한 충격으로 다가온 것 같았다.

"뭐? 초능력자?"

범인들이 술렁거렸다.

"어쩐지 기장 목소리가 이상했어."

"돈은 요구했어?"

"시키는 대로 한다고 했었는데…."

그때 기내 방송으로 기장의 목소리가 흘러나왔다.

"승객여러분, 이 항공기는 잠시 후 착륙 예정입니다. 필히 안전벨트를 착용해주시고 몸을 최대한 움직이지 않도록 고정시켜 주시기 바랍니다. 다시 한 번 말씀드립니다. 이 항공기는 잠시 후 비상 착륙 예정입니다. 승객 여러분께서 안전하게 귀가할 수 있도록 최대한 노력하겠습니다."

승객들이 애써 안심하려는 얼굴로 몸을 둥글게 말았다.

"이렇게 된 거 모두 같이 죽자! 이제 곧 다음 폭탄이 터질 테니까."

항공기가 착륙을 위해서 하강하고 있었다.

두 번째 폭발음이 화장실에서 들렸다. 범인들은 기뻐했지만 이내 뭔가의 이상함을 감지했다. 폭발의 규모가 기내를 흔들 만큼 크지 않았다.

"뭐, 뭐야? 제대로 설치한 거 맞아?"

우두머리가 깡마른 남자를 보며 말했다. 다 된 밥에 코를 빠뜨려도 유분수지 총탄이며, 폭탄이며 제대로 하는 게 없었다. 우두머리는 부하를 질책하기 위해서 나섰지만, 그는 행동으로 옮길 수가 없었다.

"어이, 거기! 일도 좋지마는. 다른 손님들 그만 봐주고, 본인들 몸이나 좀 챙기라고. 여기 아그들은 내가 교육 좀 시켜야 쓰겠으니까는."

거구의 남자가 스튜어디스를 향해 말했다.

스튜어디스들이 물체를 잡고 납작 엎드렸다. 항공기는 무사히 착륙을 마쳤다. 유독가스를 피하지 못한 승객들이 먼저 내리고, 그 다음에 나머지 승객들이 내렸다. 승객들 사이에 껴서 이광호도 항공기 밖으로 나왔다.

"글쎄, 나는 영어 모른다니까는. 스튜어디스 아가씨들하고 얘기를 해야지 왜 나를!"

범인들은 외국 경찰들에게 인도되고 있었다. 그들은 다시 한국으로 건너와서 법정 앞에 서게 될 것이다. 특수범인 이상 중형을 피할 수는 없을 것으로 보였다.

"한국 분이시라고? 아, 글쎄! 나가 저 사람들을 때려눕힌 거는 맞는데 초능력자는 아니고. 그냥 구경 온 사람! 이해 하셨어라?"

이광호는 모자를 눌러쓰고 캐리어를 끌었다. 기자들과 대화하는 시민들을 피해 자리를 옮기며 그는 이어플러그를 꺼냈다.

"형님, 상황 종료 됐어요."

"그래, 수고 많았다. 집 청소는 내가 해뒀어. 들키지 않고 잘 처리한 거냐?"

이광호가 뒤를 돌아봤다. 항공기에서 내리고부터 누군가의 시선이 느껴졌다. 어디서 오는지 모를 시선. 화장실 외부의 CCTV는 폭발에 의해 사라졌고, 다른 사람에게 사진을 찍히지도 않았다.
"예, 형님. 돌아갈게요."
이광호가 말했다.

07.

"들리는 말로는 초능력자들이 모두 한 곳에 모여서 살고 있다고 하던데요. 그 말이 사실인가요?"
"원래는 따로 살았어요. 근데 안전해야 한다면서 회장님께서 마련해주셨습니다."
오세나가 말했다.
방송사 촬영장이었다. 시청률이 높지 않지만 꾸준한 인기를 얻고 있는 토크쇼였다. MC 한 명이 화제에 오른 사람들을 초대해 편하게 대화를 나누는 방송으로, 예능 프로그램과는 거리가 멀었다. 함께 기자회견에 나섰던 이운수 역시 초대를 받았다.
"초능력자들의 마을이라고 궁금해하시는 분들이 많아요. 직접 찾아가려다가 허탕을 치고 돌아왔다는 사람들이 아주 많은데. 그곳은 어떤 모습인가요? 이웃 주민들이 모두 같은 회사 소속이잖아요. 초능력자들의 마을은 뭔가 다른가요?"
MC가 질문을 던졌다.
"다르진 않습니다."
그녀의 말에 이운수가 대답했다.
"공개된 장소에서 아무 이유 없이 초능력을 사용하진 않아요. 그것이 규정이고 규정은 지키라고 있는 것이죠. 평범한 사람들처럼 애완동물도

키우고, 직접 찬거리를 사러 나가기도 합니다. 바둑도 두고요.”
“이운수씨는 바둑을 잘 두시나요?”
“잘하진 않습니다.”
이운수가 말했다.
MC가 부드럽게 미소를 짓더니 오세나를 바라봤다.
“세나씨의 초능력은 불을 다루는 것이라고 알고 있어요. 목격자들에 의하면 범죄자를 잡거나, 들짐승들로부터 사람을 구한 적이 많다고 하던데요. 아직 나이도 어리다고 들었어요. 고등학생 정도의 나이인데. 무섭지 않던가요?”
MC가 물었다.
스태프들의 이목이 오세나에게 닿았다.
“처음에는 힘을 쓰는 게 무서웠어요. 하지만 다른 초능력자들을 알게 되고 강두호 총수님과 만나면서 많은 게 변했어요. 초능력을 점점 개발하면서 더는 불을 다루는 게 무섭지 않게 됐어요.”
“범죄자나 들짐승이 무서운 적은 없었나요?”
“처음에는 그랬어요. 근데 산전수전 다 겪어봐서…….”
“하하, 재미있으시네요.”
MC가 만족스럽게 웃었다.
카메라 렌즈가 이운수를 비쳤다.
“운수씨, 우리는 운수씨 능력에 대해서 알고 싶어요. 기자회견에 나왔던 박철민씨는 염력을 쓸 수 있다고 들었는데요. 운수씨는 어떤가요?”
MC가 물었다.
이운수는 목소리를 가다듬었다.
“제 능력은 오세나씨보다 간단해요. 저는 상대방의 생각을 읽을 수 있거든요.”
“와, 정말요?”

MC가 말했다.

"사실 강지환 회장님께 전해 들어서 알고 있었어요. 그래서 우리가 검증을 위해 간단한 테스트를 준비했습니다. 괜찮으신가요?"

"물론이죠."

이운수가 어깨를 들썩이며 말했다.

스태프 한 명이 두꺼운 소설책 한 권과 검은 볼펜을 가져왔다. MC는 소설책을 펼쳐들고 이운수가 보지 못하도록 바로 세웠다. 깨끗한 소설책의 활자를 카메라맨이 다가와 화면에 담았다.

"제가 지금부터 이 소설책의 한 구절에 표시를 해둘 겁니다. 지금부터 저는 그 문장을 머릿속으로 떠올릴 거예요. 이운수씨께서 그걸 맞춰주실 거예요."

MC가 말했다.

그러고는 검은 볼펜으로 밑줄을 그었다.

"다 되셨나요?"

이운수가 말했다.

"네, 시작할게요."

밑줄로 체크된 문구가 화면 밖으로 송출되었다. 이운수는 여유가 담긴 얼굴로 MC를 바라보고 있었다.

"제게도 펜을 주세요. 쓸 수 있는 종이도요."

이운수가 말했다.

촬영장의 막내작가가 도화지 한 장과 매직을 건넸다. 이운수가 도화지에 뭔가를 적었다. MC가 반신반의하는 눈으로 그를 바라봤다.

"자, 그럼 하나둘 셋 하면 적어주신 것을 보여주세요. 시청자분들은 제가 아까 표시해둔 문장을 기억해내시면 됩니다."

MC가 말했다.

"하나, 둘, 셋."

이운수가 도화지를 뒤로 돌렸다.

[그는 나를 사랑하지 않았다. 여러분 짝사랑은 심신에 안 좋아요.]

놀란 MC가 탄성을 내지르며 입을 감싸 막았다. 밑줄을 치는 척 함께 적어둔 글귀까지 똑같았던 것이다.

08.

이운수의 말과는 달리 초능력자들은 일상생활에서도 초능력을 사용할 수 있었다. 아파트 주소가 알려질 것을 대비해 강지환 회장이 미리 손을 써둔 것이다. 경비는 은신 능력을 지닌 초능력자들이 맡게 되었다. 아파트를 비롯해 그 근방 부지까지 일반 사람들의 눈에는 그저 유령 단지처럼 보이게 했다. 그 허탈감에도 단지 안으로 들어오는 자들이 간혹 있었으나, 그들은 최면에 빠져서 다시 바깥으로 나갔다. 허탕을 치고 돌아갔다는 이들이, 바로 이런 식의 절차를 거쳤던 것이다.

"실버타운 같지 않아?"

모두와 산책을 하던 도중 유화가 문득 던진 말이었다. 연령대가 그리 높지 않았지만 결혼한 이들은 아무도 없었다. 당연하게도 갓난아이는 찾아볼 수가 없었다. 뭔가에 쫓겨 가족과 떨어진 자들이 모여 사는 도피처처럼도 보였다. 실버타운과 다른 점이 있다면 조금 더 젊고, 건강한 사람들이 모인 장소라는 것이다.

"편의점, 헬스장, 노래방, 있을 건 다 있네. 강회장님은 돈도 많으셔."

유화가 말했다.

"난 원래 살던 데보단 여기가 편한 거 같아."

박철민이 말했다.

그들은 단지 안에 조성된 작은 오두막 아래에 앉았다. 정면으로 분수대와 운동시설이 보였다. 그 뒤로 단지를 에워싼 산책로가 있었다. 아파트의 다른 동으로 이어지는 길목에는 각종 편의 시설이 가득했다. 마트면 마트, 생활공간이면 생활공간, 심지어는 작은 식당도 있었다. 가구수와 비례하지 않는 터무니없는 모습이었다.

"여기가 더 편하다고?"

오세나가 박철민을 보며 물었다.

"여기선 능력을 써도 외계인 보듯이 하지 않잖냐."

박철민이 누군가를 가리키며 말했다.

제법 가까운 거리에서 일행과 떠들던 남자의 몸이 두둥실 떠올랐다. 그는 말을 멈추고 고개를 두리번거렸다.

"철민이 형! 이것 좀 풀어줘요!"

남자가 소리쳤다.

몸이 자유로워지자 남자가 일행과 다가왔다.

"와, 오랜만이네요. 그때 이후로 못 봤잖아요!"

남자가 말했다.

그가 오세나를 바라봤다.

"토크쇼 잘 봤어요. 화면보다 더 예쁘시네요."

남자가 웃으며 그녀를 보다가 이광호에게 시선을 돌렸다. 다소 굳어진 얼굴로 그가 조심스럽게 말을 꺼냈다.

"혹시 이름이……?"

"괜한 소리 마라."

일행이 말했다.

남자는 어색한 미소를 지으며 말끝을 흐렸다.

"이광호라고. 내가 아끼는 동생이야."

박철민이 말했다.

"아, 역시! 이렇게 한 팀으로 자주 다니고 있다고 들었거든요. 반가워요!"

남자가 악수를 건네며 말했다. 하지만 표정은 전혀 반갑지 않은 것 같았다.

그들은 곧 돌아갔다. 꺼림칙한 표정을 간간히 지어보이던 그들이 되돌아가자 이광호가 박철민을 바라봤다.

"형님, 침대는 오늘 확실히 오는 겁니까?"

이광호가 말했다.

"걱정 붙들어 매라. 오늘은 꼭 온다고 했어. 외부인이라 여길 들어오기가 어려울 거야. 경비원들한테 말해뒀으니까. 아마도 오늘은 올 거다."

박철민이 말했다.

"바닥에서 자다가 알배기는 줄 알았어요."

"아이, 온다니까 그러네. 나라고 뭐 좋아서 이불 깔고 자고 있겠냐."

바닥에서 자기 싫다는 남자들을 바라보다가 오세나가 말했다.

"우리는 잘만 자는데?"

"너희는 아직 젊으니까. 우리 같은 늙은이들 마음을 몰라."

"몇 살 차이도 안 나는 게!"

"야, 그건 광호랑이지. 너랑 나랑 그 정도 차이밖에 안 난다고 보냐? 내가 코 질질 흘리고 다닐 때 너는 태어나지도 않았어, 인마."

박철민이 말했다.

그를 주먹으로 때리려는 오세나를 유화가 만류했다.

"세나야, 연장자는 때리는 게 아니랬어. 그만 봐주자."

유화가 말했다.

이광호는 좀 전에 다녀갔던 남자들을 바라봤다. 그들은 아까 서 있던 자리보다 더 멀리 떨어진 곳에서 간간히 이쪽을 건너다보고 있었다. 뭔가 대화를 하다가 의견이 안 맞는 듯 언성이 높아졌다 낮아짐이 반복되고 있었다. 그런데 그때였다.

"여기가 맞나?"

이광호는 소리가 난 곳을 바라봤다. 두루마리 휴지를 한 손에 움켜잡은 김상현이 혼자서 아파트 단지 안쪽을 들여다보고 있었다.

09.

"어쩐 일이야? 연락이라도 하고 오지."

이광호가 말했다.

단지 앞을 서성거리던 경비원들이 김상현을 흘깃 보더니 되돌아갔다. 그들에게 초능력을 쓰지 말 것을 부탁했다.

"친구네 집 오는데 연락이 필요하냐. 네가 없으면 연락하려고 그랬다."

김상현이 말했다.

"이야, 여기가 광호 새로운 직장이구나."

"일단은 집으로 들어갈까?"

이광호가 말했다.

초능력자들이 외부인을 불편한 기색으로 바라보고 있었다. 사적인 구역을 침입한 외부인이 그들로서는 달갑지 않은 것이 당연했다.

"아니, 집들이하려고 온 건 아니야. 그냥 우리끼리 근처 카페로 자리를 옮기자."

김상현이 말했다.

그는 오두막 아래에 앉은 초능력자들을 바라봤다. 행동을 멈추고 눈을 맞춰 오는 사람들이 꽤나 많았다.

"조금 전까지는 분명 아무도 없었는데. 신기하네."

김상현이 나직하게 말했다.

동시에 그의 눈빛이 묘하게 바뀌었다. 경계하듯 초능력자들을 바라보던 그 시선이, 점차 적대적으로 변해가고 있었다. 초능력자들을 우상시하던 것처럼 보이던 그의 모습과는 상반되는 반응이었다.

"이 정도 경비는 당연하잖아."

이광호가 말했다.

그에게 시선이 닿자 김상현의 눈빛에서 적대감이 사라졌다.

"그것보다 오세나씨한테 말하고 와야 하지 않겠냐? 다녀와. 기다릴게. 내가 팬이라고도 전해줘라."

김상현이 말했다.

"휴지나 내놔. 형님한테 집에다가 놔두라고 말해두게."

이광호가 말했다.

김상현이 빙긋 웃으며 두루마리 휴지를 건넸다. 그가 휴지를 건네주고 돌아오고, 둘은 횡단보도를 지나, 대로변 카페로 향했다.

카페에서 두 남자가 마주앉았다. 아메리카노를 한 잔씩 마시며 모처럼의 대화에 집중했다. 김상현이 처음 꺼낸 말은 이거였다.

"집 좋던데?"

앞뒤 잘린 말에 둘이 마주보고 웃었다.

"우리 광호, 출세했구나. 나는 여전히 호텔리어 신세인데 말야."

"너도 경호원이잖아."

"그거나, 그거나. 근데 초능력자들 경호를 왜 굳이 거기서 해야 돼?"

김상현이 물었다.

그는 빨대로 음료를 휘젓고 있었다.

"내가 아냐? 그냥 형님이 꽂아줬어. 나보고 더 돈 되는 일이 있는데

해볼 생각 있냐고. 같이 살면서 그냥 초능력자들 편의를 봐주면 되는 거라고 해서 알겠다고 했지."

이광호가 말했다.

"그게 왜 하필 넌데? 거긴 뭐 경호원도 필요 없어 보이던데? 아파트 주민들 경호하는 일이면 경비원을 말하는 건가?"

"뭐, 그런 셈이지."

이광호가 말했다.

"초능력자들이 귀찮게 굴지는 않아?"

김상현이 말했다.

떠보는 말투였다. 어디가 뒤틀려 있는지 모를 얼굴이다. 짚이는 점은 있었다. 아파트 단지 내의 초능력자들이 김상현을 보는 눈빛이 곱지가 않았다. 하지만 그런 단순한 이유로 금방 화를 내는 성격은 아니었다.

"그 이야기는 여기까지만 하자. 오랜만에 만났잖아."

이광호가 말했다.

"미안하다. 내 친구를 빼앗긴 것 같아서 그래."

김상현이 인상을 풀며 말했다.

"혹시나 그 사람들이 귀찮게 굴면 나한테 말해. 내가 아주 곤죽을 내줄게. 내가 힘은 약해도 잔머리 하나는 끝내주니깐."

김상현이 검지로 머리를 가볍게 두드렸다.

이광호는 음료를 깊숙이 들이마셨다.

"자주 올게. 여기."

김상현이 감상하듯 말했다.

그는 웃으며 덧붙였다.

"너도 언제든 답답하면 나와. 까짓 거, 형님보다 내가 더 잘해줄 자신 있다."

김상현은 삼십 분 정도를 떠들다가 약속이 있다며 돌아갔다. 집으로 돌아가는 길, 이광호는 문득 어두운 골목길을 지나는 느낌을 받았다.

10.

이광호는 밤새 악몽에 시달렸다. 덕분에 밤잠을 설쳤다. 기억나지 않는 꿈 때문에 자다가 깨기를 반복한 탓에 얼굴색이 좋지 않았다. 기분도 말이 아니었다. 어딘가 꺼림칙하고 답답한 느낌이 가슴을 짓눌렀다. 침대를 벗어난 후, 거울을 들여다보면서 그는 한 가지 질문을 던졌다.

'뭐 때문에 그렇게 불안해하는 거야?'

그 질문은 자신의 상태를 직접적으로 묻는 것이었다. 전이라면 그런 사소한 일 때문에 이렇게까지 동요하는 일은 없었다.

"형님은 일 때문에 외출이었지."

다행스럽게도 오늘은 별다른 스케줄이 없었다. 강두호 총수가 죽고 난 뒤로, 그때처럼 의무적으로 호텔로 출근해야 할 필요가 없어졌다.

이광호는 세수를 마치고 밖으로 나왔다. 집에 혼자 있는 것은 싫었기에 그는 옷을 갈아입고 집 밖으로 나왔다.

그와 마찬가지로 스케줄이 없는 초능력자들이 밖에 모여 있었다. 그들 중에 몇이 반갑게 손을 들어 올리며 인사했다.

누군가 앞으로 걸어 나오며 말했다.

"광호씨도 심심해서 나왔어요?"

아파트 단지를 지나다 가끔 마주친 기억이 떠올랐다. 뒤로 반듯하게 묶은 머리스타일과 날카로운 눈매가 인상적인 여자였다.

"집에 혼자 있는 걸 싫어합니다. 그래서 나와 봤어요."

이광호가 말했다.

"친한 사람들한테도 그렇게 딱딱하게 대해요?"
여자가 물었다.
"공과 사는 구분합니다. 당신은 같은 회사 동료라는 점 말고는 없군요. 친해진 사람들한테까지 이런 식이진 않아요."
이광호가 말했다.
"하지만 이렇게 보니 반가워요."
그가 웃으며 악수를 건넸다.
여자가 곧 이광호의 손을 마주잡았다.
"이래 보여도 란이랑은 꽤 친하게 지내고 있어요. 그러니까 우리는 단지 회사 동료보다는 가깝지 않을까요? 제 이름은 김민정이에요."
"그렇군요. 민정씨, 란이를 챙겨줘서 고맙습니다."
이광호가 말했다.
"딱딱한 인사는 여기까지 하고……."
김민정이 일행들을 소개하려 했다. 하지만 그만둬야 했다. 누군가 째지는 비명을 지르며 달려오고 있었다. 그녀가 달려가는 방향에 뭔가 수상한 일이 벌어지고 있었다. 처음엔 그것이 뭔지 몰랐다. 땅으로 곤두박질치는 물체가 사람, 그것도 한 명이 아닌 두 명이라는 사실을 나중에 가서야 알 수 있었다.
김민정의 일행 하나가 급하게 손을 뻗었다. 바람이 일렁이더니 곤두박질치던 그들의 몸을 에워쌌다. 참변을 막을 수 있었지만 그들 중 한 명은 이미 변을 당한 상태였다. 안면에 큰 손상을 입은 그는 머리가 심각하게 함몰되어 있었다.
"비켜 줘요!"
달려오던 여자가 그들의 생사를 확인했다. 하늘에서 뚝 떨어진 그들은 스스로 옥상 난간을 넘었던 것처럼 보이지 않았다.
"이 사람들, 오늘 일하러 갔던 사람들이에요."

여자가 말했다.

변을 당한 남자들 중 한 명이 천천히 의식을 차리고 있었다. 그의 얼굴을 손으로 단단히 잡고 여자가 물었다.

"나 알아보겠어요?"

남자는 힘겨운 듯 눈을 뜨며 고개를 끄덕거렸다.

"당신 죽을 뻔 했어요. 무슨 일이 있었던 거예요?"

여자가 물었다.

"나는 아무 잘못도 하지 않았어요."

남자가 말했다. 여자가 묘한 표정을 지었다.

"알겠어요. 일단은 우리 집으로 가요. 누가 신고 좀 해주세요. 저 사람은 이미 늦은 것 같아요."

여자가 말했다.

그녀는 죽은 사람을 그대로 둔 채, 생존자를 부축해서 걷기 시작했다. 어떤 일이 있었던 건지 생존자를 향해 더는 되묻지 않고 있었다. 보통이라면 주변 사람들에게 도움을 요청하려고 할 것이다. 그러나 그녀는 다른 이의 관여를 꺼리는 모습이었다.

"아까 분명 오늘 일을 하러 나갔다고 했죠?"

이광호가 김민정을 향해 물었다.

"그렇게 들었어요. 갑자기 무슨 일일까요."

김민정이 난감한 기색으로 말했다.

이광호는 주변을 둘러봤다. 자신과 같은 처지인 이들 사이로, 꺼림칙한 표정을 짓는 자들이 보였다.

"오늘은 그만 들어가 보는 게 좋겠어요. 만나서 반가웠어요."

김민정이 일행들을 잡아끌며 말했다.

제 2장
빙산의 일각

타임 워커 3 : 뫼비우스의 띠

11.

초능력자의 존재가 세상에 드러나고부터 많은 것이 바뀌었다. 사람들은 초능력이 속임수가 아니라는 사실을 알게 되었다. 그리고 그들에 대한 이야기가 더는 농담으로 치부되지 않았다. 대한 그룹의 주가가 하늘 높은 줄 모르고 치솟았다. 자회사인 SPC7가 초능력자 집단으로 꾸려져 있다는 사실은 더는 비밀이 아니었다. 모든 것이 강지환 회장의 계획 속에 있었다. 대한 그룹은 1, 2등을 다투는 기업이 아닌 명실상부 일등 기업으로 자리매김했다. 따로 언론을 통제하지 않아도 모두 그가 원하는 방향으로 흘러가는 듯 했다.

"일곱 명 째지?"

오세나가 말했다.

"사망자만 일곱 명."

박철민이 말했다.

최근 들어서 초능력자들이 기습을 당하는 일이 발생하고 있었다. 한 명이라면 우연으로 생각할 수 있었다. 그런데 지속적으로 사상자가 생겨나고 있었다. 모두, 임무를 마치고 돌아오던 도중에 기습을 당했던 것으로 파악됐다.

"느낌이 안 좋아."

유화가 말했다.

그녀의 말대로 우연히 생긴 사건이 아니었다. 의도적으로 초능력자들만을 골라 살해했다는 것인데, 그렇게 되면 일반인의 범죄로 생각할 수가 없었다. 사상자들은 모두 초능력자 중에서도 위험한 능력을 지니고 있었다.

"우리들 중에 범인이 있다는 걸까?"

오세나가 조심스럽게 말했다.

"꼭 그렇진 않아."
이광호가 말했다.
"초능력자들을 찾아내는 초능력은 없잖아. 그런 사람 봤어?"
"당연히 못 봤지. 그럼 다른 초능력자의 짓이란 거야?"
"초능력자들일 수도 있어."
사상자들은 파트너와 함께 귀가 중에 기습을 당했다. 파트너는 각 임무에 따라 상호보완의 관계로 정해지는데, 공기와 불처럼 시너지를 발휘하는 경우가 많았다. 혼자서 초능력자들을 기습하며 다니는 것이라면 정체도 들키지 않고 모두를 처리하는 것은 불가능했다. 그게 아니라면 듣도 보도 못한 위험한 능력을 지녔어야 가능하다.
"뭐 때문에 우릴 공격하는 걸까?"
유화가 물었다.
"초능력이 세상에 드러나는 걸 싫어하는 사람이거나, 우리끼리 모여 있는 모습이 마음에 안 드는 사람일 거야."
이광호가 말했다.
"근데 나는 한 번도 못 봤는데?"
박철민이 말했다.
"오빠는 상대할 가치도 없다는 거 아닐까. 흔한 능력이잖아. 근데 그것도 그래. 나한테도 오지 않았으니까."
오세나가 말했다.
"에이, 그래도 내가 성과가 제일 좋잖아. 염력이라고 다 같은 게 아니다?"
"형님도 조심해야 해요."
이광호가 말했다.
박철민과 이광호가 함께 지내는 집이었다. 오세나 일행의 아래층 집. 초능력자 전체에게 긴급하게 휴식 명령이 내려졌다. 일의 심각성을 느낀 오세나와 유화가 아래층으로 내려온 것이다.

"광호야, 혹시 너 아직도……."

박철민이 말을 꺼냈다.

그때, 발코니에서 소리가 났다. 뾰족한 것으로 찌르는 소리였다.

"팀장님인데?"

오세나가 말했다.

박철민이 발코니로 나가서 창문을 열어줬다. 공작새의 모습으로 날갯짓을 하던 유달수가 집안으로 날아 들어왔다.

"안녕했냐?"

유달수가 말했다.

"팀장님, 그 일 때문에 오신 거죠?"

오세나가 물었다.

그녀를 바라보던 유달수가 품에서 뭔가를 꺼냈다. 사진이 담긴 봉투였다. 사진을 꺼내 넘겨보던 이광호가 놀란 눈으로 손을 멈추었다. 성별이 모호한 똑같은 차림새의 사람이, 각기 다른 장소에 찍혀 있었다. 기자회견장에 나타났던 바로 그 인물이었다.

"광호야, 회장님 호출이다. 유화도 같이."

유달수가 말했다.

12.

강지환 회장은 누군가와 함께 있었다. 세쌍둥이로 보이는 여자들이었다. 유화와 같은 나이대로 보였고 그들은 그녀와 친밀하게 인사를 나눴다. 그녀들끼리의 인사가 지속되는 동안 회장실 내에 싸늘한 적막이 감돌았다.

“인사는 마치셨나요?”

강지환 회장이 말했다.

그는 탐탁찮은 얼굴로 그녀들을 주시했다. 그러자 세쌍둥이들과 유화는 멀리 떨어져 서며 강지환 회장을 마주했다.

“죄송합니다.”

쌍둥이들 중에서 단발머리를 한 여자가 말했다.

“요 사이에 일어난 일들에 대해서 모두 아실 겁니다.”

강지환 회장이 말했다.

“파견을 나갔던 초능력자들이 공격을 받았어요. 벌써 일곱 명이나 죽었습니다. 이건 우리로서는 아주 큰 손실이라고 생각됩니다. 하지만 그놈들의 수법도 모른 채로 뒤를 쫓았다가는 큰 곤경에 처할 거예요. 그래서 여러분들을 불렀습니다.”

강지환 회장은 커다란 의자에서 일어났다.

그가 유화의 앞으로 다가왔다.

“당신은 사물의 기억을 읽을 수 있다고 알고 있습니다. 그 범위가 저로서는 만족할 수준이 못 됩니다. 하지만 그래도 여기 있는 다른 사람들과 협력하여 나를 도와주시면 감사하겠습니다.”

강지환이 유화의 머리카락을 쓸어내리며 말했다.

순간적으로 그녀의 얼굴에서 불쾌한 기색이 지나갔다.

“이광호씨도 마찬가지입니다.”

강지환 회장이 유화의 옆에 서 있는 이광호를 응시했다. 그의 입술이 사선을 그리며 위로 휘어졌다.

“시간 능력자라고 하더군요. 유달수 팀장님에게 전해 들었습니다. 요번에 항공기 납치 사건도 이광호씨가 도맡아서 처리해줬다고 알고 있습니다. 승객들이 모두 내린 후에 항공기 전체를 날려버리셨다고 알고 있습니다. 정말 깊은 감명을 받았습니다. 그런 상황에서도 인명피해 없이 흔적을 모두 지우셨군요. 어떻게 하셨는지는 묻지 않겠습니다. 주도면밀하게 단 하나의 실수도 용납하지 않는 당신의 능력과 지능을 높이 사는 바입니다."

그가 세쌍둥이들을 응시했다.

"신하루씨, 신미루씨, 신아루씨도 잘 부탁드립니다."

강지환 회장이 말했다.

13.

"일행이 더 있었어."

유화가 화단의 꽃을 매만지며 말했다. 사이코메트리가 사물에 한정되어 있지는 않았다. SPC 산하의 연구소에서 그간 능력을 계발하며 그 범위를 넓혀가고 있었다. 대상자에게 직접적으로 접촉한 물건이 아니라도 대상자의 행동을 읽는 것이 가능했다. 물론, 생명이 없는 물건이라면 그 범위가 아직 넓지는 못했다. 하지만 식물과 같은 생물은 그 자리에서 벌어졌던 모든 일들을 어느 정도는 파악할 수가 있었다.

"모두 세 명이야. 적어도 여기서는."

유화가 말했다.

"다른 데서 봤던 사람들이랑 일치해?"

아루가 말했다.

"두 명은 일치하고 있어."

유화가 말했다.

그녀는 이광호를 응시했다.

"여기서 그 사람들이 기습을 당한 때는 저번 주 일요일이야. 그 시간대로 이동이 되는지 확인해 봐."

이광호가 고개를 끄덕거렸다.

"어때, 안 돼?"

유화가 말했다.

"무리야. 아까랑 똑같아."

이광호가 말했다.

보통 시간을 되돌릴 때면, 사물이 뭉개지며 주변부가 재조립되는 느낌이 있었다. 그 뒤에 이동된 시간 속에 존재하게 되는 것이다. 그런데, 초능력자들이 기습을 당한 시점으로 진입하려다가도, 튕겨져 되돌아오게 되었다.

"아예 안 되는 거야? 능력에는 문제가 없는 게 맞지?"

유화가 말했다.

"맞아, 정확히 그 시간대에서 튕겨져 나오고 있어. 덕분에 초능력자들이 그 사람들을 마주한 시각이 언젠지 추정할 수 있을 것 같아."

이광호가 말했다.

"아루."

유화가 양 갈래로 머리를 내린 여자를 불렀다. 세쌍둥이의 막내인 신아루가 새롭게 알게 된 모든 정보를 수첩에 기록하고 있었다.

"알겠어."

신아루가 말했다.

그녀가 볼펜 촉을 세우며 이광호를 응시했다.

"저녁 10시 20분부터 10시 32분까지야. 그때까지 범인들이 여기에 있었어."

이광호가 말했다.

"아루, 놈들은 전부 네 명인 것 같아. 여기서 그 사람들을 기습한 사람들은 세 명이고, 기습할 때마다 항상 그 자리를 지켰던 사람이 있어. 아마 그 놈이 주축인 것 같아. 그 사람을 쫓으면 답이 나올 것 같아. 메모해둬."

유화가 말했다.

"다른 정보는 없어?"

신하루가 말했다.

갈색 칼 단발의 여자였다.

"잠깐만."

유화가 말했다.

그녀는 주변 사물을 차례로 만져보다가 미간을 찌푸렸다.

"이상해."

유화가 감은 눈을 뜨며 말했다.

"그 사람들이 이 주변을 걸어 나간 흔적이 없어."

"걸어 나가지 않았다면 날아서 도망쳤다는 거야?"

신하루가 말했다.

"아마도 공간 이동을 하는 사람인 것 같아."

유화가 말했다.

"세 명이 다 그렇단 말이야?"

"모르겠어. 주축으로 움직이는 그 사람이 공간 이동을 지닌 것 같아. 그 사람이 나머지 두 명의 어깨를 감싸고, 다함께 사라졌어."

"도망가면 그만인 거네. 그럼 나머지 두 사람이 초능력자들을 공격했다는 거겠네?"

신하루가 말했다.

"아니야."

유화가 말했다.

그녀는 눈에 띄게 긴장한 모습이었다.

"그 사람도 가담을 한 것 같아."

유화가 말했다.

"그리고 우선, 초능력자들을 죽게 만든 건 초능력이 아니야. 그냥 무식하게 팼어. 둔기 같은 걸로 말이야."

"팼다고? 나머지 두 사람은 초능력자가 아닌 거야?"

신하루가 말했다.

"그건 몰라."

유화가 말했다.

신하루가 머리카락을 헝클이며 신경질적으로 고개를 돌렸다.

"신미루! 너도 좀 의견을 내봐. 아까부터 얹혀가려고 하지 말고."

"응."

그냥 닮은 정도를 벗어난 외모를 구분하려는 듯이 신미루는 길게 기른 머리였다. 끝부분에 웨이브를 넣은 풍성한 머리카락이 그녀의 멍한 눈빛과 교차되고 있었다. 짧은 대답만 했을 뿐, 무슨 생각을 하는지 모를 얼굴로 그녀는 다시 입을 다물었다.

"진짜 도움이 안 돼. 이광호씨, 그럼 이동한 시간까지 우리 쪽 초능력자들의 상태는 어땠어요?"

신하루가 말했다.

"무방비상태였다고 생각한다면 오산입니다. 그런 일들이 벌어지고 있다는 것을 우리 쪽 사람들은 알고 있었어요."

이광호가 말했다.

"일반인이 패는데 초능력자들이 맥없이 당했다는 거예요?"

신하루가 기가 찬 목소리로 말했다.

"범인들을 보기 직전에 계속 튕겨져 나왔어요. 정확히 어떤 일이 있었던 건지는 유화에게 물어보면 알 수 있겠죠."

이광호가 말했다.

신하루가 유화를 바라봤다.
“그 사람들을 무방비 상태로 만든 건, 그 주축인 남자야.”
“공간 이동자가 무슨 능력으로?”
유화가 이광호를 힐긋 쳐다봤다.
“좀 복잡해.”
유화가 말했다.
그녀가 신하루를 바라봤다.
“어찌됐든, 그 주축인 남자를 막아야 해. 그 사람만 막으면 다 될지도 몰라.”
유화가 말했다.
“우선 알았어.”
신하루가 말했다.
“미루, 부탁해.”
“응.”
신미루가 팔을 앞으로 뻗었다. 모두의 손이 그녀의 팔을 붙잡고, 그들은 고 강두호 회장의 저택으로 순간이동했다.

14.

초능력자들이 다시 움직이기 시작했다. 오늘 임무를 맡은 팀은 모두 2팀이었다. 세쌍둥이들과 유화, 이광호는 팀을 나눠서 파견을 나가는 초능력자들을 뒤따랐다. 범인들이 눈치 챌 확률이 있어서 아군인 그들에게도 사실을 알리지 않았다.
이광호는 신미루와 팀이 되었다. 신미루는 공간이동이 가능했다. 자신의 몸만 이동하는 것이 아니라 다른 사람이나, 다른 사물을 함께 옮길 수 있었다.

"신미루씨."

이광호가 고개를 돌려 그녀를 불렀다. 어딘가 골똘히 생각하는 듯이 멍한 눈길을 하고, 신미루는 초능력자들을 바라보고 있었다.

"네."

신미루가 말했다.

"조금 이따가 잘 부탁합니다. 안 그런다면 좋겠지만 혹시라도 내가 그 사람들을 마주하고 움직이지 못할 수도 있어요. 그럼 그때 범인들을 떨어뜨려 제압을 돕는 건 신미루씨의 일이 될 거예요."

이광호가 말했다.

"알겠어요."

신미루가 말했다.

그녀는 다시 초능력자들을 바라봤다. 박철민과 장호수가 임무에 앞서 몸을 풀고 있었다. 틈틈이 어깨를 밀며 장난을 치는 모습이다.

"물어보지 못했는데 신미루씨가 둘째라고 하셨죠?"

이광호가 물었다.

"네."

"그럼 첫째와 막내는 어떤 능력을 가지고 있나요?"

"그건 왜 묻죠?"

"상성이 맞는지 알아둬야 해요."

"아, 음……."

신미루가 고개를 돌려 이광호를 응시했다. 그녀의 눈빛이 뭔가를 묻는 것 같았다. 그렇게 오랫동안 쳐다보기만 하던 그녀가 입술을 열었다.

"언니는 은신 능력을 가지고 있어요."

"투명인간과 같은 건가요?"

"그건 아니에요. 카멜레온 같은 거예요."
"그렇군요."
신미루는 만족한 얼굴이었다. 본인의 대답에 아무런 군더더기도 남기지 않았다는 듯이 흡족해보였다.
"그리고 막내는 기억력이 좋아요. 소리, 냄새, 그때의 감정, 작은 단서 하나 남기지 않고 상황을 기억해요. 또, 알게 된 모든 정보를 선택적으로 간직할 수 있어요. 하지만 제약이 있어서……."
"그래서 메모를 하는 거군요?"
"메모를 해두면 그 기억을 영원히 잊어버리지 않는대요. 근데 말 그대로 상황을 기억하는 거라, 떠올리려면 단서가 있어야 한대요. 작은 단서라도 떠올리고 싶은 그때의 상황에서 써둔 거라면 뭐든 기억하는 것 같아요."
신미루가 말했다.
"유화는 걱정하지 않아도 좋겠군요."
"유화랑 파트너가 되면 주로 하는 일이 스파이였으니까요."
신미루가 지그시 응시했다.
멍한 얼굴에 미묘한 변화가 있었다.
"걱정하지 않아도 된다는 말인가요?"
이광호가 말했다.
신미루가 고개를 끄덕거렸다. 그녀는 다시 정면을 주시했다. 박철민과 장호수가 건설현장에서의 일을 마치고 사람들의 박수갈채를 받고 있었다. 쑥스러운 모습의 박철민과 상반되게 장호수는 외려 박수를 유도하고 있었다.
"범인들이 초능력자들을 해치는 이유가 뭘까요?"
이광호가 말했다.
신미루는 대답하지 않았다.

"전부터도 이런 움직임이 있었을지도 몰라요. 하지만 만약 그랬다면 SPC내부에서 말이 나왔을 거예요. 초능력자들이 가장 많이 모여 있을 거라고 생각되니까요. 그럼 우리가 매스컴을 통해서 발표를 한 뒤에 움직였을 거란 소린데. 어떻게 생각하세요?"

이광호가 말했다.

신미루가 고개를 저었다.

"범인들을 붙잡으면 알게 되겠죠."

신미루가 말했다.

박철민과 장호수가 사람들의 배웅을 받으며 차에 오르고 있었다. 신미루는 말없이 이광호를 바라봤다. 그녀가 사물이나 다른 사람을 옮길 때 거쳐야 하는 방법이 있었다. 옷깃이라도 닿아 있어야 이동이 가능했다. 그런데 도통 어느 곳을 붙잡아야 할지 알 수가 없었다. 전이라면 아니었을 터다. 요즘 들어 이상하게 이성을 성적으로 의식하고 있었다.

"실례 좀 할게요."

이광호가 말했다.

그가 신미루의 원피스 소매 끄트머리를 붙잡았다. 신미루는 이광호가 일러주었던 장소로 순간이동했다.

"호수야, 네가 거기서 우쭐해 있으면 우리가 뭐가 되냐?"

"에이, 형! 우리가 좋은 일을 한 거잖아요. 우리 아니었으면 거기 그대로 방치됐을 거예요. 건설사는 돈 떼먹고 도망갔지. 집 장만하려던 사람들은 몇 억이나 하는 돈을 허공에 뿌린 셈인데."

"그래도 너무 의식하진 말자."

"형, 욕먹을까 봐 그러는 거죠?"

"내가?"

박철민과 장호수가 외진 길을 따라서 오고 있었다. 인적이 없는 한산

한 새벽 3시의 시간대 골목이었다. 그들은 가볍게 술을 한잔씩 걸치고 오는 길이었다. 박철민 일행이 범인들에게 기습을 당하는 것은, 골목길을 나와 도로가 횡단보도로 진입하는 순간이다. 시간을 이동하며 가로막힘 현상이 발생한 것으로 확인을 마쳤다.

"신미루씨, 준비는 되셨죠? 이제 곧 도착할 거예요."

이광호가 손목시계를 내려다보며 말했다.

초침이 숫자 9를 지나치고 있었다.

"준비 됐어요. 혹시 그때가 되면 어디로 사라지세요?"

신미루가 말했다.

그녀는 정말로 궁금한 표정이었다.

"저도 모르겠군요."

이광호가 말했다.

박철민과 장호수가 골목을 나서고 있었다. 작은 도로를 지나 그들은 사거리의 큰 도로가로 향하고 있었다.

신미루가 이광호를 응시했다.

"알았어요."

이광호가 신미루의 옷깃을 붙잡았다. 그들은 기습당하는 장소가 한눈에 보이는 건물 위로 순간이동했다.

"저기요, 이광호씨."

신미루가 건물 아래의 초능력자들을 주시하며 말했다.

"이제 일분 조금 더 남았어요."

이광호가 말했다.

"광호씨의 시간 능력은 어떤 원리예요? 공간 이동도 가능한 건가요?"

신미루가 말했다.

"아직 잘 모르겠네요."

"시간 능력이 시간을 거꾸로 되돌리거나 미래로 향하게 하는 거면. 말이 안 돼서요."

신미루가 말했다.

그녀가 무슨 말을 하려는 건지 알았다. 시간 능력자를 기준으로 돌려지는 시간 속에는 통일된 방향이 없었다. 가령, 10분 뒤의 미래로 돌렸을 때, 그 10분 동안에는 불가변의 어떠한 행위가 요구된다. 10분 만에 대한민국의 서울에서 일본의 오사카로 이동하는 것은 불가능해야 했다.

"이제 일분도 채 안 남았어요. 그 이야기는 조금 뒤에 합시다."

이광호가 말했다.

박철민과 장호수가 횡단보도 앞에 다다랐다. 그들이 도착하기 바로 직전, 횡단보도의 불이 적색으로 바뀌었다.

"시간을 잘 맞춰야 해요."

이광호가 말했다.

"10초 카운트를 센 뒤에, 저들 뒤로 이동해야 합니다. 부탁해요."

"네."

신미루가 말했다.

그녀가 카운트를 다 세고 횡단보도 앞으로 이동했다. 누군가 장호수의 뒤통수를 둔기로 내리치고 있었다.

"10초가 맞았는데……."

신미루가 중얼거렸다.

단 일격으로 장호수가 피를 흘리며 앞으로 쓰러졌다. 눈 깜짝할 새에 벌어진 일이었다. 시간에는 계산적인 착오가 없었다. 그런데 1초가 더 앞서 있었다. 뭔가 이상했다. 미리 봤던 상황에서 뭔가가 달라져 있었다.

"신미루씨. 여기 있으세요. 형님도요."

이광호가 말했다.

박철민이 능력을 쓰려는 것을 그가 막았다.

"확인할 게 있어요. 저한테 맡겨주세요."

이광호가 말했다.

나타난 범인은 한 명이었다. 주축인 남자는 없었다. 그는 박철민과 장호수가 왔던 길을 되짚어 뛰어가고 있었다. 이광호는 시간을 5초 뒤로 되돌렸다. 그는 골목길에 도착해서 범인을 기다렸다. 예상대로 범인이 골목길 안으로 들어왔다.

범인은 모자를 깊이 눌러쓰고 있었다. 장신의 남자였다. 숨을 고르며 이광호를 바라보던 남자가 빙긋 웃었다.

"겨우 떨어뜨렸네. 너를 따로 보고 싶었어. 언제나 누군가와 함께 있었으니까. 불쌍한 사엘, 자기가 감시당하는 사실도 모르고."

남자가 말했다.

"두말 않겠습니다. 우릴 공격하는 이유가 뭡니까?"

이광호가 말했다.

남자가 슬픈 표정을 지었다.

그러더니 그가 모자를 벗었다.

"나를 모르겠어?"

남자가 말했다.

뚜렷한 이목구비, 짧게 자른 갈색 머릿결. 쉽게 잊기 어려운 얼굴이었다. 길을 지나치면서도 그를 봤던 기억이 없었다. 기자회견장에서 봤던 주축인 그 남자는 알아보더라도, 눈앞의 남자는 아니었다.

"저는 당신을 처음 봅니다. 묻는 말에 대답해주세요. 당신들이 우리를 공격해서 이루려는 목적이 뭡니까?"

이광호가 말했다.

"역시 안 되겠네."

남자가 말했다.

뒤에서 여러 명이 달려오는 소리가 들렸다.

"이만 가 봐야겠어."

남자가 모자를 쓰며 말했다.

그가 이광호의 뒤를 보며 기분 나쁜 미소를 지었다. 그러더니 다시금 상냥한 모습으로 이광호를 응시했다.

"사엘, 강두호 총수가 누구한테 죽임 당했는지 알아? 그가 죽어야 했던 이유도 알겠니? 우리를 찾아. 그리고 저들과 너무 가까이 지내지마."

남자가 말했다.

"내 이름은 나엘. 우린 또 보게 될 거야."

한 무리의 초능력자들이 골목길에 당도했다. 그들이 이광호와 남자를 번갈아 보다가, 다시금 움직이려는 순간이었다.

"또 보자. 막내야."

남자의 모습이 갑자기 사라졌다.

15.

"알겠습니다. 그럼."

박철민이 강지환 회장을 향해 허리를 굽혔다. 그는 소파에 앉은 유달수 팀장을 한번 바라본 후, 회장실을 나왔다.

"형님."

이광호가 그를 불렀다.

"광호야."

박철민이 말했다.

그는 이광호와 함께 화이트 톤의 복도를 걸었다. 회장실과 회의실을 뺀 모든 사무실 내부가, 투명한 유리문 너머로 보였다.

"이런 일을 맡게 되었으면 나한테 귀띔을 했어야지. 나름대로 친해졌다고 생각했는데 말이야."

박철민이 말했다.

"죄송해요. 말할 상황이 아니었어요."

이광호가 말했다.

"아냐, 괜찮아."

박철민이 말했다.

"강두호 총수님의 죽음에 대한 소리는 뭐야? 자세히 말해봐."

"장호수씨를 기습한 그 남자가 말했어요. 강두호 총수가 왜 죽었는지 아냐고. 그리고 다른 이야기가 더 있었는데. 그건 나중에 말해줄게요."

이광호가 말했다.

대한 그룹의 본사내에 SPC지부는 없었다. 그간 총수가 연락을 하면, 본사로 가끔 찾아오는 정도였다. 조심해서 말할 필요는 없었으나, 나엘이라고 자신을 밝힌 그 남자의 말이 어쩐지 꺼림칙했다.

"세나도 이번 일에 끼자."

박철민이 말했다.

"정보를 캐내는 데 너무 집중하는 팀이야. 반격을 할 사람도 필요해. 나랑 세나는 그 동안 같이 일한 경험이 많아. 도움이 될 거다."

"강두호 총수님의 저택에서 머물고 있어요."

이광호가 말했다.

"총수님의 죽음과 관련되어 있다면, 그 사람들이 찾아올 수도 있겠어. 오게 만들자."

박철민이 말했다.

그들은 엘리베이터 앞에서 신미루와 합류했다.

16.

유화는 경기도에 위치한 SPC의 연구소 지하층에 있었다. 초능력자들의 훈련을 위해 마련된 장소. 그곳에 그녀가 아닌 다른 초능력자들도 함께 훈련을 받는 중이었다. 그녀는 동그란 모형을 응시했다.

"시작하겠습니다."

그녀의 옆에서 차트를 들고 있는 연구원이 말했다.

"예."

유화는 원통형의 조명을 손으로 만졌다. 손상된 부분 없이 깨끗한 조명은 불이 꺼진 상태였다.

"특별히 떠오르는 것이 있나요?"

연구원이 물었다.

유화는 조명에 담긴 기억을 읽었다. 조명을 만지던 무수한 손길이 전해졌다. 그것은 상자 속에 담겨서 어느 가정집으로 이동되었다. 주인은 수공예의 동그란 조명을 조심스럽게 다루며 아껴주었다. 다만 그뿐이었다.

"이 물건의 주인들이 보여요. 신혼부부였고 아내분이 특별히 이걸 좋아했어요."

유화가 말했다.

"시각화할 수가 있나요?"

연구원이 차트에 기록하며 물었다.

"아직까지 무생물은 한계가 있는 것 같아요."

유화가 말했다.

"그 동안 잘 해왔잖아요. 유화씨, 저번에는 무생물의 시각화 단계까지 갔었어요. 직접적으로 손에 닿지 않았을 때의 기억도 읽을 수 있어야 합니다."

연구원이 말했다. 유화는 고개를 저었다.

"알겠습니다. 오늘은 여기서 그만두죠. 최근의 일 때문에 뒤숭숭할 텐데 이쯤하고 쉬는 것이 좋겠습니다."

연구원이 말했다.

초능력자들에게 벌어지는 최근의 일들을 연구원들도 알고 있는 것 같았다. 그들은 훈련에 집중하지 못하는 이들을 그간 봐왔을 것이다. 그때마다 이런 식으로 다독여 휴식을 취하게 했을 것으로 보였다. 실제로 훈련장 내의 초능력자들의 수가 현저히 줄어 있었다.

"수고하셨습니다."

유화가 말했다.

"유화씨, 수고하셨어요. 다음 체크일은 언제로 해드릴까요?"

"회장님을 통해서 따로 스케줄을 잡을게요."

유화가 말했다.

"알겠습니다."

연구원이 말했다.

그녀는 훈련장 아래의 탈의실로 발길을 돌렸다. 옷을 갈아입고 나온 유화가 돌아가려 할 때였다.

"유화씨?"

좀 전의 연구원이었다.

"무슨 일인지 정확하게는 모르지만 이 말은 꼭 해주고 싶네요. 몸 조심하시고 절대로 혼자 다니지 마세요."

"예?"

"아까도 그 문제 때문에 집중하기 어려웠던 거 알아요. 모쪼록 파이팅 하십시오."

연구원이 말했다.

집중하지 못하는 문제. 그것은 사실 다른 데에 있었다.

"감사해요. 다음에 또 뵐게요."
유화가 말했다.
그녀는 연구소 바깥으로 나왔다. 선선해진 가을바람이 매섭게 몰아쳤다. 추운 날씨는 아니지만 몸에 걸친 코트를 단단히 여몄다.
전혀 다른 문제.
그것이 유화의 머릿속을 파고들었다.
"아닐 거야."
유화는 길거리로 나가 택시를 멈춰 세웠다. 몇 번의 시도 끝에 붙잡은 택시 뒷좌석 문을 열고 그녀는 몸을 우겨넣었다.
"뉴 프리아 호텔로 가주세요."
유화가 말했다.
강두호 총수의 집으로 향하기 전, 설란을 보고 갈 작정이었다.
'관련 없을 거야.'
유화가 속으로 중얼거렸다.
작은 화초가 보여준 기억이 떠올랐다. 범인의 모습과, 인상착의, 그리고 그들의 범행 모습을 하나부터 열까지 지켜보았다. 그 동안의 훈련 성과인지도 모를, 식물이 보여준 모든 기억들. 그들의 범행 수법은 생각하기 싫은 귀결로 향하게 만들었다.

17.

죽은 강두호 총수의 저택이었다. 아직 매매가 이뤄지지 않은 그곳에서 모두가 모였다. 이번 일에 동참하기로 한 이들은 전부 일곱이었다. 박철민과 오세나를 비롯해 세쌍둥이들과 이광호, 그리고 유화까지 함께 했다.

"의견 있는 사람."

박철민이 말했다.

그는 식탁 앞에 모여 앉은 모두를 바라봤다. 박철민은 식탁 앞에 선 채로 사건을 기록해둔 A0용지를 가리켰다.

"모두 알고 있듯이 지금까지 총 9번의 사건이 있었어. 가장 최근의 일은, 나랑 장호수였고. 여덟 번째 목표는 유화가 몰래 뒤쫓았던 초능력자들이었어."

박철민이 말했다.

"이들한테 공통점을 뽑으라면 초능력밖에 없어. 하지만 여기서 한 가지 의문이 생겨. 예전 총수님이 살해당한 사건을 이들의 소행에 넣어야 하느냐는 거야."

"총수님이 살해당한 것도 그 사람들 짓이라고?"

유화가 놀라며 물었다.

"광호가 나한테 해준 이야기야. 그 남자를 쫓던 도중에 직접 들은 얘기야. 강두호 총수님이 왜 죽어야 했는지 아느냐고 물어봤대."

박철민이 말했다.

"총수님이 초능력을 쓰는 걸 본 적 있는 사람?"

"없지."

오세나가 말했다.

"같은 집에서 신세를 진 적이 많은데도 그런 모습을 본 적은 없어."

유화가 거들었다.

"이게 그 남자의 사진이야."

박철민이 말했다.

유달수가 전해줬던 사진들이 A0용지에 메모와 함께 붙어 있었다.

"광호가 뒤쫓은 남자는 이 사람이 아니었고."

박철민이 말했다.

"아루씨가 적었던 메모에는 이 사람이 주축으로 공간 이동을 하는 사람일지 모른다는 추측이 있었지. 그런데 이 남자만이 아니었어."

"순간이동을 할 수 있는 사람이 둘이라는 거야?"

오세나가 물었다.

"광호야, 네가 말해봐."

박철민이 말했다.

"확인된 사람은 둘입니다. 기습하는 방식은 초능력이 아닌 일반 무기였어요. 하지만 전에 있었던 사건들로 들어가면 이해가 안 되는 부분이 많아요."

이광호가 말했다.

"먼저, 죽지 않은 사람들을 둘러볼게요. 장호수씨는 머리를 가격당한 것 외에 특별한 외상이 없었습니다. 하지만 여덟 번째, 일곱 번째 사건과는 다르게, 그 동안의 범행들 속에 특이한 점이 있어요. 간신히 목숨을 건진 초능력자들이 어떤 이유에선지 초능력을 쓰지 못했어요. 능력을 잃은 것인지, 초능력을 사용하는 것이 두려워진 것인지 불투명해요. 그들 대부분이 시도조차 하려고 하지 않았으니까요."

"뭔가 어려워."

오세나가 유화를 응시했다.

"언니는 아는 거 없어? 그 사람들이 어떤 식으로 기습을 했는지 읽었을 거 아니야."

"둔기를 휘두른 게 다야. 거의 일방적으로 때리고 사라졌어."

"모두 같은 방식으로?"

"그래."

유화가 말했다.

박철민이 주의를 환기시켰다.

"무작정 그들을 쫓는 건 위험해. 우선 우리는 그 사람들한테 먼저 접근하지 않을 거야. 자세히 알지 못하는 상황에서 움직이면 모두가 위험해질 수가 있어. 그리고 아마도 그 사람들이 먼저 우리를 찾아올 거야."

"우리를?"

오세나가 의아하게 그를 바라봤다.

박철민은 이광호를 쳐다봤다.

"다시 만나자는 말을 남겼어. 우리한테."

박철민이 말했다.

"그 범인은 날 공격하지 않았어. 광호에게도 적의가 없는 것 같았고. 일단은 그 사람들한테 맞춰주는 척하면서 상황을 파악할 거야. 그리고 기회를 봐서 제압해야겠지."

오랜 대화 끝에 강두호 총수의 집에서 그들을 기다리자는 제안이 나왔다. 반대하는 의견은 없었다.

"총수님이 죽은 이유를 아느냐고 물었다고? 오빠, 또 다른 말은 없었어?"

오세나가 말했다.

"미안, 다른 건 없었어."

이광호가 말했다.

유화가 눈을 돌려 그를 흘깃 바라봤다.

18.

첫날의 보초는 이광호와 신하루였다.

밤 12시경. 다른 이들은 모두 일찍 취침에 들었다. 기습을 당할 것을 대비해서 거실에 넓게 이불을 깔고 잠을 청하고 있었다.

고양이가 길게 울음소리를 냈다. 청각을 곤두세우고 있던 신하루가 창밖으로 고개를 돌렸다.

이광호는 그녀를 바라봤다.

분명 조용한 성격은 아니었다. 하지만 그녀는 소파에 다리를 모으고 앉아서 보초를 서는 내내 아무런 말도 하지 않았다.

간간히 들려오는 외부의 소리가 침묵을 깨고 있었다.

"신하루씨는 은신 능력을 지녔다고 하셨죠?"

이광호가 물었다.

"그런 건 왜 묻죠?"

신하루가 말했다.

둘째인 신미루와 비슷한 반응이었다. 그러나 조금 더 가멸찬 구석이 있었다.

"죄송합니다. 제대로 알아두는 게 좋을 것 같아서요."

이광호가 말했다.

"들어서 알고 있다면 나한테 묻지 마요."

신하루가 말했다.

짤막한 적막이 감돌았다.

"다른 사람들한테 관심이 많은가 봐요?"

신하루가 말했다.

"오해가 있나 봐요. 참견하려던 것은 아닙니다."

이광호가 말했다.

"아니라면 뭐예요. 굳이 초능력자들의 능력을 캐내려는 거요."

신하루가 말했다.

"난 동생들처럼 순진하지 않아요. 그리고 내가 다른 사람들과 마찬가지로 당신한테 이유도 없이 친절하게 굴 거라고 기대하지 마세요. 저

잠깐 나갔다 올게요. 그 동안 동생들이랑 다른 사람들을 부탁해요."

그녀가 총수의 집을 나서는 것을 이광호가 가만히 지켜봤다. 그는 인기척을 듣고 고개를 돌렸다. 누군가 뒤척이며 잠꼬대를 하고 있었다.

"안 돼, 내 거야…… 건들지 마."

오세나가 이불 밖으로 발을 동동 굴렀다.

"잠버릇이 고약하네."

이광호는 이불 밖으로 나온 그녀의 발을 안으로 집어넣었다. 그러고는 쭈그려 앉아, 잠에 빠진 이들을 바라봤다.

"억울한 건 싫은데."

이광호가 중얼거렸다.

그는 고개를 떨궜다. 바보가 아니라면 알 수 있었다. 최근, 대다수의 초능력자들이 자신을 바라보는 시선에 적대감이 서려 있었다. 그리고 그 이유를 추정해보면 그들의 태도는 타당했다. 눈앞에서 봤던 그들의 초능력과 미세하게 바뀐 미래가 말해주고 있었다.

"나엘……."

이광호가 입 밖으로 되뇌었다.

그는 자신을 알고 있었다.

19.

삼일 째 되던 날. 아직까지 그들은 나타나지 않고 있었다.

"우리가 찾아가는 편이 빠르지 않을까?"

오세나가 말했다.

"그 사람들이 강두호 총수님을 알고 있었어. 그렇다면 이곳도 알고 있을 거야. 그쪽에서 직접 우리랑 접촉하기로 했다면 여기가 적격이야. 기다리자."

이광호가 말했다.

유화는 생각에 잠긴 얼굴로 벽난로를 응시하고 있었다.

"오늘 불침번은 나랑 아루언니네."

오세나가 말했다.

그녀는 한쪽 구석에 모여 있는 세쌍둥이들을 응시했다. 바닥에 깔아둔 이불 위에서 그들은 작은 목소리로 대화를 나누고 있었다. 무슨 말을 나누는지는 알아들을 수가 없었다. 오세나는 그녀들을 바라보다가 유화를 쳐다봤다.

"언니야."

오세나가 말했다.

"총수님이랑 친했지?"

유화가 고개를 돌려 그녀를 바라봤다.

"친했지. 삼촌이랑은 사이가 좋았어."

유화가 말했다.

"피가 섞인 건 아니잖아. 어떻게 친해졌어?"

"우리 가족들은 무뚝뚝한 편이야. 애정표현이 거의 없었어. 지금도 그렇지만."

"그러고 보니 유화 언니네 가족들은 본 적이 없네?"

"응, 별로 보여주고 싶은 마음이 아니야. 다들 차가운 사람들이야."

"그랬구나."

오세나가 이광호를 흘깃 쳐다봤다.

"총수님은 우리 가족들이랑은 많이 달라 보였어. 격 없이 대하는 것도 받아주실 것 같았거든. 물론 총수님이 다른 사람들한테는 냉정하게 대했다는 걸 알아."

유화가 말했다.

"오빠네 어머님도 본 적이 없네."

오세나가 이광호를 보며 말했다.

"그때 되돌아오고 나서 정신이 없었잖아. 아마 세나 네가 오다가다 봤을 수는 있는데. 봤더라도 잊어버렸을 거야."

이광호가 말했다.

오세나가 세쌍둥이를 바라봤다. 둘째인 신미루가 고개를 들어 그녀와 눈을 맞추었다.

"나중에라도 보게 되지 않겠냐? 꼭 봐야 하는 것도 아니잖아."

박철민이 말했다.

그가 생수통을 들고 거실로 걸어 나왔다.

"뭐, 상견례를 할 것도 아니고."

"철민 오빠, 일어난 김에 저 문 좀 닫아줘."

유화가 말했다.

박철민이 발코니의 문을 닫고 돌아왔다. 그는 소파에 기대어 앉아서, 피곤한 듯 눈을 감았다. 늦은 저녁 무렵이었다. 어젯밤부터 아침까지 밤을 새우고도 사건 자료를 되짚어보느라 잠을 청하지 못한 그였다.

"먼저 자도 돼. 잘 시간 다 됐잖아."

오세나가 말했다.

"그래, 맞아. 언제 자자고 정해놓은 것도 아니니까."

유화가 말했다.

"그래도 될까?"

박철민이 말했다.

"미안하다. 먼저 잘게."

그는 미리 깔아둔 이부자리에 몸을 뉘였다.

"세나야, 혹시 일 생기면 우리를 깨워줘."

유화가 말했다.

그러고는 고개를 돌려 이광호를 바라봤다.

"오빠, 오늘 그 사람들은 안 오는 게 맞지?"

"일단은 그래. 하지만 혹시 모르니까. 긴장을 늦추진 마."

이광호가 말했다.

하나둘씩 잠을 청하더니 어느새 모두가 잠들어 있었다. 오세나와 신아루는 바깥을 주시하며 잠을 몰아냈다. 공간이동이 용이한 듯 보이는 범인들이기 때문에, 집안도 경계를 늦출 수가 없었다. 혹시라도 기척이 들렸다고 생각되면 곧바로 확인했다. 그러나 대부분 잘못 들었거나, 우연히 물건이 떨어진 것이었다.

"아루 언니, 피곤하지?"

오세나가 하품을 하며 말했다.

신아루가 급히 검지로 그녀의 입을 막았다.

"왜?"

"밖에서 소리가 들렸어. 하나라도 빠짐없이 기억해야 돼. 가급적 대화는 하지 말자."

신아루가 말했다. 그녀는 발코니 밖으로 보이는 정원을 응시했다.

20.

과거와 미래는 바꿀 수 있다. 그러나 자신이 직접 겪은 현재를 바꾸는 일은 아직까지 서툴렀다. 만약 직접적으로 연관되었던 경험을 없던 것으로 돌리려면, 두 가지 리스크가 따를 것이다.

첫째로, 관련된 기억에 공백이 생겨서 혼란에 빠지게 될 수 있다.

둘째로, 자기 자신과의 만남이다. 정반대의 행동을 하려고 든다면 충돌이 생길 수도 있었다. 그때 발생 가능한 상황들을 모두 예상해볼 수가 없다.

'시간의 바다'

그곳에서 미래의 일들을 예견해보는 것이 편할 것으로 보였다. 하지만 장호수가 기습을 당하기 전에도 시간의 바다에서 미리 확인해보았다. 거기서 보지 못했던 결과가 발생했다. 결국 시간의 바다라고 명명한 그곳 역시도 완벽한 공간은 아니었다.

미래의 일을 확인하고자 할 때, 편한 방법은 30분 이상의 간격을 두는 것이다. 그렇게 하면, 충분한 시간을 두고 시간을 움직이기 전의 시점으로 되돌아갈 수가 있었다. 대응할 시간을 벌어두는 것이다.

"오늘도 아닌가?"

넷째 날.

이광호는 1시간 간격을 두고 미래를 확인하고 있었다.

"그렇게 심하게 말해야 했어?"

유화의 목소리다.

이광호는 강두호 총수의 방에서 숨을 죽이고 귀를 곤두세웠다. 바깥에서 유화와 누군가가 말다툼을 벌이고 있었다. 그녀와 언쟁을 벌이는 것은 오세나가 아니었다. 세쌍둥이 중 목소리가 비슷한 첫째 신하루나 둘째 신미루의 것으로 보였다.

"사실만 말했어."

그리고 대화가 끊겼다.

이광호는 한 시간 뒤로 시간을 돌렸다.

"아까부터 보이지 않잖아. 집에도 안 들어오고. 무슨 일이 생겼으면 어떡해?"

유화의 목소리다.

“시간 되면 들어올 거야. 아무리 기다려도 안 오면 우리가 찾으러 나가면 돼.”

박철민이 대답하고 있었다.

“오빠한테 무슨 일이 생기면 알아서 해.”

유화의 목소리였다.

문제가 생긴 것 같았다. 그리고 그건 아마도 자신과 연관된 것인 것 같았다. 이광호는 바깥으로 나가보고 싶은 것을 참고, 다시 1시간 뒤로 시간을 돌렸다.

오후 8시.

“내 말이 맞았어. 믿을 만한 사람이 아니야.”

“우리도 나가봐야 하지 않을까?”

“그냥 있어. 이제 나도 몰라. 어떻게 되든지 말든지.”

“아까 언니가 심했어.”

세쌍둥이들의 대화였다.

그 외의 목소리는 들려오지 않았다.

이광호는 오후 9시로 시간을 돌렸다. 총수의 저택은 쥐죽은 듯 조용했다. 혹시나 싶어서 침실 밖으로 나가 보았다. 일행들 중 어느 누구도 보이지 않았다. 모두 저택 바깥으로 나간 것 같았다. 하지만 단지 일이 있어서 나간 것만은 아닌 것 같았다.

‘이거.’

이광호는 발바닥을 들어보았다. 누구의 것인지 모를 피가 바닥에 흥건했다. 많은 양은 아니었고 작은 상처를 입었을 것으로 예측되었다.

누군가의 족적이 붉은 피로 찍혀져 있었다. 족적은 문 밖으로 이어져 있었고 문이 조금 열려 있었다.

‘유화가 있었다면 손 쉬웠을 테지.’

이광호는 싸한 예감과 침착함이 교차되는 것을 느꼈다. 오후 8시와 오후 9시 사이. 그 전에 자신이 세쌍둥이 중 누군가와 다투고 바깥으로 나갔을 것으로 예상되었다. 그 사이에 일이 벌어졌다.

여기서 선택지가 남는다. 누구와도 다투지 않고, 집안에 머무른다. 미래에 있을 자신의 행적을 따라 움직인 후, 기습할 범인들을 기다린다. 또한 시간을 움직이기 전의 시점으로 되돌아가서 무슨 일이 있던 것인지 파악하는 데 주력할지, 단지 기습을 막는 데 집중해야 할지도 결정해야 한다.

"또 당할 수는 없어. 도박이지만 역시……."

이광호는 오전 7시, 미래를 확인하러 가기 전으로 시간을 되돌렸다.

그는 바깥에 있었다. 조깅을 하러 간다며 아침 일찍 나왔던 것이다.

유화와 싸웠을 상대는 첫째인 신하루일 것으로 생각되었다.

"너 같은 건 차라리 죽었으면 좋겠어."

신하루가 이유 모를 적대감을 내비치며 말했다.

"진정될 때까지 밖에서 있을게."

이광호는 강두호 총수의 집을 나왔다.

그리고 눈에 띄지 않게 조심하며 정원 밑에 몸을 숨겼다. 범인들이 기습을 하는 시간은 8시에서 9시 사이였다.

'그 피의 주인은 세쌍둥이들의 것이겠군.'

이광호는 숨죽여 발코니 안을 건너다봤다.

깜빡 잠이 들었다가 다시 눈을 떴을 때였다.

"잠이 들면 어떻게 해."

이광호는 낯선 사내들을 바라봤다. 주축이었던 단발머리의 남자를 포함해 5명이었다. 4명으로 추측했던 것보다 많은 인원이었다.

"또 보자고 했지?"

그때 봤던 남자였다.

나엘이라는 남자가 모자를 벗으며 웃었다.

"오랜만이네. 막내야."

단발머리의 남자가 말했다.

그들은 야구 모자를 눌러쓰고 있었다.

이광호는 손목시계를 내려다봤다.

9시가 지난 시간이었다. 발코니 안의 핏자국이 보였다. 바로 눈앞의 범인들이 만들어 놓은 작품이었다.

"나는 형제를 둔 적 없습니다."

이광호가 말했다.

밝혀진 4명의 남자 뒤에서, 고개를 숙인 채 서 있는 남자가 있었다. 이광호는 어쩐지 그가 신경 쓰였다. 그러나 지금은 그런 것을 일일이 따지고 들 때가 아니었다. 세쌍둥이들과 친하지는 않았지만 일단은 한 팀이 된 사이였다. 그들을 지키지 못했다는 사실이 확실해지고 있었다. 하지 않았어야 할 실수를 해버렸다.

"정말?"

단발머리의 남자가 말했다.

"이거 서운한데."

그가 장난스럽게 웃었다.

"여기도 소란이 생길 거야. 또 빼앗기기 전에 잠깐 우리랑 어디 좀 갔다 오자."

멀리서 지켜보던 남자가 걸어왔다. 그가 가까워질수록 이광호의 표정이 어두워졌다. 그러더니 그는 경악한 눈으로 눈앞의 남자를 바라봤다.

"바엘, 내 이름이야."

남자가 말했다.

"이제야 말할 수 있게 됐네. 그렇지? 이광호."

남자가 모자를 벗으며 이광호를 보았다.

"김상현."

김상현이 웃으며 이광호의 어깨에 손을 올렸다. 그리고 초능력자들을 기습했던 범인들은, 이광호와 함께 정원에서 사라졌다.

제 3장
해후

타임 워커 3 : 뫼비우스의 띠

21.

믿을 수 없는 일이 실제로 눈앞에 벌어지면, 감각은 둔해진다. 그것이 제 아무리 용납할 수 없는 중차대한 일이라고 할지라도 마찬가지다. 머릿속으로 완전히 정리를 마치기 전까지는, 감각과 현실이 분리되어 합쳐지지 않는다. 그때의 마음속은 폭풍전야와 같다. 폭풍이 일기 전의 고요처럼 조용하기만 하다.

"광호야, 나 말이야."

김상현이 입을 열었다.

문명의 발달과 거리가 먼 평원이었다. 이광호는 김상현을 포함한 낯선 남자들이 조금 전 했던 행동을 떠올렸다. 단순히 공간이동의 범주를 넘어섰음을 그는 깨달았다. 아무리 발달이 덜 된 지역이라고 해도 사람은 존재하기 마련이다. 그런데 이곳은 인적은커녕, 인간이 살고 있는 시대라고 믿겨지지가 않았다. 자연이 우연하게 만들어낸, 암벽과 지형만이 존재하는 곳에서, 그들은 한 차례씩 불어오는 바람을 고스란히 맞고 있었다.

"꿈일 거야. 그렇지? 여기 경치 죽여준다. 물론 꿈속이지만."

이광호가 김상현을 보며 말했다.

그러자 김상현은 난처한 표정을 지었다. 마치, 어디서부터 설명을 시작해야 할지 고민하는 얼굴이었다. 이광호는 감각이 서서히 생생해짐을 느꼈다. 꿈이 아님을 그 자신도 모르는 바가 아니었다. 피부를 타고 전해지는 촉감은 결코 꿈이 만들어낼 수 있는 산물이 아니었다. 눈앞에서 벌어진 이 일들은 모두 사실이었다.

그리고 그가 자신을 속였음을 명명백백히 느끼고 있었다. 하지만 그것보다도 더욱 중요한 사실이 있었다.

"네가 그 사람들을 죽인 거야?"

이광호가 물었다.

뭔가 오해가 있는 거라고 믿고 싶었다. 어쩌다가 나쁜 사람들과 알게 되어서, 이 자리에 우연하게 있는 것이라고 설명하면 전부 믿어줄 수 있었다. 그러나 초능력자들을 살해하고 불구로 만들었던 남자들과 김상현은 친밀해보였다. 바로 그 사실이, 계속해서 화가 나게 만들고 있었다.

"미안해."

김상현이 말했다.

이광호가 김상현의 멱살을 잡아 올렸다.

"어떻게 사람을 죽이는 걸 두고 볼 수가 있어?"

"미안해."

김상현이 말했다.

"그래도 다 설명할 수 있어. 우린 꼭 필요한 일만을 했을 뿐이야."

"모두 설명해. 하나도 빠짐없이, 전부. 이 사람들이랑은 어떻게 알게 된 관계야?"

이광호가 말했다.

김상현과는 대학에 입학해서 알게 된 관계였다. 그다지 사교적이지 않던 김상현이, 자신에게는 먼저 다가와 주었기에 내심 고마워하고 있었다. 이광호는 누군가에게 먼저 다가가는 것에 서툴렀다. 그렇기에 김상현이 더없이 반가웠다.

"나보다도 먼저 알았어? 그 사람들을 죽인 이유가 뭐야?"

이광호가 물었다.

묻고 싶은 말이 한두 가지가 아니었다. 가장 먼저 짚고 넘어갈 부분을 두서없이 쏟아냈지만, 나머지도 하나씩 물어보면 될 터였다. 하지만 그렇게 모든 사실을 알게 된다 해도, 사람을 죽였다는 사실에는 변화가 없을 것이다.

"광호야."

김상현이 굳어진 얼굴로 말했다.

"네가 나를 알고 지냈던 세월이 고작 5년도 안 될 거라고 생각해?"

의미 모를 말이었다.

김상현이 이광호의 손을 떼어냈다.

"여기가 어딘지 모르겠어?"

김상현이 말했다.

"처음 와보는 곳이야."

이광호가 말했다.

김상현이 씁쓸하게 웃었다.

"그렇겠지. 아, 광호야, 그럼 우리 이렇게 다니는 건 싫으니까. 인사부터 제대로 하자. 네 기억에는 없겠지만 이 사람들 모두 너한텐 중요한 사람들이야."

김상현이 말했다.

"내 이름은 바엘, 말했지? 그리고 나엘이랑은 만난 적 있으니 패스하고. 우리 행동대장 다엘이야. 인사해."

단발머리의 남자가 웃으며 손을 흔들었다.

그는 머리카락을 뒤로 넘겨 하나로 묶었다.

"그리고 그 옆에 느끼하게 생긴 사람이 라엘. 그 옆에 멀대같은 애가 마엘."

김상현이 말했다.

그들이 차례로 인사를 건넸다.

"긴 이야기가 될 거야. 이야기는 천천히 하는 게 좋을 것 같다. 그래, 일단은 우리랑 같이 어딜 좀 돌아보자."

김상현이 말했다.

모두 진지해진 얼굴이었다. 하지만 그 눈동자는 다정하게 이광호를 바라보고 있었다. 하나부터 열까지 모를 말들만 늘어놓는 그들을, 일단 따라가 보는 것도 좋을 것 같았다. 혼자서는 그들 모두를 제압할 자신도 없었다.

"어떤 이유를 대더라도, 살인은 나쁜 거야."

이광호가 말했다.

김상현이 다가와 이광호를 마주봤다.

"긴 여행이 될 거야. 사엘."

김상현이 말했다.

또다시 시야가 묽어졌다.

22.

다엘은 이광호에게 한 가지 질문을 던졌다.

"시간을 바꾸는 능력을 사적으로 사용하는 것이 잘못된 행동일까?"

그 말은, 한 번도 그가 그 문제에 대해서 깊이 생각해본 적이 없었다는 사실을 일깨워주었다.

"서양인들이 종교를 전파하려고 다니던 때야."

다엘이 말했다.

동양인들 사이에서 두꺼운 책을 품에 안은 서양 사람들이 보였다. 그들은 외부의 시선을 의식하는 것처럼 기민하게 움직이고 있었다.

"우리 모두 유신론자야. 너는 어때?"

다엘이 물었다.

"신은 있을 수 있다고 생각합니다. 하지만 완전히 믿지는 않아요. 종교란 건, 사람들이 의지할 곳이 없어서 만들어낸 거예요."

이광호가 말했다.

다엘이 그럴 줄 알았다는 듯이 미소 지었다.

"원래대로라면 너도 유신론자여야 해. 다른 사람들과는 비교도 안 될 만큼."

다엘이 말했다.

김상현, 바엘은 누군가를 바라보고 있었다. 도망치듯 가정집 안으로 들어가는 서양인을 바라보다가, 그가 손가락을 움직였다. 뒤쫓던 사람들이 멍해진 얼굴로 멈춰 섰다. 그러고는 왔던 길을 되짚어 돌아가기 시작했다.

"사엘. 아니 광호야, 바엘이랑 같이 철학과에 다녔다고 했지?"

다엘이 말했다.

"철학적으로 질문을 던질게. 최초의 인류인 아담이 있었지. 그는 유혹에 빠져서 선악과를 먹게 되었다고 알려져 있어. 여기서 질문을 할게. 인간적인 기본 욕구를 생각해볼 때 아담이 선악과를 따 먹은 것이 잘못된 행동이었을까?"

어쩐지 성악설이 떠오르는 질문이었다.

이광호는 잠시 고민했다.

"잘못되지 않았어요."

이광호가 대답했다.

그러자 다엘의 눈꼬리가 휘어졌다.

"그럼 그걸 먹도록 유도한 사탄이 잘못했던 걸까?"

다엘이 다시 물었다.

"그는 최초의 천사였어. 그리고 그땐 인간에게 식욕이 없던 때였지. 음식을 섭취해야만 살 수 있는 지금의 인류와는 다르지."

옆에서 듣고 있던 라엘이 끼어들어 말했다.

"맞아, 인간의 식욕은 그 이후에 생겨났어. 사탄의 의심 때문에 결론적으로 인간에게 여러 욕구들이 생겨났던 거야. 식욕은 그 중에서도 가장 첫 번째 생겨난 벌의 결과야."

다엘이 말했다.

그들의 행동에 대한 이유를 먼저 듣고 싶었다. 그러나, 이들에게도 설명하고 싶은 뭔가가 있어 보였다. 모두가 바엘이라고 칭하는, 김상현에 대해서도 자세히 알아야 했다. 이광호는 뒤따라오라는 듯 앞서 걷기 시작하는 그들을 따라 걸음을 옮겼다.

"우리는 많은 일들을 하고 있어. 너랑 같은 타임 워커로서 말이야."

다엘이 말했다.

"우선."

그는 허름한 가정집 안으로 걸어 들어갔다. 여인이 급하게 이불을 덮어 무릎을 가렸다. 그러더니 찾아온 이들을 확인하고 안도의 한숨을 내쉬었다.

"깜짝 놀랐어요. 어서들 앉으세요."

여인이 말했다.

그녀는 서양인 선교사와 함께였다. 다른 이들도 있었다. 얼굴 생김새와 차림새가 모두 제각각이었다.

"오늘은 말을 전하러 왔을 뿐입니다."

다엘이 말했다.

"어떤 소식인가요?"

여인이 물었다.

"내일은 모임을 갖지 마세요. 큰 사단이 날 겁니다."

다엘이 말했다.

여인이 선교사에게 말을 전했다.

"알겠습니다. 다른 사람들한테도 그렇게 일러둘게요."

"그럼."

다엘은 여인에게 인사를 마친 뒤, 집을 나왔다. 말없이 앞을 향해 걷던 그가 불현듯 뒤돌아봤다.

"앞으로 계속해서 많은 생각을 해야 될 거야. 우리의 능력은 이 세상의 모든 연과를 끊어놓을 수 있는 유일한 것이니까."

다엘이 말했다.

다시 주변 모습이 묽어지기 시작했다. 다음 순간 서 있는 곳은, 재난의 한복판이었다. 무너지는 건물 밖으로 사람들이 도망쳐 나오고 있었다.

23.

달려 나가려는 이광호를 다엘이 붙잡았다.

"구하고 싶어?"

다엘이 말했다.

"저대로 두면 다칠 겁니다."

이광호가 말했다.

그러나 다엘은 그를 놔주지 않았다.

"네가 여기서 저 여자애를 구하면 많은 것이 바뀔 거야. 너는 이 장소에 있던 사람이 아니니까."

다엘이 말했다.

"그렇다고 위험에 처한 사람들을 내버려둘 수는 없어요."

이광호가 말했다.

여자아이는 주저앉아 울고 있었다. 충분히 도망쳤다고 생각하겠지만,

그녀의 머리 위로 불안하게 흔들거리는 철골이 보였다. 그것을 확인한 이상은 가만히 있을 수가 없었다. 이런 급박한 상황에서도 다엘은 꽉 쥔 손을 놓지 않았다.

"네가 한 행동으로 더 안 좋은 일들이 벌어질 수 있어."

다엘이 말했다.

"그래, 일단은 한번 해봐."

그는 손을 놓았다.

이광호는 고민할 새도 없이 여자아이를 향해 달려갔다. 그녀를 품에 안고, 무너진 건물에서 최대한 멀리 도망쳤다. 붕괴가 끝난 줄 알았던 건물이 또다시 흔들렸다. 여자아이가 있던 자리는 물론이고, 그 반경에 서있던 사람들이 건물 잔해에 깔렸다. 순식간에 발생한 일에, 아이는 놀란 것 같았다.

"마음에 들어?"

다엘이 다가와 말했다.

"그럼 이제 확인을 해보러 가자."

다엘이 이광호를 일으켜 세웠다.

여자아이는 멍하게 서있을 뿐이었다.

"네가 방금 그 아이를 구했던 게 잘한 일이었는지."

다엘이 말했다.

교복을 입은 여자가 보였다. 나이는 중학생 정도로 생각되었다.

"네가 구했던 그 여자애야."

다엘이 말했다.

"행복해 보여?"

그는 여학생을 가리켰다. 짧게 줄인 치마에 담배를 물고 있는 여학생은 친구들과 자지러지게 웃고 있었다. 꼬마였을 때의 얼굴이 조금은 남아 있었다.

"잠깐의 방황은 괜찮을 테지. 하지만."

여학생의 얼굴이 붉어졌다.

다시 만난 그녀는 교복을 입은 모습이 아니었다. 유흥가의 골목, 그녀는 술병을 든 채로 고개를 숙이고 있었다.

"왜 저렇게 됐는지 알아?"

다엘이 말했다.

"그때 그 붕괴되던 건물에 저 여자의 가족들이 전부 있었어. 너는 저 여자를 구했다고 생각하겠지만, 결국은 혼자 살아가도록 만든 거야. 저 여자는 저렇게 계속 혼자서 살다가 혼자 늙어죽게 돼. 아무도 없는 곳에서. 여든 하나의 늦은 나이에 죽게 돼. 가족들을 그리워하며 한평생 신을 저주하는 데 매달렸지."

이광호가 주먹을 움켜쥐었다.

"살아만 있게 만든다고 모든 게 해결되진 않아."

다엘이 말했다.

"자, 그럼 이제 다시 선택해볼래?"

그가 손가락을 비틀었다.

건물이 붕괴되던 그때로 시간이 되돌아갔다. 여자아이가 불안하게 울고 있었다.

"그래도 저 여자애를 살릴 거야?"

다엘이 말했다.

김상현은 그의 옆에서 관망하듯 이광호를 바라보고 있었다.

"왜 살리려고 하지 않아?"

다엘이 물었다.

그의 표정이 짓궂게 느껴졌다.

"우리가 하는 행동은 절대로 사적으로 쓰여서는 안 돼. 이제 알겠어?"

다엘이 말했다.

굳은 얼굴로 말을 마친 그가, 다시금 미소를 지었다.

"사엘, 보고 싶었어. 막내야."

다엘이 말했다.

여자아이를 포함해 많은 이들이 눈앞에서 죽어갔다. 그것을 보고 패닉에 빠진 이광호를 다엘이 감싸 안았다.

24.

"우리가 왜 너를 사엘이라고 부르는지 궁금할 거야."

다엘은 이광호를 찻집으로 안내했다. 지금의 카페와는 다른 분위기였다.

이광호는 찻집 밖을 바라봤다. 제복을 입은 사람들이 곳곳에 서 있었다. 한국인이라고 보기에 다소 어색한 외형. 단정한 치마를 입은 소녀들이 그들의 눈에 띄지 않으려 조심스럽게 걸어가고 있었다.

"우린 아주 옛날에 함께 있었어."

다엘이 말했다.

"그리고 바엘이 기억을 되찾은 건 4년 전이야. 얼마 안 됐어."

"상현이는 얼마나 알고 있는 겁니까?"

이광호가 말했다.

"본인한테 직접 물어봐. 시간은 많아."

다엘이 말했다.

그는 능숙한 일본어로 주문을 마쳤다.

"나한테 초능력이 있다는 사실을 그때 알았어. 운이 좋게도, 기억을 찾고 나서 곧바로 다엘과 다른 애들을 만났지. 너를 알게 된 건 그 뒤였어. 너는 나를 기억하지 못했지만 나는 딱 보고 널 알아볼 수 있었지."

김상현이 말했다.

"난 기억을 되찾은 뒤에 이들을 만난 거여서 큰 혼란이 없었어. 너한테 설명해주고 싶은 때가 많았지만 그래도 참아야 했지."

"미리 말했으면 나는 믿어줬을 거야."

"그땐 말할 수 없었어."

김상현이 말했다.

"너한테 이야기를 했다면 많은 게 달라졌을 테니까. 불안했지만 지켜봐야 했어. 네가 눈치채지 못하도록 아무것도 모르는 것처럼 말이야."

주문한 차가 나왔다.

작은 찻잔에 아주 적은 양의 커피가 담겨 있었다.

"꼭 필요한 일이었다고 했지? 그 사람들을 왜 죽인 거야?"

이광호가 말했다.

그러나 김상현은 또다시 알 수 없는 대답만 할 뿐이었다.

"강두호가 죽어서는 안 됐어."

"총수님을 죽인 건 네가 아니야?"

이광호가 물었다.

"그래, 그를 죽인 건 우리가 아니야."

김상현이 대답했다.

그가 찻잔을 입가로 가져다 댔다. 한 모금 마시고 나서 그가 다시 입술을 달싹였다.

"강두호 총수는 다른 사람이 죽였어. 원래는 예정되지 않았던 일이었지. 그가 살아 있다면 다른 방법을 찾을 수 있었을 거야."

살인은 예정에 없었다는 말처럼 들렸다. 김상현은 말없이 입술을 손톱으로 잡아 뜯었다. 그가 골치 아픈 일이 있을 때마다 보이던 행동이었다.

"너도 나랑 같은 초능력을 갖고 있다면서?"

이광호가 물었다.

"총수님을 살리면 되는 문제잖아."

김상현이 고개를 돌려 다엘을 응시했다. 다엘이 말없이 고개를 끄덕였다.

"미안하지만 나는 물론이고 너 역시도 강두호를 되살리는 건 불가능해."

김상현이 말했다.

문득 강두호가 기습을 받던 시간으로 넘어갈 수 없었던 것이 생각났다. 마치 벽에 가로막힌 듯이 이동이 불가능했다. 그러한 적은 여러 번 있었다. 가장 최근에 겪은 것이, 눈앞의 이 남자들과 관련되어 있었다.

"상현아, 도대체 우리가 무슨 대화를 나누는지 모르겠다. 이해하기 쉽게 차근차근 설명해줄래?"

이광호가 말했다.

"너도 기억을 되찾으면 알게 될 거야. 하지만 그때까지 많이 혼란스러울 테니 간단히 말해줄게. 우리가 죽인 초능력자들은 살아 있어서는 안 되는 사람들이야."

김상현이 말했다.

이광호는 속이 울렁거리는 것을 느꼈다.

"살아있어서는 안 된다니?"

이광호가 물었다.

"뫼비우스 띠가 뭔지 알지?"

김상현이 되물었다.

"뫼비우스의 띠?"

"그래, 뫼비우스의 띠."

뫼비우스의 띠란 앞면과 뒷면의 구분이 모호한 개념을 가진 물체다.

다양한 관점에서 해석될 수 있는 독특한 구조를 가진 것으로 알려져 있다.

"우리들은 시간의 평형을 지키는 일을 하고 있어. 너 역시도 그래야 하고. 존재해야 할 일과 그렇지 않은 일을 구분하고 지켜나가고 있지. 광호야, 너도 과거와 미래를 오가면서 어떤 행동이든 할 수 있었지?"

김상현이 말했다.

"바뀌어 사라진 것들이 반드시 있어야 했을 일이라고 확신해?"

다소 어려운 말이었다.

그러나 그는 김상현이 무슨 말을 하고 싶은지 파악할 수 있었다. 과거와 현재, 미래는 뫼비우스의 띠처럼 서로 연결되어 있다. 과거를 바꾸면 미래가 바뀌고, 미래를 바꾸면, 그 미래와 이어진 과거가 바뀌게 된다. 미래와 과거는 시작과 끝을 구분할 수 없다. 현재란, 뫼비우스의 띠처럼 이어진 시간의 굴레 속의 어느 한 지점일 뿐이다.

"네가 하는 행동으로 미래가 바뀌면, 그로 인해서 과거의 많은 행적들도 바뀌게 돼. 네가 미래로 가서 아이스크림을 사 먹었다면. 언젠가 너는 정확히 그 시점에 아이스크림을 사 먹어야 할 거야. 부분적인 선택으로 아이스크림을 먹지 않을 수도 있겠지만, 그렇게 하면 다른 사람들이 그때의 기억을 모두 잊게 돼. 이게 바로 타임 워커들의 능력이 만드는 '소실'이라는 개념이야. 일반인들이 겪는 데자뷰란, 있어야 할 일이 부분적으로만 바뀌었을 때 나타나는 현상이고."

김상현이 말했다.

"우리는 분명 과거와 미래를 바꿀 수 있어. 하지만 그 여파로 일어날 모든 일들을 생각해두고 선택을 해야 해."

"네가 죽게 만든 초능력자들은 필요악이라고 판단되었던 거군."

이광호가 말했다.

왠지 납득은 되지만 찜찜함이 남는 말이었다.

"그들은 많은 이들을 불행하게 만들 거였어. 네가 좋은 마음으로 그 여자애를 살려서 목격한 것들과는 차원이 달라."

김상현이 말했다.

다엘이 찻잔을 손끝으로 두드렸다. 김상현이 그와 눈빛을 주고받았다.

"더 자세한 말을 하려면 자리를 옮겨야 할 것 같아. 광호 너한테는 이렇게 주절주절 말하는 것보다 보여주는 편이 빠를 테니까."

김상현이 말했다.

"너도 알고 있는 공간일 거야."

다엘이 손가락을 튕겼다.

그러자 장소가 뒤바뀌었다. 모두가 알고 있는 공간. 이광호는 시간의 바다 한복판으로 이동됐다. 반사적으로 입을 막는 그의 손을, 다엘이 거둬냈다. 액체처럼 보이는 물질이 가득한 시간의 바다는 원래부터 알고 있었던 곳이지만 어딘가 낯설었다.

"항상 저 안으로 들어갔었겠지?"

다엘이 말했다.

"막내 너는 우리 중에 유독 호기심이 많았어."

이광호는 익숙한 방 안에 모여 앉은 아이들을 응시했다.

25.

"사엘, 여기서부터는 우리들의 이야기야."

다엘이 말했다.

이광호는 시간의 바다와 격리된 아이들을 바라봤다. 그들은 모두 7명이었다. 체격은 비슷하지만 얼굴은 제각각인 아이들 중에, 유난히 닮은 두 명이 보였다. 그 둘은 엎드린 채로 손가락을 움직이며 대화를 나누고 있었다. 나머지 아이들은 웃으며 장난을 치다가, 이따금씩 그들을 돌아보고 있었다.

"사탄의 아들이 지상에 나오던 때를 기억해?"

다엘이 말했다.

"그때 그와 만났겠지. 하지만 그냥 돌아갔을 거야. 네가 어떤 선택을 하게 되었든 그는 지하로 돌아갈 예정이었어."

단순히 액체라고 생각됐던 시간의 바다는 우주와 닮아 있었다. 유성의 잔해와 같은 반짝이는 물질들이 한 방향으로 흐르고 있었다. 잔잔한 흐름이 느껴지면서도, 숨 쉬는 데는 어려움이 없었다.

이광호는 한 방향으로 흐르는 물질을 손으로 가로막았다. 반짝거리는 물질이 손 안에서 모였다가, 손가락 사이로 흘렀다.

그의 손을 감싸 안으며 다엘이 말했다.

"너는 몰랐겠지만 우리는 항상 지켜보고 있었어. 사엘, 너를 직접적으로 만날 수 있는 타이밍을 재기 위해서 말이야."

어떠한 이유 때문에 다가오지 못한 채로 방관해야 했다. 다른 사람이라면 납득하지 못할 말이지만 같은 시간 능력을 지닌 그로서는 이해할 수 있었다.

"이제 우리의 말이 거짓말이 아니란 사실은 알았겠지?"

나엘이 말했다.

그가 장난스럽게 웃었다. 이광호는 나엘을 바라보다가 방 안의 아이들을 차례로 바라봤다. 아이들의 얼굴이 남자들과 닮아 있었다. 김상현을 닮은 아이도 그 안에서 함께 장난을 치며 놀고 있었다.

"우린 아주 오래전부터 함께였어."

나엘이 말했다.

"우린 차례로 이곳에 들어와서 살게 되었지. 가장 나중에 들어온 것이, 너야. 사엘.”

그는 다정한 얼굴이었다. 거짓으로 꾸며낸 것이 아닌, 자연스러운 모습이었다.

이 모든 것이 사실이라면, 수긍하고 받아들이면 될 것이다. 그러나 그것이 쉽게 가능하지가 않았다. 직접 만나서 이 모든 설명을 듣기 전까지만 해도, 이들은 적이었다. 이유야 어찌 됐건, 이들은 사람을 해쳤고 가까운 사람들을 위협 속에 살도록 만들었다.

“단지 알게 되었다는 이유로 우리와 함께 하자고 말하진 않아.”

다엘이 말했다.

“사탄의 아들이 말했던 것과 같아. 우리는 너에게 선택권을 줄 거야. 하지만 우리가 하는 일들에는 다 그만한 이유가 있었다고 생각하고 모른 척해줘. 너는 이해할 수 있을 거야. 연과 관계 속에서 가장 적당한 사건을 엮는 일은, 그동안 네가 해왔던 것들과 다르진 않으니까.”

방안의 아이들을 무표정하게 응시하던 김상현이 고개를 돌렸다. 그는 이광호와 눈을 맞추었다가 다시 아이들을 바라봤다.

“그리고, 이 이야기는 직접 보여주면서 하는 게 좋겠다.”

다엘이 방안의 아이들을 바라봤다.

쌍둥이라고 해도 믿을 만한 두 명의 아이들. 그들은 여전히 자신들만의 세계에 푹 빠져 있었다.

“우리는 모두 일곱이었어. 가엘, 나엘, 다엘, 라엘, 마엘, 바엘, 사엘. 들어온 순서대로 이름을 붙이게 되었지.”

다엘이 말했다.

“이제 다른 곳으로 가보자.”

그는 밑으로 헤엄쳐 내려갔다.

26.

이광호는 발 아래에 이러한 공간이 있었다는 사실을 그동안 알지 못했다. 그의 눈에 놀라움이 번져가는 순간에, 다엘이 그의 앞을 가로막았다.

"사엘, 너는 저곳으로 들어갔던 적이 있어."

다엘이 말했다.

"우리도 저런 게 있었다는 걸 알지 못했어. 나중에서야 알게 되었지. 그리고 막내 너와 가엘에게 어떤 일이 있었는지 예상하게 되었어."

지옥이란 개념이 실제로 존재한다면, 바로 이와 같은 모습일 것 같았다. 지옥으로 통하는 통로. 매우 좁고 기분 나쁜 구조였다. 썩어 문드러진 나무줄기가 이리저리 얽혀서 아이들이 머무는 곳을 향해 뻗어 있었다. 입구가 매우 좁아서 그곳으로의 출입은 용이하지 않을 것 같았다. 그런데도 이광호는 왠지 나무줄기 사이의 좁은 통로가, 살아있는 모든 생명을 빨아들이려는 것처럼 느껴졌다.

"우리도 정확하게는 알지 못해. 가엘과 네가 저곳에서 어떤 일을 당했는지."

다엘이 말했다.

"단지 우리끼리 예상해볼 뿐이야. 여러 가지 것들을 종합해서."

"광호야."

김상현이 끼어들어 말했다.

"가엘을 찾아야 해."

이광호가 그를 바라봤다.

김상현은 붉어진 눈이었다. 뭔가를 전하려는 듯, 다짐하려는 듯이 보였다. 그러나 이광호는 그가 정확하게 무엇을 전하고 싶어 하는지 알 수 없었다.

"가엘은 너와 외모가 비슷했어. 쌍둥이처럼 닮아서 관심사도 비슷했지. 우리가 기억하고 있는 건, 사엘 네가 호기심이 유난히 많았다는 것뿐이야. 반대로 가엘은 그 어떤 것에도 큰 관심을 보인 적이 없었어. 맏이로서의 의식만 분명했던 것 같아."

김상현이 말했다.

이광호는 쌍둥이처럼 닮아있던 그들의 모습을 떠올렸다. 비슷한 외모로서 존재하는 김상현과 나머지 남자들. 그들이 모두 같은 타임 워커로서 연관성을 지닌다면 나머지 한 명이 쉽게 예상되었다.

"너희 아버지. 그가 가엘이야."

김상현이 말했다. 놀랄 새도 없이 김상현이 덧붙였다.

"그를 막아야 해."

"우리 아버지가 나쁜 짓을 할 거란 말이야?"

이광호가 물었다.

대화가 많은 부자간은 아니었다. 그러나 긴 헤어짐에도 그 전까지 많은 것을 공유했고, 그에 대해서는 잘 알고 있었다. 그는 안 좋은 행동을 할 인격이 못 되었다. 이해하지 못할 일들이 있긴 했지만, 그것은 모두 나름대로 이유를 지녔을 것이다.

"내가 가장 먼저 초능력을 얻게 된 후에 한 일이 그거야. 이광호, 너와 이훈철을 멀리 떨어뜨려 놓는 것. 더욱 가까워지지 못하도록 가장 적당한 때에 그렇게 했던 거야. 이훈철은 알지 못하고 있었겠지만. 그가 너를 두고 미래로 향했던 것은 사실 우리와 관련이 되어 있어. 그가 행동하기 시작했다면 기억을 모두 찾았다는 거겠지. 우리가 조작했던 기억이 사실이 아니라는 것도 전부 알게 되었을 거야."

김상현이 말했다.

"하지만!"

이광호가 말했다.

뭔가 숨겨진 이유가 있다는 것은 알았다. 하지만 단지 말로서 설명을 듣는다고 그 동안의 시간들을 없던 것으로 할 수는 없었다. 김상현은 이훈철을 멀리해야 할 인물로 말하고 있는 것 같았다. 그건 용납할 수가 없었다.

"이미 시작됐어."

옆에서 듣고만 있던 나엘이 말했다.

"강두호 총수를 죽인 것이 바로 가엘이야. 광호, 너희 아버지."

"그럴 이유가 없습니다. 함부로 말하지 마세요."

이광호가 말했다.

직접 보기 전까지는 믿을 수 없었다. 다른 것들은 믿어줄만 했어도, 신념에 위배되는 것을 고작 말 몇 마디 들었다고 받아들일 수는 없는 것이다. 다른 누구도 아닌 아버지가 사람을 죽이는 과오를 저질렀다니 믿을 수가 없었다.

"네가 지금 보고 있는 게 흔히들 알고 있는 지옥의 입구야. 우리는 지하라고 부르지. 모든 것의 아래에 있는 장소니까. 사엘, 너는 가엘과 함께 저곳으로 떨어졌었어."

다엘이 말했다.

"받아들이기 어렵다는 걸 알아. 사엘, 우린 너와 가엘 사이에 있었던 일들을 자세히 알지 못해. 그래서 앞으로 어떻게 해야 할지, 시간을 벌고 있었던 거야. 방관하면서 너희들이 어떤 선택을 하는지 쭉 지켜봤어. 그러기 위해서 너희들의 시간에 잠깐씩 끼어 들었지. 시간의 가로막힘 현상이나, 튕김 현상은 대부분 우리 때문에 생겨났던 거야."

"시간 이동이 안 되었던 게 당신들 때문입니까?"

이광호가 말했다.

"그래야 했어."

다엘이 말했다.

이제야 조금씩 퍼즐이 맞춰지고 있었다. 같은 시간 능력자이기 때문에 가능했던 일이다.

"가엘은 우리보다 더 먼저 저 곳에 있었어. 언제부터였는지 알 수도 없어. 능력이 우리보다 훨씬 앞서 있어."

다엘이 말했다.

"아버지를 만나면 어떻게 하실 작정입니까?"

이광호가 물었다.

"일단은 대화를 해볼 거야. 잘못된 행동을 하고 있다고 해도, 되돌릴 수 있다면 우리도 그렇게 하는 편이 좋으니까."

다엘이 말했다.

"일단은 알겠습니다."

이광호가 말했다.

그는 복잡한 심경을 애써 숨기는 모습이었다. 언제든 이성적인 그였지만 역시나 가족이나 가까운 이들과 관련된 일에는 흔들리는 것으로 보였다.

"그 전에 쌍둥이들에게는 무슨 짓을 했습니까?"

이광호가 물었다.

"그 초능력자들?"

다엘이 말했다.

"야, 걔네는 잠깐 혼내줬을 뿐이야. 치명상은 입히지 않았어. 그건 네가 신경 쓸 문제가 아니야."

김상현이 끼어들어 말했다.

"너는 나랑 나중에 단둘이 이야기 좀 하자."

이광호가 말했다.

그는 금세라도 돌아설 듯이 보였다.

"어디 가려고?"

다엘이 물었다.
"생각할 시간이 필요합니다. 너무 피곤하기도 하구요."
이광호가 말했다.
그리고 그가 타임 워킹을 시도하려던 때였다.
"오세나라고 있지?"
다엘이 말했다.
중요한 말을 하려는 것 같았다. 이광호는 되돌아가려는 것을 멈추고, 다엘을 응시했다. 그러나 그가 꺼낸 말은 생각할 필요가 없는 말이었다.
"관계는 확실한 게 좋아."
"말해주지 않아도 그럴 겁니다."
이광호가 말했다.
그는 시간을 되돌려 강두호 총수의 정원으로 이동했다.

27.

시간 능력자들에게 공격을 받은 것은 신하루였다. 의사의 말에 의하면 위급한 상태는 아니었다. 상처가 작지는 않았지만 생명에 직결되는 문제가 아니었다. 그녀는 머리와 복부에 봉합수술을 마쳤고, 초능력자인 점을 감안해 1인실로 이동되었다.
"언니."
신미루가 그녀를 보며 말했다.
초점이 없는 눈으로 벽을 보고 있는 신하루가 보였다. 이광호는 병실에 모인 초능력자들을 바라봤다.
"오빠, 어디 갔었어?"

오세나가 물었다.

"전화도 안 받아서 걱정했잖냐. 아무튼 네가 없던 사이에 공격당한 것 같다. 너는 아무 일 없었어?"

박철민이 물었다.

유화는 무표정하게 신하루를 바라보고 있었다. 그렇게 가만히 보고만 있다가 유화가 일어나 병실을 나갔다.

신하루는 앉은 채로 말이 없었다. 그녀의 동생들이 고개를 돌렸다. 대놓고 표현하지는 않지만 질책이 담긴 얼굴이었다.

오세나가 이광호를 밖으로 이끌었다. 박철민도 따라 나왔다.

병실의 문을 닫고 박철민이 말했다.

"계속 저렇게 패닉 상태야. 살아남은 사람들이랑 같은 증상을 보이고 있어."

"범인들에 대해서 듣지 못했나요?"

이광호가 말했다.

"물어봐도 대답하질 않아. 혼자 있을 때 공격을 당한 것 같아. 신미루가 집에 같이 있었다는데 잠깐 나간 사이에 일이 있었던 모양이야."

박철민이 말했다.

"너는 어디 갔었던 거야? 걱정돼서 찾으러 나갔었는데 그게 실수였던 것 같아."

"그런 일이 있었어요."

이광호가 말했다.

"그 사람들이랑은 만나지 못했어? 다음에 다시 보자고 했던 건 너한테였잖아."

박철민이 말했다.

이광호는 오세나를 바라봤다.

"세나야."

이광호가 말했다.

"너는 만나지 않았지?"

"나? 나는 철민이 오빠랑 유화 언니랑 같이 다녔어. 걱정하는 거라면 괜찮아. 우리보다는 저 언니가 걱정이지."

오세나가 말했다.

이광호는 다엘의 말을 떠올렸다. 관계를 확실히 하라던 그의 말이 무슨 뜻인지 알 수가 없다. 그 말이 만약, 오세나의 배신을 담고 있는 거라면 어떻게 될까.

"우린 친한 오빠 동생 사이야. 그렇지?"

이광호가 물었다.

오세나는 당황한 얼굴이었다. 뜬금없는 말을 던지면 누구라도 그럴 것이다. 그러나 확인받아야 했다.

"뭐야, 갑자기. 당연히 그렇지."

오세나가 말했다.

"어떤 일이 생겨도 믿어주고. 그건 영원히 변하지 않을 거야."

이광호가 말했다.

오세나가 묘한 얼굴로 고개를 끄덕였다.

"형님도 그렇죠? 우리는 서로 돌아서는 일이 없도록 해요."

이광호가 말했다.

"인마, 그건 당연한 거야."

박철민이 말했다.

그는 병원 밖으로 나갈 것을 제안했다.

"신하루는 이번 일에서 빼자."

박철민이 룸미러를 보며 말했다.

강지환 회장을 만나기 위해 본사로 가는 길이었다. 박철민의 차를 타고 그들은 대한 그룹으로 향하고 있었다.

"그래?"

오세나가 말했다.

그녀는 생각에 잠긴 표정이었다.

"그게 좋겠어요."

이광호가 말했다.

오세나가 그를 흘깃 바라봤다.

"광호 너는 우리랑 떨어지지 마라. 아무리 화가 나도. 그게 좋겠어."

박철민이 말했다.

"알겠어요."

이광호가 대답했다.

"나머지 쌍둥이들은 필요할 거야. 위험한 상황이 오면 우리가 막아줘야 해."

박철민이 말했다.

그가 운전대를 옆으로 틀었다.

대한 그룹의 본사.

강지환 회장은 유달수 팀장과 함께 있었다. 그들은 초능력자들이 방문할 것을 알고 있던 눈치였다.

"신하루씨는 괜찮습니까?"

강지환 회장이 물었다.

"생명에는 지장이 없습니다. 하지만 이번 일에서 빠져야 할 것 같아요."

박철민이 대답했다.

강지환 회장은 입술을 지그시 깨물었다.

"그렇군요."

강지환 회장이 말했다.

박철민은 그가 언짢아하고 있다고 생각했다. 그런데 그가 다음으로 꺼낸 말은 예상치 못한 것이었다.

"그들을 쫓는 일은 이제 하지 않습니다."

강지환 회장이 말했다.

"예?"

박철민이 놀란 목소리로 물었다.

"말 그대로입니다. 제가 생각해보건대 그들은 모든 초능력자들을 적으로 두고 있지 않습니다. 일부의 사람들만 공격하고 있다면 그건 개인의 문제입니다. 개인의 문제까지 관여하려고 들다가 우리한테 손해가 생기면 어떻겠습니까?"

강지환 회장이 말했다.

그는 냉정한 얼굴로 말을 이었다.

"득보다 실이 많아질 겁니다. 고작 몇 명 때문에 우리 사람들 전체가 목표가 되는 일은 가능한 피하는 게 좋습니다."

"그렇지만 회장님이 이 일을 먼저 꺼내셨습니다."

박철민이 말했다.

그가 유달수를 바라봤다. 유달수는 무거운 얼굴로 고개를 내저었다.

"회장님."

박철민이 말했다.

"보고 잘 받았습니다. 나가세요. 다음의 일은 여기 계신 유달수 팀장님이 하달할 때 다시 시작합니다."

강지환 회장이 말했다.

그는 볼펜 촉을 세우며 서류를 들여다보기 시작했다.

"회장님."

박철민이 재차 그를 불렀다.

"옆에 계신 다른 분들은 불만이 없어 보입니다. 만약 그들을 막고 싶다면 박철민씨 개인이 하십시오."

강지환 회장이 말했다.

박철민은 오세나와 이광호를 바라봤다. 그들은 어두운 표정으로 입술을 다물고 있었다. 물론 회장의 말에 동의하는 것으로 비쳐지기도 했다.

"하지만!"

박철민이 말했다.

보다 못한 유달수가 그에게 다가왔다.

"회장님 말씀이 맞아. 나가 있자. 응? 나중에 이야기 하고."

유달수가 박철민의 어깨를 감싸며 말했다.

억지로 떠밀려 나온 박철민이 닫힌 문을 바라봤다.

28.

제일 먼저 일을 시작한 것은 박철민이었다. 그는 저녁쯤 옷을 갈아입고 나가 아침까지 돌아오지 않고 있었다. 일을 마치는 대로 집으로 오겠다는 말을 남겼지만 그 말은 지켜질 것 같지 않았다.

아파트에 혼자 남은 시간 동안, 이광호는 생각을 정리했다.

'문제를 일으킬 소지가 있는 초능력자들의 처리.'

시간 능력자들은 그러한 일들을 하고 있었다.

'악마의 존재.'

악마는 애초부터 지상에 오래 머물 생각이 아니었다.

'아버지의 행보.'

그들의 말에 따르면, 지옥, 지하에서 어떠한 일이 있었다. 시간 능력자들이 본 미래에서 이훈철은 뭔가 좋지 않은 일들을 하고 있었을 것이다.

'그리고.'

시간 능력자들은 간략한 정보만 남긴 채로 선택을 할 것을 요구하고 있었다. 관계를 정확히 하라는 의미 모를 말도 남겼다.

이광호는 외투를 걸치지 않고 아파트 단지로 나왔다. 초능력자들이 서로 모여서 수군거리고 있었다. 강지환 회장은 다시 그들을 사지로 내몰았다. 누가 표적이 될지 모르는 상황에서 일을 해야 하는 그들이 좋은 기분일 리가 없었다.

"안녕하세요."

누군가 지나치다 말고 말을 건넸다.

이광호는 어디서 본 적이 있는 사람인지 생각했다.

"김민정이에요."

그는 여자의 얼굴을 자세히 살폈다.

김민정은 머리를 풀어 내린 모습이었다.

"모습이 달라서 몰라봤구나."

"아니에요. 잠깐 생각할 게 있었어요. 못 알아봐서 죄송합니다."

이광호가 말했다.

"당신만이 아닌 걸요, 뭘."

김민정이 주변을 둘러봤다.

"다들 그래요."

김민정이 말했다.

"박철민씨는 일 때문에 나가셨죠?"

"어제 나갔습니다."

"그럼 지금은 혼자겠네요?"

김민정이 물었다.

이광호가 그녀를 빤히 바라봤다.

'이 사람이 미래에 문제를 일으키게 된다면.'

김민정이 어색한 미소를 지었다.

"왜 그래요?"

김민정이 말했다.

"아닙니다. 오늘은 혼자 있고 싶군요."

이광호가 말했다.

김민정이 플라스틱 박스를 들어올렸다. 그 안에 재활용 쓰레기들이 담겨 있었다.

"안심하세요. 저도 잠깐 나온 거예요."

김민정이 말했다.

그녀가 떠나고 이광호는 오두막 아래에 앉았다.

'초능력을 사적으로 사용하는 것이 좋은 행동일까 하고 물었다. 그 말인즉슨 시간 능력만큼은 공적으로 사용되어야 한다는 뜻을 내포하고 있다.'

그들의 말대로 호기심이 지나치게 많았다.

머리가 아파오는 일이다. 초능력자들 사이에서, 그들을 주시하며, 이를 골라내듯 언제라도 위험인물을 잘라낼 준비를 해야 한다. 만약 시간 능력자들과 손을 잡는다면 자신도 이렇게 될 것이 분명했다.

초능력을 어떻게 사용하든, 그건 그 개인의 문제다. 그렇게 생각하지만 그들이 말하는 공적인 사용에 대해서 부인할 수는 없었다. 사적으로 사용하면 어떤 결과를 낳게 되는지 눈으로 직접 확인했다.

'시간 능력자들 사이에 김상현이 있었다. 김상현은 아버지와 나의 사이를 일부러 갈라놓았다고 말했다. 지금 아버지의 속내가 어떤지 나는 알 수가 없다. 그 사람들의 말이 어디까지가 사실인지도 물론 확신하지 못한다.'

바로 이 점이 호기심을 자아내고 있었다.

불나방은 불꽃이 위험할 것을 직감하면서도 그 속으로 뛰어든다. 어쩌면 호기심을 자극시키기 위해서 일부러 일부만 말해줬을지도 몰랐다.

'손을 잡기로 결정하는 것은 나의 선택이다. 그러나 일행이 되기로 한다면 나는 또 다시 선택권을 갖게 된다.'

이광호는 박철민과 오세나, 그리고 유화를 떠올렸다.

그는 나무 벤치를 그러쥐었다. 손톱 안으로 가시가 깊이 파고들었다.

29.

오세나는 불만 어린 눈길로 훈련장에 모인 초능력자들을 응시했다. 그들이 속닥거리는 말들이 하나부터 열까지 마음에 들지 않았다. 단지 생각만으로 그쳐야 할 문제를, 굳이 바깥으로 끄집어내 대화하는 그들이 이해되지 않았다.

그들은 이광호를 의심하는 뉘앙스의 말들을 주고받고 있었다. 범인을 쫓아갔던 그가 멀쩡하게 돌아왔다는 것을 수상하게 여기는 것이다. 그들의 말에 따르면, 하필 그와 다툼이 있었던 신하루가, 바로 당일 공격을 받았다. 의심은 의심에서만 그쳐야 한다. 사실 확인도 되지 않은 정황뿐인 의심을 남에게 전파하는 것은 몰상식한 행동이다. 더는 들어줄 수가 없었다.

오세나가 그들에게 다가갔다.

"훈련하러 왔으면 훈련만 받고 가세요. 괜히 집중하고 있는 사람들 방해하지 마요."

가는 말이 고와야 오는 말이 곱다. 당연하게도 그들은 오세나를 좋은 눈길로 바라보지 않았다.

"우리가 무슨 말을 하던지 너는 상관없을 것 같은데."

그들 중 하나가 말했다.

"듣는 귀가 많아요. 여기 당신들만 있는 게 아니잖아요."

오세나가 말했다.

"말하는 것도 맘대로 못하게 하니?"

"맞아, 네가 뭐라고."

"우와, 잠깐만. 그래서 그런 건가?"

그들 중 한 명이 작은 목소리로 일행들에게 속삭였다. 속삭임이 멈추자 그들은 이해를 마쳤다는 얼굴로 오세나를 바라봤다.

"방해되지 않게 떠들면 괜찮은 거지?"

초능력자들이 말했다.

오세나는 그들을 가만히 노려봤다.

"오빠는 그런 사람이 아니에요. 당신들 마음대로 이상한 말 퍼뜨리지 마세요. 누구든지 이 시간부로 그 오빠를 욕하면 제가 가만두지 않을 거예요."

오세나가 말했다.

선전포고를 마친 후, 그녀는 테스트를 받기 위해 되돌아왔다. 남몰래 험담을 하던 초능력자들은 이내 훈련을 받기 위해 흩어졌다.

"테스트 시작할게요."

연구원이 말했다.

몇 년째 그녀를 담당하고 있는 사람이었다. 그녀는 동그란 안경을 치켜세우며, 차트에 오늘 일자를 적었다.

"네."

오세나가 말했다.

그녀는 작은 탁자에 놓인 종이 뭉치를 응시했다.

"저 속에 있는 물건은 태우면 안 돼요. 그럼 시작합니다."

연구원이 말했다.

오세나는 종이뭉치를 향해 신경을 집중시켰다. 아주 정확하게, 필요한 양의 불길만, 찰나에 쏘아냈다.

"잘했어요. 확인해보겠습니다."

연구원이 말했다.

하이힐 소리를 내며 탁자 앞으로 걸어간 그녀가 잿더미를 거둬냈다. 한 치의 오차도 없이 종이만 태우는 데 성공했다. 연구원은 종이에 숨겨져 있던 탁구공을 꺼내들었다. 재가 묻어 있지만 직접적으로 불길에 닿은 흔적은 없었다.

"성공했군요. 성과가 있었네요."

연구원이 만족한 얼굴로 말했다.

"테스트에 통과했으니 약속대로 예정되어 있던 보충 훈련은 생략하기로 할게요. 다음 단계의 훈련은 다음 주부터 바로 시작합니다. 괜찮으신가요?"

"네, 그렇게 해주세요. 이만 가보겠습니다."

오세나가 말했다.

"다음 주에 볼게요."

연구원이 말했다.

오세나는 훈련장을 나섰다. 태양이 사라진 이른 저녁. 살갗을 파고드는 한기를 굳이 막으려 하지 않고 그녀는 휴대폰을 들었다.

"남하고 거리를 두는 성격인 게 다행인지, 불행인지……."

오세나는 주소록을 뒤적여 이광호의 번호를 찾아냈다. 이미 외운 번호였다.

"그래도 우리는 특별하게 생각하고 있는 거겠지?"

이광호가 불쑥 던진 말이 기억났다. 친한 동생이라던 그의 말은 뒤로 하고서라도, 가능한 영원히 서로를 믿어주자고 했다. 그의 말이 없더라도 그럴 생각이었다. 아무리 의심스러운 행동을 하더라도 믿고 지켜볼 생각이었다.

'나엘.'

사실, 깨어 있었다. 깨어서 이광호의 목소리를 들었다. 다른 여자와 함께 단둘이 밤을 지새우는 것을 두고 볼 수가 없었기 때문이다. 아이러니하게도 그때 예상치 못한 말을 듣게 되었다.

오세나는 휴대폰을 꽉 거머쥐었다.

'먼저 말해줘. 그러면…….'

아니, 그의 행동은 중요하지 않았다. 그의 결정에 대응하는 자신의 행동이 중요했다.

30.

박철민은 일을 나간 지 이틀 만에 집으로 돌아왔다. 마침 쉬는 날이 겹쳤다. 이광호는 오세나와 유화의 집을 찾아 그들과 함께 밖으로 나왔다. 불편하게 외부로 나갈 것 없이, 아파트 단지 내에서 시간을 보내기로 결정했다.

호프집에 들어가 일차로 술을 마셨다. 그 다음은 호프집 바로 위에 위치한 노래방으로 향했다.

따로 요금을 계산하지 않아도 되었다.

"한 시간만 부르다가 나가자. 재미있으면 더 놀고."

유화가 말했다.

박철민은 여전히 굳은 얼굴이었다. 분위기를 불편하게 만들고 싶지 않은지 애써 감정을 숨기려는 모습이었다.

"새로 부임한 회장님, 그런 분일 거라고 했잖아."

유화가 말했다.

"그냥 한 시간만 해야겠다. 오두막 가서 대화나 실컷 하자."

구름 한 점 없이 달이 떠있었다.

"어구구, 박철민씨 그게 그렇게 기분이 나빴어요?"

유화가 박철민의 볼을 손바닥으로 두드렸다. 그는 마냥 싫은 기색이 아니었다.

"일을 시켰으면 끝까지 밀어붙여야 하는 거 아니냐? 그 사람이 좋은 말로 설득을 하려고 했다면 나도 이렇게까지 기분이 상하지는 않았을 거야. 이게 뭐야, 자기 멋대로 범인들을 쫓으라고 했다가, 갑자기 또 그만두라고 하잖아."

박철민이 말했다.

"우리가 표적이 된 게 어쩌면 자기 때문일 수도 있잖아. 그런데 봤지? 아무것도 상관없다는 그 얼굴."

박철민이 오세나와 이광호를 번갈아 바라봤다.

"어구구, 그래. 우리 다 같이 새로 오신 회장님 욕이나 하자."

유화가 말했다.

"인간성 없는 건 다들 동의할 거야."

"나도 이번에 제대로 느꼈다는 거 아니냐."

박철민이 말했다.

"우릴 돈으로만 생각하고 있어."

"난 여기서 모여서 사는 거 좋았는데."

오세나가 말했다.

그녀가 고개를 돌려 이광호를 응시했다. 그는 저도 모르게 눈을 피했다. 어쩐지 전과 다른 눈빛이라고 생각되었다.

"초능력자를 세상에 알린 건 확실히 강지환 회장이었죠. 하지만 기습을 감행한 건 우리와 같은 초능력자였어요. 초능력자의 존재를 못마땅하게 여긴 범죄가 아니에요. 계기를 만들어줬을 수는 있지만, 회장의 선택이 모두 틀렸다고는 할 수 없어요."

이광호가 말했다.

"분하지만."

그는 잠시 숨을 고르다가 덧붙였다.

"이 일에는 손을 떼는 게 맞아요."

"나도 그렇게 생각해."

오세나가 말했다.

"비겁해지기 싫어. 하지만 그런다고 우리가 그 사람들을 막을 수 있을 거라고 생각하지는 않아. 저번에도 봤잖아. 우리가 조금 더 조심하면서 다니면 충분히 불상사를 막을 수 있을 거야."

"너희들, 그 말 정말이냐?"

박철민이 말했다.

그는 할 말을 잃은 듯 그들을 바라봤다. 그러고는 머리카락을 마구잡이로 헝클였다.

"그래, 다들 그렇게 생각한다는데 내가 물러서 줘야지."

박철민이 말했다.

"나는 먼저 들어간다. 샤워라도 해야겠어. 너희들은 오늘 잘 자고. 바람 좀 쐬다가 천천히 들어와라. 광호."

박철민이 오두막을 나갔다.

그가 도망치듯 걷는 것을 바라보던 유화가 냉큼 달려갔다.

"나도 가볼게. 오빠, 생각 정리하다가 늦지 않게 들어가."

오세나가 말했다.

그들 모두 공동 현관문 안으로 자취를 감추었다. 혼자 남은 이광호는 술기운을 털어내며 일어났다.

술을 마시는 동안 여러 생각을 했다. 혹시 모를 경우의 수를 하나하나 대입해봤다. 친구로 지내던 이가 개입되어 있고, 아버지도 연관이 있었다. 어쩌면 그가 자신을 떠나서 살아야 했던 이유를 알 수 있게 될지도 모른다.

마음이 시키는 대로 한다면, 고민할 필요가 없었다.

"그곳으로 가는 게 정확하겠지."

그는 시간의 바다로 이동했다.

예상대로 김상현은 시간 능력자들과 함께 그곳에 있었다.

제 4장
그림자놀이

타 임 워 커 3 : 뫼 비 우 스 의 띠

31.

그가 사라졌다.

공동 현관문 밖으로 나와서 오세나는 이광호가 있던 자리를 바라봤다. 시간 능력을 이용해서 어딘가로 향한 것이다. 그는 떠나기 직전까지 경계하듯 아파트 쪽을 바라보고 있었다. 들키지 않고 움직이려는 이유가 있었을 것이다.

오세나는 이광호와 처음 만났던 때를 생각해냈다. 이훈철을 구하기 위해서 그는 SPC에 협조를 요청했다.

타임워커의 명성은 초능력자들 사이에서 좋지 못하다. 유명세는 지니고 있지만 그 출발점이 안 좋은 곳에서부터 시작되었던 것이다. 예를 테면, 도시괴담과도 같은 종류였다. 이광호가 먼저 도움을 청했다는 소식이 들려왔을 때였다. 초능력자들은 그 소식을 반기면서 동시에 의심을 품었다. 같은 초능력자이면서도 그를 그런 시선으로 바라보았던 것이다.

"그래도 우리들은 공격받지 않았어."

오세나는 장호수가 중상을 입었던 때를 떠올렸다. 괴한은 박철민은 털끝 하나 건드리지 않고 사라졌다. 물론 그것은 이광호도 마찬가지다. 자신을 포함해서 유화 역시도 그들의 표적이 되지 않았다.

"바보 같은 게. 무슨 일을 벌이고 다니는 거야."

오세나는 오두막 아래로 걸어갔다. 조금 전까지 이광호가 머물렀던 바로 그 자리는, 아직 온기가 남아 있었다.

불을 다루는 능력은 경외심을 동반했다. 중학교에 입학하기 전에 초능력이 발현되었다. 성숙하기 전부터 여러 시선을 받고 자라왔다. 그들의 눈에 담겨있던, 공포, 질투, 의심, 권력욕, 막연한 동경심, 그것들이 무엇을 뜻하는지도 알아차리지 못할 때였다.

이광호는 그때의 자신과 어딘가 비슷했다.

"그렇게 당황할 거면서 동생은 무슨……."

그는 동요하고 있었다.

이쪽에서 먼저 감정을 드러내면 숨기 바쁜 사람. 세상에서 제일 현명한 사람처럼 굴지만 사실은 그 반대일지도 모른다.

오세나는 오두막 아래에서 나왔다.

32.

"우선, 초능력자들 중에 가엘과 접촉한 자가 있는지 알아봐."

다엘은 그렇게 말했다.

시간 능력자들의 말에 따르면 강두호 총수는 일반인이 아니었다. 원래대로라면 그가 초능력자들을 구분하는 능력으로 사람들을 철저하게 관리해야 했다. 단순히 초능력 판별이 아닌, 위험한 자와 그렇지 않은 자를 구분하고 통제하는 것이다. 그런 강두호를 죽였다는 것은 그의 존재가 목적에 방해가 되었던 것이다.

"가엘은 초능력자들과 접촉하려고 할 거야. 자기랑 목적이 부합되는 사람을 찾아내려는 거겠지. 그 사람들 모두가 통제에 갇히는 것을 막으려고 했을 거야."

김상현이 말했다.

"우리가 봤던 미래에서 가엘, 그러니까 네가 아버지라고 알고 있는 그는 사탄의 아들과 함께 자발적으로 지하에 들어가게 돼. 그가 그곳으로 가서 무엇을 하려는 것인지는 몰라. 하지만 지상에서 어떤 짓을 하려는 건지는 알지.”

이광호는 시간의 바다에서 나눴던 모든 대화를 떠올렸다.

사탄의 아들, 그는 이러한 상황을 모두 알고 비웃음을 던졌던 것이다. 자신의 선택을 존중한다는 그의 말과 입가에 걸려 있던 비릿한 미소.

“믿기 어려울 테지. 사엘, 가엘과 네가 지하로 떨어지게 된 건 너의 실수였어. 가엘이 떨어지는 너의 손을 잡으려다가 함께 들어가게 되었지.”

나엘이 말했다.

“그 안에서 무슨 일이 있었는지 시간의 바다에서도 알 수 없었어. 하지만 확실하게 해줄 수 있는 말은 있지. 지상에서 가엘은, 너를 제물로 이곳을 엉망으로 만들고 떠나려고 하고 있어.”

“그런 미래를 봤던 겁니까?”

이광호는 그때 그렇게 물었다.

“나 혼자서 본 게 아니야.”

나엘이 대답했다.

시간 능력자들이 모두 목격했던 미래. 바꿀 수 있을까.

문득 이광호는 뫼비우스의 띠를 떠올렸다. 시작과 끝. 그 중간 지점. 연과는 계속해서 흘러간다. 어느 한 지점이 바뀌면 발생하는 연쇄적인 결과들. 어쨌거나 시간은 흘러간다. 예정된 미래란 건 사실 존재하지 않는다.

이광호는 호텔에서 자주 입었던 정장으로 갈아입고 집을 나섰다.

강지환 회장이 적잖이 놀란 눈으로 그를 응시했다.
회장과 함께 있는 일이 잦은 유달수는 어디로 갔는지 보이지 않았다.
“놀라게 만드는 재주가 있군요.”
강지환 회장이 말했다.
그는 서류를 넘기던 손을 내려놨다.
“비서실에서도 연락이 없었습니다. 이렇게 남몰래 찾아와야 했던 이유가 있습니까?”
강지환 회장이 말했다.
그가 손을 모으며 미소 지었다.
“괴한들을 쫓으려 하는 것이라면 그때 말씀드렸습니다.”
“아닙니다. 저도 회장님과 생각이 같습니다. 설득하기 위해서 온 것이 아닙니다.”
이광호가 말했다.
그는 강지환 회장의 앞으로 다가갔다. 회장이 앉은 의자 뒤로 작은 선반이 있었다. 선반은 간결하게 정리되어 있었다. 꼭 필요한 만큼의 책과, 인테리어를 위한 작은 소품들만이 놓여 있었다.
“파견에 관한 권한은 전적으로 유달수 팀장님께 위임했습니다.”
강지환 회장이 말했다.
“알고 있습니다.”
이광호가 말했다.
“무례하게 방문하게 되어서 죄송합니다.”
“편하게 말씀하십시오.”
강지환 회장이 의자를 뒤로 젖히며 말했다.
그의 시선이 마치 관찰하려는 것처럼 느껴졌다.
“저녁 약속을 하고 싶습니다. 오늘 말입니다.”
이광호가 말했다.

강지환 회장이 허를 찔린 것처럼 멍해졌다. 그러더니 그는 큰 소리로 웃으며 의자를 앞으로 당겼다.

회장이 일어섰다.

"오늘은 선약이 있습니다. 하지만 괜찮다면 이광호씨도 함께 하면 좋겠군요."

강지환 회장이 말했다.

그가 다가와 이광호의 어깨를 두드렸다.

33.

강지환 회장이 측근들을 소개했다. 대한 그룹의 인사를 맡고 있는 사람부터, 작은 계열사 사장까지 다양했다. 강지환 말고도 여섯 명이 더 있었다. 예정대로면 오늘 모이기로 한 인원은 모두 일곱이 되는 것이다.

이광호는 사기로 된 술잔을 앞으로 기울였다. 강지환 회장이 손을 거두자, 그는 따라진 술을 남김없이 입안에 털어 넣었다.

"이 친구가 인맥은 없지만 제법 유능한 사람입니다. 우리가 조금만 도와주면 아마 우리보다 높아질 수 있을 겁니다."

강지환 회장이 말했다.

술잔이 오가면서 회장의 측근들은 사적인 이야기까지 늘어놓기 시작했다.

"어떻게 그 사람들을 우리 사람으로 끌어들인 겁니까?"

측근 중 하나가 말했다.

이목구비가 유난히 크고 둥근 사람이었다. 펑퍼짐한 코가 입술을 가릴 듯이 내려온, 속된 말로 돈복을 지닌 상이었다.

"내가 아니라 전 회장님께서 하셨던 겁니다."

"전 회장님께서 그런 큰일을 해내셨군요."

측근들이 웃었다.

강지환 회장이 술잔을 소리 나게 내려놨다.

"하지만 전 회장님께서는 용기가 없었습니다. 나는 그보다 더 큰일을 해낸 겁니다."

강지환이 말했다.

"그럼요. 당연한 말씀입니다. 무릇 사내란 강단이 있어야지요."

"그건 그렇고 조 사장님, 그 건은 어떻게 됐습니까?"

측근이 이광호를 흘깃 응시했다.

강지환 회장이 고개를 끄덕이자 그가 입을 열었다.

"저쪽에서는 마음에 안 드는 눈치인지라. 답답해서 죽을 지경입니다."

"어디가 마음에 안 든다고 합니까?"

"조건이 썩 마음에 안 드나 봅니다. 자재 가격을 하나당 1000원씩 더 올려 받고 싶어하는 눈치인데, 대한 그룹 주가가 폭등해서 우리 또한 이득을 보지 않았냐고 대답을 하더랍니다. 나 참, 어이가 없어서."

측근이 오만상을 쓰며 술을 따라 마셨다.

이광호는 그들을 살폈다.

강지환 회장이 시간 능력자들을 쫓는 것을 그만두게 된 경위가 의심되었다. 그래서 그를 따라 왔다. 혹시나 가엘, 아버지와 접촉한 것을 의심했으나 그것은 아닌 것 같았다. 그는 권력 욕심이 많은 사람이었고, 과시하기를 좋아했다. 그런 회장이 자신의 초능력자들을 공격받게 둔 이들을 가만둘 리가 없었다. 가능성이 없더라도 승부수를 보는 성격으로 강두호 총수와는 차이가 있었다. 절대로 먼저 포기하지 않을 것이다. 다른 시간 능력자들과 척을 진 그와 손을 잡았다면, 반대로 나와야 했다.

머릿속을 정리했다.

자신의 아버지, 가엘은 초능력자들이 기습당하는 것을 두고 보고 있다. 시간 능력자들이 기습하는 이들은 미래에 문제를 일으키게 되는 인물에 한정한다. 가엘, 그가 정말로 지상을 엉망으로 만들고 싶어 하는 것이라면 그들이 다치도록 가만히 두었을 리가 없었다. 가엘에 대한 기억은 없지만 아버지에 대해서는 알고 있었다.

"제 선에서 정리하도록 하겠습니다."

강지환 회장이 말했다.

조 사장은 그제야 구겨진 이맛살을 풀었다.

"사업 이야기를 하려고 모인 것이지만……."

강지환 회장이 옆자리에 앉은 이광호를 바라봤다.

"오늘은 새로운 얼굴을 소개하는 날이기도 합니다. 얼굴을 익혀둬서 나쁠 것은 없으니 마음껏 친해지도록 합시다."

강지환 회장이 말했다.

그의 입가에 걸리는 미소가 불편하게 느껴졌다.

"회장님의 사람이니 달리 감별이 필요하겠습니까?"

측근들이 크게 웃어댔다.

이광호는 잔을 털어내며 일어났다.

"더 있지 않고?"

조 사장이 동그란 눈을 치켜떴다.

"바람 좀 쐬고 오겠습니다. 사장님들, 편하게 있으시죠."

이광호가 말했다.

그는 정장 재킷을 챙겨 입고 미닫이문 밖으로 나왔다. 음식점을 완전히 빠져나온 그는 좌우를 살피며 인기척을 좇았다. 그러다가 모자를 뒤집어쓴 김상현을 찾아냈다. 담배를 입에 문 채로 땅을 응시하는 모습이었다.

이광호는 김상현 옆에 다가가 섰다.
"상현아, 체스의 말이 자기가 조종당하는 걸 알 수 있을까?"
이광호가 말했다.
김상현이 고개를 들어 그를 보았다.
"작전을 바꿔보자."
이광호가 말했다.
김상현이 들고 있던 담배를 손으로 튕겨냈다.

34.

아주 작은 변화가 모여, 시간에 공백이 생겨난다.

김상현은 버스터미널 안으로 들어갔다. 터미널 안 의자에 앉은 사람들 중에 졸고 있는 남자가 있었다. 장호수, 꼿꼿이 세운 머리를 떨구고 일으키기를 반복하는 그는 무방비 상태인 것으로 보였다. 꼭 긴장을 푼 상태가 아니라도 괜찮았지만, 사람들의 의심을 살 수 있으니 어쩌면 다행이었다.
장호수는 오후 2시 35분차를 타려고 이곳에 와 있었다. 물론, 바로 어제까지 그 혼자서만 세웠을 계획이었다.
2시 30분, 그가 의자 아래에 내려두었던 가방을 어깨 위로 들었다. 김상현은 조용히 그를 따라갔다.
그리고 버스에 오르려는 장호수의 어깨를 돌려세웠다.

"사엘, 실험을 해볼 생각이구나."

나엘이 시간의 바다에 떠오르는 영상들을 바라보며 중얼거렸다. 방밖으로 물결이 잔잔히 흐르다가 휘몰아치기를 반복했다.

"바엘은 다 마친 것 같은데?"

나엘은 자판을 두드렸다.

벽면에 다엘의 모습이 비쳐졌다. 그의 행적이 고스란히 시간의 바다 안에서 흐르기 시작했다. 원래는 그 시간대에 없어야 했을 존재. 연결고리가 끊어지고 다시 만들어지는 것을 나엘은 바라봤다.

"하!"

다엘의 행동을 관찰하던 나엘이 뭔가를 발견했다.

무한대 표식이 끊어지고 만들어지는 공백이 길어지고 있었다.

그 동안은 미래의 일을 보고, 현재로 돌아와 정리하는 데만 급급했다. 미래의 안 좋은 일을 일어나지 않도록 연쇄를 끊는 데 집중해야 했던 것이다. 과거를 건드리게 되면 리스크가 너무 크게 돌아온다. 그렇게 해서, 과거의 일은 되도록 바꾸지 않았다. 과거는 정보를 얻기 위한 방책으로만 쓰였다. 범위는 좁을 수밖에 없었다.

"하지만 이래서야, 사엘이 뭘 하고 싶은지 알 수가 없겠는데."

나엘은 곤란한 듯 말하면서도 입가에 떠오른 미소를 지울 수가 없었다.

그는 벽면을 가득 채운 다엘의 모습을 바라봤다. 다엘이 남자 둘을 기절시킨 채로 하늘을 향해 고개를 치켜들었다.

이광호는 김민정을 바라봤다. 그들이 일행을 소개하려 하고 있었다.

"김민정씨, 이제 곧 이 아파트 주민들이 하늘에서 뚝 떨어질 거예요."

이광호가 말했다.

"네?"

잠시간 멈칫하던 그녀가 일행들과 함께 웃었다.

"농담도 잘해요. 그런 일이 왜 생기겠어요?"
김민정이 말했다.
그러나 계속 웃고만 있을 수는 없었다. 누군가 소리를 지르며 달려오기 시작했던 것이다. 상황이 이상하게 돌아가는 것을 느낀 김민정의 일행들이 하늘을 주시했다.

라엘은 이광호의 말을 떠올렸다.
"웃기는 놈이야."
웃음이 났다.
자지러지게 웃는 그의 팔을 마엘이 건드렸다.
"지금?"
라엘이 말했다.
마엘이 고개를 끄덕거렸다. 그러자 라엘은, 최대한 편하게 앉아서 모두가 들으라는 듯이 말하기 시작했다.
"초능력이 뭐 별건가?"
라엘이 말했다.
"멋있는 척하는 거 보기가 싫지 않냐? 어디 혼쭐내줄 사람 없을까나?"
마엘이 맞장구쳤다.
"그런 사람 한 명쯤은 있지 않을까? 유명해졌다고 이젠 아예 숨길 생각도 안 하잖아. 아니, 그 사람들이 죄를 지은 거는 아니지만 서도. 없이 사는 사람들도 생각을 해줘야지. 우리가 가져야 할 열등감은 도대체 어떻게 할 건데?"
라엘이 말했다.
그는 카페 안쪽 자리에 앉아 힐끔대는 사람들을 쳐다봤다.
또 웃음이 났다.
라엘은 시간의 바다에서 나오기 직전의 기억을 떠올렸다.

"혼란을 주고 싶지 않아요. 이미 죽은 사람들 모두를 되살리진 않을 겁니다. 하지만 잠깐 그들을 그대로 두어야 할 것 같습니다. 과거와 현재가 바뀌어도, 타임 워커는 그 기억을 그대로 갖고 있어요. 맞습니까?"

모두를 모아놓은 자리에서 이광호가 했던 말이다.

덕분에, 잠시라도 타임 워커로서의 중압감을 벗어던지게 되었다.

35.

과거는 다시 원래대로 돌아갔다. 사람들의 기억에 잠시 혼동이 있었겠지만, 그들 대부분은 별일 아니라고 생각할 것이다. 피곤한 나머지 잠깐 정신이 오락가락 하는 것이라고 넘어갈 것이 분명했다.

나엘은 시간의 바다에서 목격한 것들을 기록해서 모두와 공유했다.

"조금이지만 바뀐 게 있었어."

나엘이 말했다.

"우리가 죽이기로 결정했던 사람들은 어떤 식으로든 문제를 일으켰어. 설사 목숨을 건진 채로 초능력만 빼앗는다고 해도 다른 사람들 속에서 문제를 일으켰지. 초능력자들을 지탄하는 카페를 만들고, 선동해서, 혐오감을 조장하고. 더 나아가 사회적으로 분열을 일으키는 결과를 낳았지. 우리의 정체가 외부로 드러났던 것은 물론이고. 그렇다고 목숨을 빼앗은 것은 사엘한테 미안하지만, 잘못된 결정은 아니야."

그는 자판을 두드려, 시간의 바다에 기록된 영상들을 화면으로 띄었다.

"그런데 초능력만 빼앗고 살려 보냈던 자들이 있었지. 사엘의 말대로 그들을 회유하거나, 직접적으로 모습을 드러내지 않은 채로, 몇 가지 상황만 바꿔 봤어. 그래서, 결과는?"

나엘이 말했다.

그는 장호수를 비롯해 세 명의 초능력자들을 차례로 검색했다. 그러고는 움직이는 영상들을 차례로 정지시켰다.

"이 사람, 그리고 이 사람, 또, 이 사람."

나엘이 말했다.

"사엘, 이 사람들을 본 적이 있어?"

"SPC내부의 초능력자들을 모두 만났다고 할 수는 없습니다. 하지만 제 기억 속에는 없는 사람들입니다."

이광호가 말했다.

"뫼비우스의 띠라는 개념은, 화면 아래 보이는 이 무한대 표시에서 따온 거야. 뫼비우스의 띠를 극단적으로 꼬았을 때 나타나는 무늬가 무한대 표시와 꼭 닮았지. 우리가 이곳에서 모두의 시간을 관찰하기 위해 폐기되고, 바뀌고, 진행되는 시간을 관찰하려고 할 때, 이 무늬도 조금이지만 변화가 있어."

나엘이 말했다.

"그런데 살아남은 초능력자들, 그 중에 비교적 위험하지 않다고 판단해서 초능력만 빼앗은 이들에게 이 사람들이 다가오던 순간. 무한대 표시에 변화가 있었어. 이건 우리 같은 시간 능력자들이 아니면 그 의미를 알 수 없는 거지."

"연결되는 시차가 들쑥날쑥했던 거죠?"

이광호가 물었다.

나엘이 고개를 끄덕거렸다.

"처음에는 바뀌는 게 많아서 다시 연결되는 데 걸리는 시간이 더딘 것일지도 모른다고 생각했어. 그런데 그게 아니었어."

"이곳은 이 세상의 모든 일들이 기록되는 장소예요. 우리들의 행동으로 인한 변화가 이곳에 고스란히 저장된다면, 그건 아버지도 마찬가지겠죠."

"바로 그거야."

나엘이 말했다.

그는 살아남은 초능력자들과 접촉한 서로 다른 인물들을 가리켰다.

"이 사람들이 광호 네가 말했던 가엘의 체스말일 거라는 거지?"

김상현이 말했다.

"일단은 그래."

이광호가 말했다.

"하지만 다시 원래대로 바꾸자 이 사람들은 나타나지 않았어. 나엘, 이번엔 나타나야 했던 이유가 있었던 걸까?"

다엘이 물었다.

나엘이 영상을 뒤로 돌려 다시 재생시켰다.

"나타날 수 없었던 걸지도 몰라."

나엘이 말했다.

의문의 인물들이 초능력자에게 자연스럽게 접근하고 있었다. 머무는 시간이 제각각이었고, 특히 장호수와는 논쟁이라도 벌이는 것처럼 보였다. 의문의 남자는 흥분한 장호수의 어깨를 감싸고 사람들 사이를 빠져나오려 했다.

나엘이 영상을 정지시켰다.

"하지만 반대로 굳이 나타날 이유가 없었을지도 몰라요."

이광호가 말했다.

"그래."

나엘이 말했다.

자판에서 손을 떼자 벽면을 수놓았던 영상이 흩어져 사라졌다.

"우선은 협력할게요. 하지만 한 가지 약속해주셨으면 합니다."

이광호가 말했다.

"뭔데?"

다엘이 물었다.

"행동만 가지고 속마음까지 판단하는 일은 없었으면 해요. 저는 아버지가 왜 그런 행동을 하려고 하는지 알고 싶어요. 그러니까 저에게도 협조를 부탁합니다. 아버지를 찾게 되더라도 곧바로 살해하지 않겠다고 말해줘요."

이광호가 말했다.

"야, 그건……!"

김상현이 소리쳤다.

흥분한 그를 제지하고서 다엘이 되물었다.

"곧바로 죽이지 말자고?"

"말 그대로입니다. 그렇게 말해주신다면 도울 수 있어요. 도움이 될 겁니다. 아무리 아버지가 예전의 기억을 찾았다고 해도 저와의 관계가 사라진 것은 아니니까요. 피붙이를 상대로 진심일 수는 없을 거구요."

"우린 가엘이 사탄과 한패가 되었다고 생각하고 있어. 속된 말로 타락이라고 하지. 지하에서 있었던 일은 중요하지 않아. 사엘 너도 지하에 다녀왔지만 이렇게 멀쩡하고. 아무튼, 지금의 네 말은, 우리가 죽임을 당할 타이밍을 그에게 줄 수도 있어. 그걸 무릅쓰고서라도 가엘을 믿어주자는 거지?"

다엘이 말했다.

이광호가 모두를 바라보다 고개를 끄덕였다.

"좋아. 그렇게 약속할게. 가엘은 우리에게도 소중해."

다엘이 말했다.

김상현은 주먹으로 바닥을 세게 내리쳤다. 바닥 밑으로 기포가 생기더니 휩쓸리듯 쓸려 내려갔다. 아가리를 벌리고 있는 지하의 입구로 기포가 매섭게 빨려 들어갔다. 그 모습을 보고 있다가 김상현이 불현 듯 고개를 들었다.

"대신 나도 너한테 부탁하고 싶은 게 있어."

김상현이 말했다.

"되도록이면 혼자서 행동하지 않겠다고 약속해줘."

"약속할게."

"그 아파트에서 얼마나 있을 생각이야? 설마 계속 있을 생각은 아니겠지?"

"알아볼 게 있어서 안 돼. 굳이 밖으로 나올 필요는 없어."

이광호가 말했다.

"네가 안 나온다면 내가 거기로 들어갈 거야."

김상현이 말했다.

"그 사람들과 어울려서 있고 싶지는 않지만."

이광호는 대답하지 않았다.

그가 아파트로 들어오겠다는 결정이 이해가 안 되는 것도, 싫은 것도 아니었다. 다만 그렇게 되면 정말로 혼자서 행동할 수가 없게 된다. 시간 능력자가 아닌 사람들에게 나타나는 소실을, 시간 능력자는 오롯이 기억하기 때문이다.

"알겠어."

아버지와 단둘이 대면하는 것은 아마도 힘들 것이다.

제 5장
색출

타임 워커 3 : 뫼비우스의 띠

36.

과거를 바꾼 뒤에 확인한 결과는 이러했다.

미래의 일을 예고받은 김민정과 그의 일행들은 그것을 다른 초능력자들에게 알렸다. 이광호는 배척받기 시작했고 SPC 내부에 분열이 발생했다. 이광호를 두둔하거나, 그의 편에 선 초능력자들이 그와 함께 아파트를 나왔다.

장호수는 다치지 않고 초능력만 잃게 되었다. 그는 지방에 사는 외할머니의 집으로 이사를 했고, 그러다가 의문의 남자를 만났다. 장호수는 그 남자와 함께 자취를 감추었다. 비교적 짧은 시간 안에 그는 초능력을 되찾은 상태로 다시 나타났다. 비슷한 방법으로 처리한 초능력자들 모두가 그랬다.

인터넷 카페가 만들어졌다. 모두가 태블릿을 하나씩 갖고 있는 시대. 일반인들은 초능력자들의 행동을 실시간으로 감시하기 시작했다. 그들의 능력과, 인성, 학벌, 만나는 사람들, 작은 표정까지도 캐치했다. 사회적으로 '초능력'이 지니는 위험성이 대두되면서 초능력자들을 안 좋게 보는 시선이 생겨났다.

그러자 가엘의 수하들로 추정되는 이들이 나타났던 것이다.

이 모든 일은 없던 것이 되었다.

날카로운 눈매, 꽉 올려서 돌려 묶은 머리카락, 운동복을 입은 걸로 봐서, 그녀는 아침 운동을 나온 것 같았다.

이광호는 그녀의 옆에서 나란히 뛰었다.

"김민정씨, 아직 이른 시간인데 나와 계셨네요?"

김민정이 고개를 돌려 옆을 확인했다.

"광호씨도 운동 나오셨네요?"

김민정이 말했다.

오랫동안 운동을 해왔던 사람처럼 호흡이 불안하지 않았다.

"집에 있으면 기분이 다운되는 느낌이에요."

이광호가 말했다.

김민정이 웃었다.

"정말 그래요. 저는 저만 그런 줄 알았는데 반갑네요."

김민정이 말했다.

그들은 꺾어지는 산책로를 따라 달렸다.

"운동 자주하세요?"

이광호가 물었다.

"항상 이 시간대에 운동하고 있어요. 너무 이른 시간이죠? 요즘 같은 때에 혼자 나와 있으면 불안하기도 하지만, 습관이 돼서 어쩔 수가 없어요."

김민정이 말했다.

"요즘엔 잠잠하네요."

이광호가 말했다.

김민정이 한쪽 눈썹을 위로 올렸다.

"그때 광호씨도 많이 놀라셨죠?"

김민정이 물었다.

"놀라지 않는 게 이상하겠죠."

이광호가 말했다.

"역시 그런가요. 시간 능력자라고 해서 광호씨는 다 알고 계신 줄 알았네요."

김민정이 말했다.

그녀는 운동기구 앞에서 멈춰서 길게 심호흡을 했다.

"자주 나오세요. 광호씨랑 친해지고 싶어요."

김민정이 말했다.
“저도 그래요. 김민정씨는 좋은 사람이니까요.”
이광호가 말했다. 김민정이 어색하게 웃었다.
“혼자 운동하는 건 그래도 위험할 거예요.”
이광호가 말했다.

다음날도 이광호는 김민정과 함께 조깅을 즐겼다. 대화를 나누고 운동기구도 조금씩 하면서 친밀해지고 있었다. 그런 시간이 지속될수록 그녀가 어색한 미소를 보이는 일도 점차 줄어들었다.
그리고 어느 날이었다.
“광호씨, 시간 능력을 가지고 있으면 어떤 느낌이에요?”
김민정이 말을 꺼냈다.
“뭘 말씀하시는 거죠?”
“일상생활 같은 면에서요.”
김민정이 말했다.
“다른 사람들하고 다를 게 없어요. 미래를 알 수 있다고 해서 일일이 그 미래를 보면서 사는 건 아니니까요.”
이광호가 말했다.
“과거로도 돌아갈 수가 있다고 들었어요.”
김민정이 말했다.
“네, 가능합니다.”
이광호가 말했다.
그러자 김민정이 조심스럽게 물었다.
“그 사람들은 되살릴 수 없었던 거겠죠?”
복잡한 감정이 그녀의 얼굴에 떠올랐다. 아마도 김민정이 원하는 대답은 질문에 대한 긍정일 것이다.

"시간을 움직인다고 해서 모든 걸 바꿀 수 있는 건 아니에요."

이광호가 말했다.

"역시 그랬네요."

김민정이 말했다.

상쾌해진 얼굴로 그녀가 운동화 끈을 고쳐 맸다.

"이제 그런 일은 없었으면 좋겠어요. 광호씨가 모두를 도와주세요."

김민정이 말했다.

"능력이 닿는 한 도울 겁니다. 회사 사람들 모두가 우리의 가족이니까요."

이광호가 말했다.

김민정이 운동을 하러 나오는 시간은 새벽 5시다. 6시까지 산책로를 따라 달리고, 걷다가, 7시까지 운동기구와 조깅을 병행한다. 그녀는 7시가 되면 집으로 돌아가 있다가, 다시 아침 11시쯤 아파트 단지로 나온다. 친해진 사람들과 만나기 위해서다. 대부분 자유 시간으로 아파트를 좀처럼 떠나지 않고. 파견을 나갈 때만 외부로 나가는 것 같았다.

이광호는 옥상 위를 바라봤다. 누군가 위에서 밑을 내려다보고 있었다. 김상현은 그런 식으로 종종 나타나서 지켜보고 있었다.

'밖으로 나가야겠어.'

이광호는 아파트 단지를 벗어나 근처 카페로 향했다. 일전에 김상현과 방문했던 적이 있는 카페였다. 커피를 두 잔 주문하고는 테이블에 자리 잡고 앉았다.

"김민정을 우리 쪽으로 끌어들이려는 거지?"

김상현이 반대편 의자에 앉으며 말했다.

"김민정은 아는 초능력자들이 많아. 모두랑 두루두루 잘 지내고 다른 사람들로부터 쉽게 공감받을 수 있는 그런 여자지. 우리가 잠깐 과거를 바꾸었을 때도 확인했었지만, 민정씨가 나를 신뢰하게 된다면 적어도 큰 분열은 막을 수 있을 거야. 아버지…… 아니, 가엘이 유도하는 미래에는 모두 분열이 있었어. 초능력자들끼리 분열하고, 일반인과 초능력자들 사이에 다툼이 생기고 패가 갈렸지."

이광호가 말했다.

"이제 어쩔 셈이야? 그건 우리가 그동안 가엘의 계획에 동참하고 있었다는 말처럼 들리는데."

김상현이 말했다.

그때 진동벨이 울렸다. 이광호는 커피를 받아서 되돌아왔다.

"일단은 따라줘야 해."

이광호가 커피를 내려놓으며 말했다.

"뭐?"

"무조건 다 따라주자는 게 아니야."

김상현이 복잡한 얼굴로 머리를 거머쥐었다.

"잘 모르겠어. 너는 가엘을, 네 아버지를 있는 그대로, 객관적으로 볼 수 없는 거야?"

"있는 그대로 보고 싶은 거야. 상현아. 우리가 잠깐이지만 철학을 배웠잖아. 원해서 선택한 것은 우리 둘 다 아니었지만 그래도 알게 된 것들이 많았지. 물건은 단순히 물자로만 취급할 수 없고, 현상은 그 현상 이면의 것이 항상 존재했어. 나는 앞으로 아버지의 진짜 속셈이 뭔지 관찰할 생각이야. 바꾸고, 또 바꾸면서."

"이해해. 기억도 찾지 못한 네가 가엘을 이성적으로 바라볼 수 없다는 거 알아. 처음 초능력을 얻게 됐을 때 네가 그 능력으로 바꾸자고 했던 게 가엘의 죽음이었으니까. 물론, 널 탓하는 건 아니야. 누구라도 그렇게 했을 거고. 만약 우리가 그를 살리는 걸 막고 싶었다면, 너를 어떻게 해서든 그곳에 갈 수 없도록 만들었을 테니까."

"상현아."

"알겠어. 난 네 친구니까. 네가 충분히 확인할 수 있도록 도와줄게."

김상현이 손을 앞으로 모으며 말했다.

"형들은 내가 잘 타이를게. 그동안 널 의심해서 미안해. 내가 네 친구로 다들 알고 있을 테니까. 당분간 너는 이렇게 나만 만나는 게 좋겠다. 형들 보고 싶으면 그곳으로 직접 오도록 해."

"형들……. 그래, 형들한테는 그 사람들을 쫓으라고 전해줘. 들켜선 안 돼."

"그럼 우리는?"

"체스 말을 찾아낼 거야. 자기가 체스인 줄 모르는 사람부터, 확실히 아는 사람들까지 모조리."

그것도 아주 은밀하게 해내야 한다. 가엘이 시간의 바다로 접근하지 못하도록 나엘이 그곳을 지키고 모든 걸 관찰하게 될 것이다. 뭐가 됐든 꼬리를 잡을 수 있다.

37.

세상은 빠르게 변화했다.

초능력자들이 방송을 타는 것이 더는 특이한 일이 아니게 됐다. 그럼에도 매번 높은 시청률을 기록하며 그들은 사회 전반으로 나오게 되었다.

"언니, 여기 좀 봐주세요!"

교복을 입은 앳된 얼굴의 소녀가 오세나를 바라보며 소리쳤다. 소녀를 기점으로 인파가 형성됐다.

오세나는 난처한 얼굴로 사람들을 바라봤다.
"언니 진짜 예뻐요!"
오세나가 난처하게 미소 지었다.
그녀의 옆에서 귀걸이를 고르던 유화가 고개를 돌렸다. 전파를 탄 적이 없는 유화였지만 사람들은 그녀도 혹시 초능력자가 아닐까 속닥거렸다.
"혹시 같이 찍어주실 수 있나요?"
카메라로 오세나의 모습을 담던 여자가 말했다.
"저랑요?"
오세나가 물었다.
여자가 일행들과 다가와 오세나의 옆에 섰다. 사진은 유화가 대신 찍어주었다. 그들이 사진을 찍고 돌아가는 것을 목격하고 사람들이 하나 둘 앞으로 나왔다.
'내가 연예인도 아닌데.'
오세나는 팔짱을 끼거나, 편하게 어깨를 감싸는 사람들을 바라봤다. 그들이 절대로 적대적이지는 않았기 때문에 마냥 싫지만은 않았다. 또, 자신만 그런 것이 아니라, 알려진 초능력자들 모두가 비슷한 고초를 겪고 있었다.
"찍을게요. 세나야, 웃어야지."
유화가 말했다.
오세나는 환하게 웃었다.
도심 한복판. 노점상이 가득한 주말의 대학로 거리가 더없이 붐볐다.
"나도 나도! 저희도 찍어주세요."
한 무리의 학생들이 오세나의 뒤로 다가와 섰다.
아무리 해도 익숙해지지 않는 풍경이다. 오세나는 빌딩의 전광판에 떠오르는 영상을 바라봤다.

"시청자 여러분 안녕하십니까. 오늘은 조금 특별한 분을 모셔보려고 합니다."

여자 MC가 말했다.

그녀는 아나운서처럼 차려입고선 큰 진주귀걸이를 착용한 모습이었다. 카메라를 보고 말을 하던 MC가 고개를 돌려 옆을 바라봤다.

유리가 깔린 납작한 테이블을 가운데 두고, 딱 두 명이 마주 앉아 있었다. 이광호가 여자 MC를 응시했다.

"그럼, 시청자 여러분들이 알 수 있도록 본인 소개를 부탁드릴게요. 예능이 아니니까, 굳이 웃기려고 하실 필요 없고요."

MC가 말했다.

이광호가 마이크를 고쳐 잡았다. 그는 어색한 몸짓으로 카메라를 흘깃 바라보며 말했다.

"안녕하세요. 이광호입니다. 모두가 초능력 회사라고 알고 있는 SPC의 직원입니다."

"많이 긴장하신 것 같은데요. 이광호씨는 방송이 처음이시죠?"

MC가 물었다.

카메라가 둘의 모습을 한 화면에 담았다.

"네, 처음입니다. 오는 길에 청심환을 하나 먹었는데 별로 효과가 없는 것 같아요."

이광호가 웃으며 대답했다.

"보기보다 순진하신 분인 것 같아요."

MC가 말했다.

"그런데 조금 전 자기소개에서 궁금한 부분이 있는데요. SPC의 직원이라고 하셨잖아요? SPC회사는 초능력 회사가 맞나요?"

"네, 맞습니다."

이광호가 대답했다.

"직원들이 전부 초능력을 쓸 수 있나요?"

"아니, 그건 아닙니다."

"일반인들도 있다는 말로 들리는데 그럼 일반인 직원들은 초능력자들의 존재를 다들 알고 있었나요?"

"그런 사람도 있지만, 아닌 사람이 더 많았습니다. 이번에 알게 되면 많이 충격을 받지 않을까 합니다."

"알겠습니다. 이광호씨, 광호씨는 SPC 회사를 대표해서 이곳에 나오신 건데요. 실례가 되지 않는다면 시청자 여러분께도 광호씨의 직책을 말씀해주실 수 있으신가요?"

MC가 말했다.

이광호는 카메라를 가만히 응시했다.

생방송으로 진행되는 토크쇼였다. 작가와의 면담을 통해 대답할 말을 미리 정해두었다. 리허설에서 맞춰볼 때 대본 그대로 대답했다. 일반인 직원들을 대표해 나왔으며, SPC에는 일반인들도 존재한다는 말을 해야 했다. 그 뒤에는 초능력자와 일반 사람들의 거리를 좁히기 위한 대화가 이어질 예정이었다.

MC가 카메라와 이광호를 흘깃거렸다. 생방송 도중 갑자기 정적이 흐르자 스텝들이 손짓하기 시작했다.

그때 이광호가 마이크를 입에 댔다.

"저는 초능력자입니다."

이광호가 말했다.

MC가 놀란 얼굴로 그를 바라봤다. 스텝들은 예정에 없던 일이라 곤란한 눈치였다. 하지만 잘 생각해보면 방송 사고가 나지 않는 한, 괜찮을 수도 있었다. 초능력자가 전파를 타면 그 방송은 몇 주가 지나도 이슈로 남았다.

카메라 감독이 MC를 향해 급하게 손짓했다. 감독의 옆에서 작가가 '계속 진행해주세요. 애드리브 괜찮음!'이라는 말을 종이에 적어 들어 보였다.

"워낙 비밀리에 캐스팅이 된 거라서 저도 듣지 못한 내용인데요. 솔직히 놀랐습니다. 시청자 여러분들도 많이 궁금해하실 것 같은데요. 이광호씨의 초능력에 대해서 설명해주실 수 있으신가요?"

"간단히 말하면."

이광호는 MC를 빤히 바라봤다.

"저는 미래를 미리 알 수 있습니다."

이광호가 말했다.

"예언 능력을 지니고 있다는 건가요? 그렇다면 예전의 항공기 납치 사건을 알렸던 게 혹시 이광호씨가 맞습니까?"

"네, 맞습니다. 그게 접니다."

"그때 당시에 그 사실을 들은 기자들이 탑승해 있던 걸로 알고 있습니다. 실시간으로 방송이 되기도 했고요. 하지만 결론적으로는 아무도 다치지 않고 잘 정리되었다고 알고 있습니다. 단지 예언을 하는 것뿐인가요?"

MC가 물었다.

"제가 알리지 않았다면 그 항공기에서 살아남은 사람은 아무도 없었을 겁니다."

"예?"

"정부와 실랑이를 벌이던 범인들이 끝내 비행기를 폭파시켰습니다. 그리고 자기들이랑 상관이 없는 수많은 사람들을 죽게 만들었습니다. 저는 미래의 그 일을 보았고, 그들이 범행을 완성하지 못하도록 방해하는 장치를 설치했습니다."

"믿기 어려운 게 사실인데요. 광호씨 말은 예언뿐만 아니라, 자신이 그 미래를 바꿀 수도 있다는 말씀이신 것 같아요. 혹시 본인의 초능력을 입증할 방법이 있을까요?"

MC가 조심스럽게 물었다.

"그때 당시에 저도 그 항공기에 탑승해 있었습니다. 같은 항공기에 있었던 직원들에게 물어보면 알 수 있을 겁니다. 그리고 저는 제 초능력을 입증하려고 이곳에 나온 것이 아닙니다. 오늘 이 자리에 나서게 된 것은 초능력자가 아닌 일반 사람들에게 한 가지 당부하고 싶은 게 있기 때문입니다."

이광호가 말했다.

오세나는 전광판을 바라봤다.

전광판 위로 이광호의 모습이 클로즈업 돼서 비쳐지고 있었다. 그녀와 사진을 찍으러 다가오던 사람들도 멈춰서 빌딩 쪽을 보고 있었다.

"얼마 전까지 저도 일반인과 함께 그들과 다르지 않은 채로 살아가고 있었습니다. 초능력을 얻게 된 후로 많은 일들이 있었고 그 능력은 몇 가지 사실을 제게 알려주었습니다. 제가 바꾸었던 불행한 미래에서는 초능력자들과 일반 사람들이 여전히 존재했습니다. 우리는 어떤 방식으로든 함께 존재하고, 또한 상호작용하며 계속 살아갈 것입니다."

이광호가 잠깐 말을 멈추더니 곧 덧붙였다.

"사회란 건, 각기 다른 존재들이, 각기 다른 역할을 도맡으며 함께 만들어 갑니다. 우리가 불행하게 되는 순간들은, 그 서로 다른 존재들이 서로 다름을 인정하지 못하고, 자신만이 옳다고 주장할 때 발생했습니다. 예기치 않은 재난이든, 순간의 잘못됨으로 발생한 사고든, 고의적으로 발생시킨 범죄든, 모두 마찬가지로 우리에겐 끔찍한 상처를 안겨주게 됩니다. 서로 다른 초능력자들과 일반인이 긴밀히 협력하여, 서로가 할 수 있는 마땅한 협력을 계속해 나간다면, 우리는 후대에 바꿀 필요가 전혀 없는 미래를 만들어줄 수 있을 거라고 생각합니다."

유화가 오세나의 손을 잡았다. 잡힌 손이 얼얼할 지경이었지만 오세나는 빼지 않았다. 그녀는 전광판에 시선을 고정시킨 유화를 흘깃 바라봤다.

"리허설 때까지만 해도 일반인 직원으로 알고 있던 MC분과 여러 스텝분께 죄송한 마음입니다."

MC가 웃으면서 계속하라고 손짓했다.

이광호가 다시 정면을 바라봤다.

"마지막으로 시청자 여러분께 한 말씀 더 드리겠습니다."

대학가는 발 디딜 틈 없이 많은 인파로 정체되어 있었다.

"저는 생소한 초능력을 갖고 있습니다. 예언 능력이 아닌 과거와 미래를 바꾸고 조정하는 능력입니다. 그 능력으로 저는 여러분과 함께 할 것입니다. 그리고 가능하다면 이 능력으로 여러분이 불행에 빠지지 않도록 도울 것입니다. 하지만 제가 구하는 것은 결코 범죄자가 아닙니다. 착하게 삶을 살아가는 사람들이, 당연하게 누려야 할 행복을 빼앗기지 않도록 노력할 것입니다."

누군가 박수를 쳤다. 한 명이 박수를 치며 환호하자 많은 사람이 이를 따라 했다.

"그러니 여러분, 계속해서 착하게 살아가 주십시오. 이 세상은 우리 모두가 바꾸고자 할 때에서야 비로소 바뀌게 됩니다. 일반 시민들은 물론이고, 저희 초능력자들도 함께 노력해야 건전한 사회를 뿌리내리게 할 수 있습니다."

오세나는 유화의 손을 떼어냈다. 맥박이 불안정하게 뛰고 있었다. 지금이라면 이광호의 비밀을 알게 되더라도 전부 받아들일 수 있을 것 같았다.

38.

이광호가 방송에 나온 직후 추종자들이 생겨났다. 그들이 인터넷에 카페를 만들고 초능력자들의 일상을 공유했다. 전에 봤던 미래와는 다른 점이 있었다. 안티 카페가 아닌 단지 모임에 그칠 뿐인 사이트였다. 종교가 각기 다른 이들이 모여서 만든 카페에는, 자기들이 믿는 신이 애초에 다른 존재가 아님을 명시한 글이 올라왔다.

그가 머무는 아파트 단지 내에서도 변화가 있었다. 외부인의 기억조작을 그만두진 않았지만 경비원들 중에도 일반인이 생겼다. 이광호를 경계하는 초능력자들의 수도 상당히 많이 줄어들었다.

사회운동이 매섭게 일어났다. 이광호의 말에 힘을 얻은 시민들이 비리란 비리는 모조리 뿌리 뽑을 듯이 들고 일어선 것이다. 오직 대통령만 빼고 다수의 정치인들이 자신들의 비리를 폭로당하고 정계에서 내려오게 되었다.

학교폭력도 눈에 띄게 줄었고 사회에 팽배했던 각종 선입견도 점차 누그러지고 있었다.

"사엘, 그 사람들 말인데."

나엘이 이광호를 발견하고 말을 꺼냈다.

"뭔가 알아냈습니까?"

이광호가 물었다.

그는 시간의 바다 안으로 들어와 시간능력자들을 바라봤다.

"아무래도 가엘의 끄나풀이 맞는 것 같아."

나엘이 말했다.

"하지만 좀처럼 모습을 드러내질 않아. 필요할 때마다 가끔 나타나고 있는데, 역시나 초능력을 잃은 사람들한테만 접근하고 있어. 아마도 가엘이 초능력자들의 능력을 되찾아주고 있는 것 같아. 하지만 그 사람들 모두한테 다가가진 않아. 네가 일러주었던 대로 몰래 지켜만 보고 있는데 언제까지 지켜보면 되겠니?"

"정확히 어떤 사람들을 필요로 하는 건지 알아야 해요. 조금만 더 지켜봐주세요."

이광호가 말했다.

"위험하다고 판단이 되면 우리 맘대로 행동해도 될까? 우리가 허락을 받을 처지는 아니라고 생각하지만 그래도 묻는 거야."

다엘이 말했다. 이광호는 고개를 끄덕였다.

"그렇게 해주세요. 사람들 눈에 띄지는 않도록 해주시구요."

이광호가 말했다.

그는 그 말을 남기고 시간의 바다를 나갔다.

다엘과 라엘, 마엘마저 그곳을 빠져나가고, 남은 것은 나엘과 김상현이었다.

"바엘, 사엘은 좀 어때?"

나엘이 물었다.

김상현은 어깨를 으쓱했다.

"현실적으로 느낄 수 있을 때까지 기다려줘야 할 것 같아."

김상현이 말했다.

"그래, 가 봐. 가서 사엘을 지켜봐."

나엘이 말했다.

김상현은 잠깐 머물다가 사라졌다.

나엘은 엎드린 채로 바닥에 양손을 올렸다.

39.

김상현은 망원경으로 옥상 아래를 내려다봤다. 이광호는 한쪽에서 친한 이들과 배드민턴을 치고 있었다. 평소 함께 다니던 이들 말고도 몇 명이 더 있었다. 아침마다 만나는 김민정과, 그녀의 일행들이었다. 팀 대항으로 박철민과 이광호가 한 팀, 상대팀은 그녀의 일행들이 되었다.

김상현은 망원경을 떼고 아파트 단지를 내려다봤다.

분리수거를 하는 사람, 모여서 대화를 나누는 사람, 상점가에서 나와 집으로 향하는 사람 등 다양했다.

'알아서 나타날 거라고 했었지?'

김상현은 망원경을 들어 그 밖의 사람들을 관찰했다. 수상한 움직임을 살피려고 한 것이지만 눈에 띄는 이들이 없었다. 평범하게 일상생활을 지내는 모습이다. 이렇게 지켜본 지로 벌써 상당한 시간이 지났지만 특별한 움직임은 관찰할 수 없었다.

'역시 나도…….'

초능력자라고 밝힌다면 SPC의 일원이 되어 편하게 관찰할 수 있었다. 하지만 아무리 그래도 정체가 드러나는 것은 내키지 않았다. 지금 이대로 이광호가 나무를 보고, 자신이 숲을 바라보는 것이 좋을지도 몰랐다. 그러기 위해서 역할을 분담한 채로 함께 행동하는 것이기도 했다.

김상현은 시야를 아파트 너머로 옮겼다.

아파트 입구에서 안쪽을 흘깃거리는 사람들이 보였다. 처음에는 외부인이라고 생각했다. 그러나 그 중의 한 사람을 단지 내에서 봤던 기억이 떠올랐다.

"뭐하는 거지?"

김상현이 망원경 너머의 사람들을 보며 중얼거렸다.

불만스러운 표정으로 그들은 대화를 나누고 있었다. 아파트 단지 안쪽을 흘깃거리며 잠깐 머물다가 그들은 대로변 쪽으로 향하기 시작했다. 흘깃거리던 횟수가 흔치 않게 많았고, 비자발적으로 떠밀려 나가는 느낌이었다.

김상현은 이광호가 어젯밤, 옥상으로 찾아와 했던 말을 떠올렸다.

"쌀에 섞인 이물질을 거르려면 어떻게 해야 할까?"

대화의 논점을 벗어났다고 생각했던 말이다.

"비슷한 것끼리 묶고, 다른 것을 골라내는 건 비교적 간단한 방법이 통할 때도 있어."

위험하게 생방송을 결심한 이유를 묻는 자신의 질문에 대한 답이었다.

"새끼, 또……. 말이라도 간단하게 해줘야지."

김상현이 떠밀려 나가는 사람들을 망원경으로 쫓으며 말했다. 그의 입가에 슬그머니 조소가 걸렸다. 또 다시 적대적으로 변한 눈빛으로, 김상현은 망원경을 팔 아래로 내렸다.

"쌀인지 불순물인지는 내가 확인할게."

김상현은 주먹을 세게 그러쥐었다.

이광호는 다른 이들이 자발적으로 행동할 권리를 긍정한 바가 있었다. 그렇다는 것은, 그가 모두를 믿는다는 것을 의미했다.

김상현은 1분 뒤로 시간을 돌려서 아파트 단지 밖으로 이동했다.

밖으로 발길을 돌린 그들은 꽤 오래 걷고 있었다. 발 길이 닿는 대로 가고 있지 않다는 사실은 나중에 알게 됐다. 갈림길을 사이에 두고 옥신각신하던 그들이 방향을 정해 다시 걷기 시작했다. 행선지가 명확하게 있는 것으로 보였다.

김상현은 가정을 내렸다.

눈앞의 사람들이 쌀에 섞인 이물질이라면,

일반 초능력자들과 다른 행동을 보일 것이다.

어쩌면 가엘과 관련된 이들과 만남이 있을지도 모른다.
달라진 것들로 인해서 저들이 위험인자로 변하게 되었을지도 모른다.
뭐가 됐든, 이광호가 말하는 가엘의 체스말로 전락할 위험이 크다.
“그 사람들도 같은 생각이라고?”
“맞아요. 우리랑 같은 생각이에요.”
“그렇지. 그 놈 혼자서 나대는 꼴을 두고 볼 수 없는 거겠지.”
김상현은 대화를 나누는 그들을 조용히 뒤따랐다. 상관없는 사람처럼 그렇게 뒤에서 걷다가 몸을 돌려 골목길 안으로 들어갔다.
“왜 그래요?”
“누가 따라오는 기분이었는데.”
김상현은 조용히 바깥의 상황을 주시했다.
“아닌가?”
“너무 긴장한 것 같아요. 우리가 당장 뭘 어쩌자는 것도 아니잖아요. 죄를 짓는 것도 아닌데 어깨 펴세요.”
“그래, 너무 긴장했어요. 형님.”
그들이 다시 걸음을 옮기기 시작했다.
김상현은 골목에서 나와 시간을 옮겨가며 그들을 쫓았다. 어딘가로 향하던 그들이 멈춘 곳은 갈림길이 많은 주택가의 길목이었다. 또다시 움직일 줄 알았던 그들은 몇 분이고 그 자리에서 서 있었다. 마치 누군가를 기다리는 모습이었다.
세 사람이 지쳐갈 때, 누군가 갑자기 모습을 드러냈다. 중절모를 깊게 눌러쓴 남자였다. 아마도 은신 능력이나 공간이동을 가진 초능력자일 것으로 추측되었다.
“오시느라 수고가 많았습니다.”
남자가 말했다.
그들이 반갑게 인사를 나누고 있었다.

김상현은 골목길 사이로 망원경을 빼내어 중절모를 쓴 남자를 관찰했다. 모자가 컸던 모양인지 얼굴의 반절이 가려져 있었다.

“기다리게 해서 죄송합니다. 어서 이쪽으로 오시지요. 눈에 띄어서 좋을 것은 없지 않습니까?”

남자가 과하게 친절한 억양으로 말했다.

“어디로 가는 겁니까?”

“조용한 곳에서 대화를 나누려는 겁니다. 긴장은 푸시지요.”

“흐음, 그, 그럼 알겠습니다.”

긴장한 얼굴로 그들이 남자의 뒤편으로 나아갔다.

중절모를 쓴 남자가 앞서 걷는 사람들을 바라봤다. 그러다가 그는 마치 모든 걸 안다는 듯이 뒤를 돌아봤다.

김상현은 망원경을 내리고 남자를 응시했다.

남자는 한쪽 입술을 떨며 미소를 지었다. 흔히 억지로 웃으려고 할 때 나타나는 표정이었지만, 어딘가 특이했다.

‘가엘의 끄나풀이 맞아.’

김상현은 담벼락에 등을 기대었다. 초능력을 잃어버린 사람들에 다가갔던 사람 중의 한 명으로 짐작되었다. 그 중 한 명과 비슷한 버릇이었다.

‘하지만 말이 돼?’

위험인자라고 판별되지 않은 이들이었다. 그렇기 때문에 초능력을 지우지도 않았고, 해치려고 하지도 않았던 자들이다. 저들의 입장에서 필요할 것이라 생각되지 않던 사람들을, 굳이 끌어들일 이유가 없었다.

‘이쪽에서 미래를 바꾸려고 한다면, 자기들도 바꿀 거라 이건가?’

김상현은 무한대 표시가 끊어지고 이어졌다던 나엘의 말을 떠올렸다.

그리고 잠시 잊고 있던 사실을 되새겼다.

‘무한대 표시가 다시 이어지는 것은, 사건과의 연결고리가 안정권에 들었다는 걸 의미한다. 타임 워커들이 개입하여, 어떤 일의 연과를 의도적으로 끊을 때 무한대 표시가 끊어지고, 그것을 다시 조정할 때, 표시는 이어진다.'

시간 능력자들이 동시다발적으로 연과를 끊고 있던 그 순간에, 무한대 표시는 이어지지 않았어야 한다.

김상현은 시간의 바다로 이동했다.

40.

김상현이 시간의 바다로 이동해 있던 때, 이광호는 옥상을 올려다보고 있었다. 그 위에 아무도 없는 것을 확인하고 그는 배드민턴 채를 내려놓았다.

"더 안 하고?"

뒤에서 응원하며 구경하던 오세나가 물었다.

"충분히 했잖아."

이광호가 웃으며 말했다.

"그럼 이제 내 차례인가? 여자들도 한번 떠야죠! 유화 언니랑 나랑 팀하면 되고. 민정 언니 아는 사람 한 명 데리고 와요!"

오세나가 말했다.

이광호가 그녀에게 배드민턴 채를 넘겨주었다.

"아싸! 우리도 내기 해야죠. 지는 사람이 아이스크림 사주기 어때요?"

오세나가 말했다.

김민정은 주변에서 구경하던 사람 중에서 한 명을 데려왔다.

"지는 사람이 여기 있는 사람들한테 하나씩 돌리는 걸로 해요."

김민정이 말했다.

먼저 15점을 따는 사람이 이기는 규칙이 적용됐다. 승자는 김민정에게 돌아갔지만 한 수 물러서 다시 시작되었다.

이광호는 그들이 게임하는 것을 지켜보다가 발길을 돌렸다.

"어디 가게?"

박철민이 그를 붙잡으며 물었다.

"화장실 다녀올게요."

이광호가 말했다.

"그럼 빨리 와. 애들 삐진다."

"알겠어요, 형님. 빨리 올게요."

이광호는 그들에게서 빠져나와 101동으로 향했다. 공동 현관문에 지문을 인식시키고, 그 안으로 들어갔다.

'지금쯤이면 거기로 가서 있겠지.'

김상현은 아마도 시간의 바다로 가 있을 것이다. 이것은 능력을 쓰지 않고서 오직 추측으로만 이루어진 예상에 불과했다. 하지만 그동안 사람들 사이에서 관찰을 거듭해오면서 여러 경우의 수를 대입해 보았다.

시간 능력에 반감을 품는 사람은 여전히 존재했다. 방송출연을 기폭제로 그들의 행동을 유도하고, 개인행동을 하도록 만들었다. 그 결과 그들은 무리를 지었고 수상한 모임을 시작한 것으로 보였다.

'김상현이 이곳에 없다는 건 확실해.'

그렇다면 앞으로 얼마간은 개인행동을 해도 된다는 것이다. 시간의 바다에서 나엘이 지켜볼 가능성을 염두에 놓고 보면, 그들 입장에서 납득이 갈 만한 행동만 해야 한다. 가엘, 아버지와 접촉하는 것은 있어서는 안 되고, 조사 정도에 그쳐야 한다.

'아버지의 행동과 분리되는 속내를 읽어야 돼.'

알아볼 것은 그것뿐이었다.

이광호는 과거로 시간을 되돌렸다. 아버지가 집을 떠나기 전날 밤, 김상현과 시간 능력자들에 의해서 미래로 떠나게 된 전말을 알아야 했다.

이광호는 잠에 빠진 자신의 모습을 바라봤다. 아직 어린 몸, 조만간 미래로 여행을 떠난다던 아버지가 내일 당장 사라질 것이라고는 생각하지 않았었다. 그가 그렇게 오랫동안 자리를 비울 것이라고도 생각하지 않았다.

그는 잠긴 방문 너머를 바라봤다. 불은 켜져 있지 않았다.

'늦게까지 깨어있고는 하셨지.'

이광호는 1분 뒤로 시간을 돌려 집 밖으로 향했다. 그는 도심에 딱 하나 남은 공중전화부스를 찾았다.

그는 수화기를 들고 잠시 망설였다.

지금 전화를 걸어도 통화는 할 수 없을 것이다. 뭔가 하나라도 바뀐다면 미래가 연쇄적으로 바뀔 것이고, 그 미래가 어떤 식으로 흘러갈지 알 수 없게 된다. 시간 능력자들의 기억에 남지 않도록 아주 약간의 개입만 허용되는 것이다.

이광호는 아버지에게 전화를 걸었다.

'가엘.'

시간 능력자들에게 충분한 설명을 들었지만, 그 사실을 받아들이기란 쉽지가 않았다. 지금까지 가족으로 살아왔고, 폭력적인 모습이라고는 볼 수 없었던 아버지와 매치시킬 수 있는 내용이 아니었던 것이다.

통화음이 여러 번 이어지다가 끊겼다.

"이훈철입니다."

이광호는 수화기를 내려놨다.

통화음이 5번 이어지다가 전화를 받았다. 뭔가에 집중을 하고 있었던 것으로 보였다.

그는 모두가 잠든 밤에도, 새벽 1~2시까지 거실에서 노트를 정리하고는 했다. 가끔씩 잠에서 깨서 나와 보면, 커피를 마시면서 펜촉을 기울이던 그가 뒤를 돌아보며 환하게 웃어주었다. 그러면서 의자를 하나 빼서, 거기에 앉히고 많은 이야기를 들려주었다. 어머니는 모르는 시간 여행에 대한 이야기를 이광호는 무척 좋아했다.

'지하세계에서, 지옥에서 어떤 일이 있었고. 아버지가 어느 날을 기점으로 기억을 되찾았다면. 기억을 찾은 후에 세상을 엉망으로 망치려고 하는 거라면. 자발적이든 비자발적이든 사탄의 뜻이 개입되어 있을 거야. 하지만 사탄은 왜 아버지가 기억을 되찾을 때까지 기다렸던 걸까? 아니면 기억을 되찾아준 게 사탄일까?'

사실상 그가 기억을 되찾은 것이 확실하지는 않았다. 그러나 그가 미래에 보이는 행동들이 아버지가 다른 사람이 되었다는 것을 암시하고 있었다.

아버지는 자신이 옳다고 믿는 일이 아니라면 결단코 하지 않았다. 도덕률에 어긋나는 행동을 할 바에는 차라리 죽어서 떳떳한 그대로로 남는 것이 좋다고 생각했다. 비슷한 말들을 실제로도 자주 했었고, 그런 식으로 훈육을 시키고는 했다.

"지켜보는 수밖에 없겠는데."

하지만 이대로 영문도 모른 채, 아버지와 영영 척을 질 수는 없었다.

이광호는 1분 뒤로 시간을 돌렸다.

"누구……."

이훈철이 눈가를 비비며 위를 올려다봤다.

"안녕하세요."

이광호가 말했다.

그러자 이훈철이 화들짝 놀란 얼굴로 입술을 벌렸다.

"그래, 그랬지. 그때도 나한테 찾아왔었는데 왜 자꾸 까먹는지 모르겠구나. 이게 원래 이런 건지. 하지만 조용히 해다오. 지금 네 엄마는 자고 있을 거란다."

이훈철이 장난스럽게 검지를 입에 대었다.

"잠깐 이야기하러 왔어요."

이광호가 말했다.

그는 이훈철이 뒤로 빼어준 의자에 앉았다.

"그런데 왜 지금인 거냐? 이 아버지를 혼란스럽게 만들고 싶었던 모양이구나."

이훈철이 호쾌하게 웃었다.

언제나 인자한 미소의 아버지를, 그래서 존경했다.

"미래로 여행을 한다고 했잖아요. 거기 가서 뭐할 거예요?"

이광호가 물었다.

"초능력은 몇 번째냐?"

"세보지 않았어요."

"많이 썼다는 말이구나. 그럼 이제는 이해할 수 있겠어. 과거는 건드리면 안 되겠다 싶어서 미래로 가볼 작정이다. 이 능력을, 개인적인 것이 아닌 공적인 것에 써보고 싶다. 나도 나이가 많이 들었고, 언제까지 살아갈 수 있을지 모르니. 자꾸만 엉뚱한 생각이 들어. 너한테도, 네가 남길 손녀손자들에게도 더 좋은 세상을 물려줘야지."

이훈철이 말했다.

"뚜렷한 계획은 없어요?"

"글쎄, 아직은 없구나."

"언제 돌아올 거예요?"

"금방 돌아올 생각인데. 내가 언제 돌아오는지는 나보다 네가 더 잘 알지 싶구나."

이훈철이 웃었다.

"손자손녀 얘기가 나오니까 궁금해지는구나. 광호야, 결혼할 여자는 생긴 거니?"

이훈철은 정말로 궁금한 얼굴이었다.

아직은 가엘일 때의 기억을 되찾은 것 같지가 않았다.

"아버지, 아버지 때랑은 달라요. 결혼할 여자는 아직 없어요."

"눈여겨봐라. 인생을 함께 할 사람이 때로는 아주 가까이 숨어 있기도 한 법이다."

이훈철이 말했다.

그는 커다란 배낭 가방을 들고 왔다.

"짐은 대충 싸놨는데, 어떠냐. 광호 너도 같이 가는 게?"

"오늘 갈 거예요?"

"쥐도 새도 모르게 다녀와야지."

이훈철은 배낭 가방을 매고 옷차림을 바로 했다.

"이상해보이진 않지?"

이훈철이 물었다.

"괜찮아요. 수상해보이지 않아요."

"이 차림새가 미래에 이상해보이지 않을까 걱정이구나."

이훈철은 집 밖으로 나와 이광호와 마주했다. 그는 잠깐 이별하는 사람처럼 손을 가볍게 흔들고 걷기 시작했다. 잠깐 사러 갈 것이 있다며 떠나는 중이었다. 이광호는 가만히 그 자리에 서성였다. 시간 능력자들과 여기서 마주치면 곤란해진다.

'그래도.'

아주 성과가 없는 건 아니었다. 자신이 알고 싶었던 바를 알아낼 수 있었다.

'아버지의 도덕관념.'

초능력을 공적으로 사용해야 한다는 여느 시간 능력자들과 비슷한 견해를 갖고 있었다. 지하에서의 기억에 어떤 것이 있었던 간에, 아버지의 도덕률에는 변화가 없을 것이다. 무한대 표시에 나타났던 현상이 말하고 있었다. 고민하듯, 다시 합쳐지는 데 걸리는 시간이 제각각이었다.

이광호는 부드럽게 미소 지었다.

'만약 내가 시간 능력자들을 적으로 두고 있다면. 또 사탄과 손을 잡았다면.'

양동작전. 시간 능력자들을 처리하기 위해, 목적과 다른 행동을 과감히 해나갔을 것이다. 아버지의 행동은 필요에 의한 것이기는 해도, 절대로 진심일 수가 없었다.

제 6장
가엘

41.

이훈철은 양복으로 옷을 갈아입고 넥타이를 바로 묶었다. 주름이 깊게 파인 이마, 꽉 다문 입술, 바로 어제까지의 모습이 어디에도 없었다.

그는 전신거울 앞에 서서 옷매무새를 바로하며 거울을 바라보았다. 거울 너머의 검붉은 지형이 눈에 들어왔다. 꺾어져 내린 붉은 암벽 밑으로 넘실대는 안개, 검은 형체가 안개 바깥으로 어렴풋이 나타났다.

"가엘……."

안개 바깥으로 검은 형체가 완전히 모습을 드러냈다. 튀어나온 송곳니를 밑으로 내리고, 바위처럼 단단해 보이는 몸통을 가진 괴수였다.

이훈철은 거울 속 괴수를 가만히 응시했다.

괴수가 거울 밖으로 손을 뻗었다.

"이걸 받거라……."

이훈철은 괴수의 손에서 회색빛의 종이를 꺼냈다.

그가 종이를 펼치는 동안, 괴수는 사라졌다. 거울 너머에 보이던 것도 서서히 사라졌다.

'친애하는 가엘에게……'

이 세상에는 존재하지 않는 언어가 쓰인 밀서였다. 이훈철은 지구상에 존재하지 않는 언어를 힘들이지 않고 읽어 내려갔다.

편지를 다 읽은 이훈철이 종이를 구겨서 선반 위에 올려두었다.

그는 거울을 보며 옷차림을 체크했다. 그러고는 구겨진 종이 옆에 나란히 놓인 구두를 집어 들었다.

42.

모든 관계의 시작은 우연에서 기인한다. 우연한 계기로, 우연히 만나게 되어, 서로의 필요에 의해서 지속하게 되는 것이다. 수많은 변수가 존재하는 다양성의 세계에서는 하나의 사건이 만들어지기 위해 그만큼의 우연한 계기들이 필요하다. 그 계기들이 조금만 달라져도 결과는 완전히 다른 방향으로 향하게 된다.

하지만 개개인의 성향과 선택의 지향점에는 변화가 없기에, 개인은 저마다의 운명을 만들어낸다. 되풀이하게 되는 습관적인 행동, 그리고 다시 주어진 선택지 앞에서도 쉽게 다른 선택을 하지 못하게 만드는 가치관이, 운명이란 녀석의 존재인 것이다.

나무가 태어나서 인간과 가까운 자리에서 살게 되면 잘려나가 목재가 되는 것처럼, 외부의 환경에 의해서 객체의 운명은 바뀌기도 한다. 사냥꾼들이 존재하는 곳에 노루나 토끼가 마음 놓고 살 수 없고, 육식 공룡이 날뛰는 대지에서 인간은 결코 편하게 지낼 수 없다.

운명이란 녀석은 종족의 습성과 외부의 우연한 사건들이 만나서 되풀이될 때 나타나는 것이다. 시간을 되돌려서 뭔가를 바꿀 때, 다시 비슷하게 흘러가는 사건들이 있는 것은 바로 그러한 것들이 바뀌지 않았기 때문이다.

따라서 뭔가의 사건이 계속해서 반복되고 있다면, 그 이유는 종족의 습성과 외부의 요인에 눈을 돌려야만 찾을 수 있다.

'외부 요인.'

이광호는 이훈철을 떠올렸다.

사건의 외부요인을 관찰할 때에는 최대한 주관적으로 해야 한다. 또한 종족의 습성을 두고 바라볼 땐 최대한 객관적으로 바라봐야 한다. 그래야 그 둘의 차이점이 확연하게 드러날 수 있다.

이광호는 물소리가 나는 화장실을 흘깃 바라봤다. 박철민이 아침 일찍 파견을 나가기에 앞서 샤워를 하고 있었다.

강지환 소유의 연구소에서 시간을 보낸 지로 이틀이 지나 있었다.

이광호는 잠깐 생각에 잠겼다.

아버지, 가엘은 시간능력자들 중에 가장 우수한 능력을 지녔다. 시간의 실타래를 엉망으로 꼬지 않으면서 원하는 미래를 만들어 놓으려고 하고 있다.

이광호는 의자를 뒤로 끌고 앞을 바라봤다.

여러 대의 컴퓨터 모니터가 빛을 뿜어내고 있었다.

'하지만 조금 달라야 해.'

강지환 회장에게 부탁을 해서 연구소 한 곳에 자리를 얻었다. 그는 필요한 물품을 모두 구입해주었고, 편의대로 사용할 수 있게 허락해주었다.

이광호는 다시 자판을 쳐내려갔다.

미래에서 사라시스템을 손본 적이 있었다. 파일을 열기 위해서 옛날 프로그램을 쓰기도 했고, 시스템을 복구하기 위해 소장과 협력하기도 했다. 그때 보았던 형식을 조금이지만 기억하고 있었다. 어쩐지 자신이 개발하고 있던 프로그램의 형식과 비슷한 구석이 많았기에 기억하기가 보다 용이했다.

'하지만 완전히 비슷하면 안 되겠고…….'

그가 미래에서 개발하였던 사라시스템은 인공지능 프로그램의 기초 틀이었다. 이훈철은 완벽한 기초 틀을 만들어서 그 안에 SARA라는 인격체를 만들었다. 로봇을 하나 만들어서 그 인격체와 연동을 시켰다. 후에 컴퓨터 밖으로 나와 생활하게 된 SARA의 도덕 능력, 언어 능력을 향상시키고, 다양한 사고를 할 수 있도록 도운 것은 이훈철과 사라였다.

SARA시스템의 베이스가 된 것은 인간인 사라의 생각과 관념 등이다. SARA가 그럼에도 인간인 그녀와 다른 행동을 보였던 까닭은 그가 개발한 프로그램의 특유한 성질 때문일 것으로 보인다. 보통이라면 꼼꼼하게 메워뒀을 상황 대응 능력에 일부로 공백을 주었던 것이다. 이훈철은 기존의 인공지능과 차별을 두기 위해서 자발적으로 오점을 두었다. 그 오점은 완벽하게 스스로 사고하는 로봇을 만들어냈지만, 결국 그 때문에 문제가 야기되었다.

이광호는 모니터를 응시했다.

이훈철이 박사를 자처하며 개발했던 프로그램과 제법 비슷한 형식이었다. 하지만 완벽하게 비슷하게 만들 수는 없었다. 미래에 있을 사고가 현재에서 발생한다면 어떻게 될지 파악할 수가 없었다. 많은 것이 바뀔 것이고 그것을 전부 컨트롤할 수 있을지 솔직히 자신이 없었다.

'아마도 아버지는 이게 개발되도록 놔둘 거야. 그 편이 자기한테 이로울 테니까. 만약 인공지능이 필요가 없었다면 벌써 과거로 돌아가서 바꿨을 테지. 굳이 위험한 상황에 빠질 필요도 없는 거고. 우리 쪽 대응도 신경이 쓰였을 테니까.'

미래의 테러 사건이 없던 것이 되었다면 시간 능력자들에게서 말을 전해들었을 것이다. 그러나 전해들은 말이 없었다.

이훈철의 계획에 인공지능은 적어도 방해가 되지 않는다는 소리였다.

"하지만 왜?"

이광호는 완성되기 직전의 프로그램을 바라보았다.

시간 능력자들에 의해서 미래로 보내졌던 이훈철은 아마도 그때 초능력을 잃게 되었을 것이다. 반 강제로 초능력을 잃고 기억까지 함께 삭제되었다고 생각해야 모든 정황이 맞아 떨어졌다. 그러나 가장 우수한 능력을 지녔다던 그가, 어째서 당했으며, 시간능력자들은 겪지 않는 소실을 겪었던 건지는 이해가 되지 않았다. 또한 기억을 잃은 그가, 난데

없이 인공지능을 개발하려 했는지도 설명이 불가했다.

"직접 전화해서 물어볼 수도 없잖아."

이광호는 가볍게 머리를 헝클어뜨렸다.

아버지가 진심이 아닌 행동을 하고 있다고 생각하고는 있지만, 정말 그러한지 확실하지 않았다. 어쩐지 초조하고 자꾸만 불안해져서 도저히 웃을 수가 없었다. 그런데도 밝은 척을 하면서 웃으려고 하는 것은, 이번에도 일이 쉽게 풀릴 것이라 마음을 다잡았던 이유였다. 웃음은 행복을 불러온다고 이훈철은 자주 그에게 말했었다.

도덕에 얽매이는 그가 도덕적인 인공지능을 만들었다.

그런데 왜?

이광호는 엔터를 치려다 말고 입술을 매만졌다.

'강두호 총수님을 죽인 것이 아버지와 그 패거리들일 거라고 했었지…….'

딱 하나 방해가 되는 것이 강두호 총수였다.

아마도 그가 가지게 됐을 초능력. 그것이 있어서는 안 된다고 생각했던 것이다.

"그렇다면……."

이광호는 마우스 옆에 놓인 두꺼운 차트를 바라봤다.

연구소장에게 부탁해서 방문하는 초능력자들의 기록을 받아놓았다. 가엘의 의도를 파악해서 추후 있을 문제를 막으려면 초능력자들에 대한 정보가 필요했다. 단지 감별만을 위해 받아놓은 것인데 어쩌면 이것이 다른 쓸모가 있을지도 모른다 생각되었다.

이광호는 차트를 넘겨봤다.

연구소는 굉장히 많고, 그 연구소마다 소속된 초능력자들이 모두 다르다. 강지환 회장에게 따로 부탁하는 것보다 소장들에게 이야기를 하는 것이 좋을 거라는 판단이 들었다. 잘만 구슬리면 쉽게 얻을 수 있는 정보지만, 강지환 회장은 여러모로 다루기 쉬운 구석이 있었다. 어디다가 정보를 흘릴지도 모르는 일이었다.

'조금 귀찮아지겠는데.'

이광호는 난처하게 웃었다.

그리고 다시 자판을 두드리기 시작했다.

한쪽 모니터만을 사용해 새로운 프로그램 창을 하나 만들었다. 그리고 그 안에 차트의 내용을 적어 넣었다.

새로운 기능을 추가해볼 생각이다. 만들어지기까지 아마도 며칠은 더 소요될 것으로 보였다. 앞으로 귀찮아지겠지만 어쩐지 미소가 지어졌다. 숨어 지내는 그가 더는 숨어있지 않고 모습을 드러낼 것이다. 그렇게 되면 대화를 나누어 볼 수 있을 것으로 보였다. 설마 자식을 공격할 것이라고 생각하지도 않았고, 실제로 그는 시간능력자들에게 위해를 끼친 적이 없었다.

강두호 총수의 죽음은 강압에 의한 것이리라.

'아버지는 정말 내가 구해주지 않으면 위태로운 분이라니까.'

이광호는 아버지가 컴퓨터 프로그램에 대해서 알려주던 순간을 기억해냈다. 호기심이 많던 그에게 하나하나 설명해주며 친절하게 대해주었다. 어머니는 전혀 모르는, 알려고도 하지 않는 고지식한 탐구가 그땐 그렇게 재미있었다.

'그러니까 부디 변하지만 말고 있어주세요.'

자판을 두드리는 그의 손이 빨라졌다.

작업을 다 마쳤을 쯤에 박철민이 오세나와 함께 연구소를 방문했다. 박철민의 뒤에서 오세나가 검은 비닐봉투를 들어 보이며 웃었다.

43.

김상현은 의아한 눈빛으로 나엘을 바라보았다.

"그게 정말이야?"

김상현이 말했다.

나엘은 말없이 고개를 끄덕거렸다.

"미래를 예측할 수가 없다니. 여기서 볼 수 없는 미래가 어디 있어?"

김상현이 물었다.

잘 이해가 가지 않는 대목이었다. 시간의 바다에서는 제아무리 시간 속 상황이 바뀌게 되어도 그에 따라서 새로운 미래가 만들어졌다. 여태까지 아무런 착오도 없이 시간을 조정할 수 있었던 것은 그 때문이었다.

그런데 나엘의 말은 더는 시간의 바다가 제 기능을 하지 못한다는 말과도 같았다. 나엘이 바깥세상으로 나가지 않고 있는 것은, 가엘의 출입을 막기 위함도 있었지만, 앞으로의 행동에 도움을 주기 위함이 컸다. 만약, 더는 시간을 예측할 수 없다면 어떻게 행동해야 할지를 일일이 계산해야 하는 결과가 나온다.

"제대로 말해봐."

김상현이 말했다.

"미래가 한 방향으로 흘러가지 않아. 이런 적이 전혀 없었는데 말야. 아무리 설명해도 제대로 알 수가 없을 테니 일단은 이걸 봐봐."

나엘이 말했다.

김상현이 시간의 바다를 가득 메운 영상을 바라보았다. 무한대 표시는 제대로 작동하고 있었고 겉으로 보기에 별다른 점이 없었다.

"봐도 모르겠어. 어떻게 된 건데?"

김상현이 말했다.

"여기 분리된 영상을 각각 비교해봐. 그럼 알 수 있을 거야."

나엘이 말했다.

그는 바닥에 떠오른 자판을 가볍게 두드렸다. 빠르게 지나가던 영상들이 멈추더니 완벽하게 양쪽으로 분리된 이미지들이 떠올랐다. 영상은 다시 재생되었다. 하지만 아무리 봐도 제대로 알 수가 없었다. 두 쪽 전부 그렇게 좋지 않은 미래를 예고하고 있는 것만 빼면 특이할 점이 없었다.

"이게 그나마 뚜렷하게 나타나는 미래야. 거의 고정되어 있어. 시시때때로 바뀌고 있기는 하지만 비슷하게 흘러가. 이것 말고도 다른 것들도 있는데 너무 많으니까. 두 개로 축약시켜서 보여줄게."

나엘이 말했다.

그는 골치 아픈 얼굴로 양쪽 볼을 쓸어내렸다.

영상을 관찰하던 김상현의 얼굴이 굳어졌다.

"이제 알겠어?"

나엘이 말했다.

김상현은 믿을 수 없다는 표정으로 영상을 바라봤다.

"이게 뭐야?"

김상현이 되물었다.

"보는 대로. 우리 막내가 만든 작품이야."

나엘이 말했다.

"이렇게 되면 가엘과 우리가 상황이 비슷해지잖아. 시간의 바다가 무용지물이라면 수가 많다는 것 빼고 내세울 게 없어."

김상현이 말했다.

"……더 들어봐."

나엘은 자판을 두드려 다시 원래의 상태로 되돌렸다. 벽면마다 수놓아져 움직이는 영상들이 사실은 모두 각기 다른 미래를 의미하고 있던 것이다.

“이럴 수가 있어?”

김상현이 물었다.

나엘은 고개를 숙여 바닥을 응시했다. 정확히 말하면, 입을 벌리고 있는 지하세계의 입구를 바라보고 있었다.

“밑에 뭐가 있어?”

“지하 세계.”

“거긴 왜?”

“일단 말을 아끼자.”

나엘은 눈을 돌려 영상들을 바라봤다.

“아까 봤던 각기 다른 미래들 있었지? 내 짐작일 뿐이지만 한쪽은 우리 막내가 만들려고 하는 미래고, 다른 쪽은…….”

“가엘이?”

“맞아. 그런 것 같아. 그리고 다른 미래들이 암시하는 건 아무래도 우리의 행동으로 인한 것이겠지.”

“광호, 아니 사엘이랑 가엘의 작품이라는 말이야?”

“그래.”

김상현은 다리에 힘이 풀린 듯 주저앉았다. 얼굴을 감싸면서 잠시 말을 아끼던 그가 고개를 들어 나엘을 바라봤다.

“둘 다 그렇게 좋지만은 않아 보였는데. 오히려 유사점이 많아 보였어. 사엘이 하고 싶은 게 뭘까?”

“이미 이뤄냈어.”

“이미?”

“그래, 사엘 덕분에 가엘이 움직이기 시작했어. 그 동안은 아리송했는데 이걸 보니 알겠어. 닮은 것 같지만 서로의 메시지가 각기 달라. 이 둘은 지금 우리 몰래 대화를 나누고 있는 것 같아. 아니, 그건 내 노파

심 때문일지도 몰라. 어떻게 해야 할까? 우리보다 위에 있어. 사엘과 가엘이. 우리의 행동으로 인한 미래는 수시로 변하고 있는 게 그 증거야."

나엘이 말했다.

김상현이 바닥을 세게 내리쳤다.

"답답해. 믿고 싶은데 왜 자꾸……."

"속단하긴 일러. 그리고 둘은 지상에서 부자간이었어. 이렇게 행동하는 게 당연할 수도 있는 거지."

"기분 나빠. 사엘과 함께 지하세계에 떨어진 게 차라리 나였다면 좋았을 걸."

"말은 바로 해. 둘 다 떨어지지 않는 편이 좋았어."

"내가 할 수 있는 게 지금 없잖아."

"사엘을 믿자."

나엘이 말했다. 이미 그렇게 마음을 먹은 뒤인 것 같았다.

"믿자고?"

"그래."

"어떻게 믿자고? 차라리 내가 가서 물어볼게."

"그래, 물어봐. 하지만 정확하게 대답하지 않더라도 우린 믿어야 해."

"의심할 여지가 없다고 생각되면 나도 믿어줄 거야."

"그냥 믿어보자. 들어봐. 내가 읽어본 막내의 메시지는 가엘과 조금 달라. 가엘의 개입을 유도하면서, 뜻을 같이 하는 척하고 있지만, 확연하게 메시지를 전달하고 있어. 그건 바로 화해야. 단지 가엘과만이 아니라 모두와의 화해를 바라고 있어."

"그게 무슨 소린데?"

"가엘이 확실하게 드러낸 목적은 아마도 분열인 것 같아. 모든 사람들이 서로 편을 나누어서 갈등을 조장하고 있지. 폭력을 스스럼없이 드러내고, 서로 다투고, 분쟁을 일으키고 각자의 땅을 만들게 하려고 해."

"그런데?"
"사엘은 분열을 그대로 두면서도 그로 인한 화해를 유도하고 있어. 강압적인 방법으로 볼 수도 있겠지만, 이건 차라리 인간적이지. 사엘이 직접적으로 분열을 조장하지는 않았으니까. 오히려 가엘의 행동을 발판으로 삼아서 하나로 뭉치게 하려고 하는 것 같아."
"서로 메시지를 주고받는 것 같다고 말한 건?"
"바로 이거야."
나엘이 말했다.
그는 다시 영상을 두 개로 좁혔다.
왼쪽에는 이광호의 모습이, 오른쪽에는 이훈철의 모습이 떠올랐다. 서로 다른 행동을 하는 그들은 영상 속에서 혼자 행동하고 있었다.
"사엘이 한 사건을 미세하게 바꾸면, 자석에 이끌리듯 가엘이 다른 행동을 해. 가엘이 어떤 행동을 하면, 사엘이 그에 상응하는 메시지를 주고 있고. 아직까지 둘이 직접적으로 만나는 미래는 보이지 않았어."
나엘이 말했다.
"그 메시지가 뭔데?"
"자세히는 모르겠어."
"예상이라도 해봐."
김상현이 말했다.
나엘은 길게 한숨을 내뱉었다.
"정확하진 않아. 내 생각일 뿐이니까. 다른 애들한테는 말하지 말고 너만 알고 있어. 우선 사엘은 가엘을 만나고 싶어 하는 것 같아. 계속해서 모습을 드러내도록 유도하고 있는 걸로 보여. 반대로 가엘은 만나지 않겠다는 의사를 확실하게 주고 있어. 그런데 한 가지 내키는 점이 있어. 만나지 않겠다고 생각을 하면 그냥 지금까지처럼 다른 사람들을 움직이게 하면 그만이야. 그런데 왜 직접 모습을 드러내기 시작했냐는 거야. 만나지 않겠다는 것 외에 다른 말도 전하고 싶어 하는 것 같은데 그걸 도통 모르겠어."

나엘이 말했다.

"여기까지야."

"알겠어. 그 녀석이 궁금한 건 꼭 확인을 해서 알아야 하는 성격이니까. 그럴 법도 하지. 탐구를 언제나 탐구에서만 그치지 않고 직접 눈으로 보려고 해. 전부터 알고 있던 거니까. 새삼 놀랄 것도 없지."

김상현이 무릎을 털고 일어났다.

"그럼 나는 광호한테 가볼게."

"그래, 무슨 속셈인지 물어보고 쪽지 같은 거에 적어둬. 나중에 나한테 보여주고."

나엘이 말했다.

"왜 쪽지로?"

김상현이 물었다.

"그렇게 해. 그 편이 좋을 것 같아."

나엘이 말했다.

"알겠어. 그럼 돌아와서 보자."

김상현이 말했다.

그는 시간의 바다 밖으로 걸어 나왔다. 인적이 드문 숲속에 김상현이 모습을 드러냈다. 그러고는 근처에 세워진 승용차 앞으로 향했다.

"아파트에 얌전히 안 있었다는 말이지."

김상현은 운전석에 앉아 꽂아둔 차키를 거칠게 돌렸다.

이광호가 가엘을 제대로 바라볼 수 없다는 사실쯤은 알고 있었다. 그래서 그에게 사실을 받아들일 충분한 시간이 필요하다고 판단했고, 그렇게 하도록 도와주었다. 이광호가 직접 피부로 느끼기까지는 상당히 오랜 시간이 필요할 것임을 알고 있었다.

그럼에도 화가 나는 것은 그런 이광호를 알고 있기에, 가엘이 그를 이용하고 있다는 예감을 떨칠 수 없기 때문이었다. 지하세계에서 어떠한 일이 있었는지도 알 수가 없었고, 그것을 이용해서 가엘이 이간질을 시키는 게 아닌가 생각도 들었다. 만일 그렇다면 그의 의도대로 되었다. 김상현은 이광호의 의중을 의심하고 있었다.

"제길!"

김상현은 꽉 막힌 도로를 바라보았다. 고속도로지만 시간이 시간인지라 십분 간격으로 멈춰서고 있었다.

시간을 되돌려서 이광호를 찾아갈까 생각이 들었다. 하지만 시간 능력자들끼리 정한 규칙 때문에 불필요하게 초능력을 쓸 수는 없었다. 초능력을 씀으로 발생하는 예기치 못한 일들을 사전에 예방하기 위한 규칙이었다. 그 당시에는 합리적이라고 생각했던 규칙이 지금 와서는 불필요하게 생각되었다.

"설마 한통속은 아니겠지……."

김상현은 얼굴을 핸들 가까이로 숙였다. 앞차가 다시 움직였고 그는 다시 속력을 내서 고속도로를 내달렸다.

고정되어있던 미래에서 가엘은 스스로 지하세계로 들어갔다. 그리고 이광호는 지상에 남았다. 인정하고 싶지 않은 모습으로, 그는 오세나와 함께 있었다. 한때는 문명의 이기가 가득했던 휑해진 도심 한복판에서 둘은 죽어가는 사람들을 바라보고 있었다.

'단지 살아남았을 뿐이라고 생각했었지만.'

분위기가 어쩐지 달랐지만 그래도 이광호가 그 많은 사람들을 죽였을 리는 없었다. 전후 상황은 확인할 수 없었고, 단지 그때로만 시간 이동이 가능했다. 이것 역시 가엘의 조치일 것이다. 모두를 분열시키고, 사탄의 뜻에 동조해서 사람들의 무능을 신에게 확인시키려는. 그런 그가 이제는 신의 마지막 보루였던 시간 능력자들을 서로 이간하고 있었다.

'거기서 기가 막히는 자리를 꿰차기로 했나 보지?'

김상현은 앞을 내다봤다.

이제 고속도로를 빠져나가 조금만 가면 목적지였다. 일단은 아파트로 가서 그가 어디에 있는지 확인을 해볼 작정이었다. 어쩌면 요즘 드나들고 있는 연구소에 있을지도 모른다. 만약 위치 확인이 용이하지 않다면 시간을 돌려서 그의 흔적을 쫓으면 되었다. 사적인 용도가 아니고, 더불어 불가피한 상황의 초능력 사용은 다른 이들도 용납할 수 있을 것이다.

고속도로의 끝이 보였다. 김상현은 출로로 빠져나갔다. 그리고 안정된 속력으로 핸들을 바로 잡는 순간이었다.

멀리서 폭발음이 들렸다.

가까운 거리였다. 차가 하나 둘 멈춰서기 시작했다. 운전자들이 창문을 내려 같은 곳을 바라봤다.

김상현도 폭발음이 들린 장소를 바라봤다.

'저건?'

건물의 옥상에 누군가 아슬아슬하게 서 있었다. 김상현은 그 옆의 건물을 바라봤다. 폭발음이 들린 장소는 옆의 건물이었다. 붉은 불길이 휘몰아치더니 검은 연기가 매섭게 뒤덮기 시작했다.

"화재가 났나?"

"어? 저 사람!"

운전자들이 하나둘씩 소리를 쳤다. 경악에 찬 얼굴로 믿기 어려운 듯이 옥상 위의 사람을 바라보고 있었다.

"저 사람이 그런 것 같은데?"

"초능력자가 왜 이런 짓을 하지?"

강한 파동처럼 보였다.

옥상 위의 남자가 손을 뻗는 즉시 화재가 난 건물의 뒤쪽에 있던 건물들이 차례차례 폭발하고 있었다.

불을 다루는 사람이라면 불길이 먼저 보여야 하는데 그렇지가 않았다. 내부에 불길을 쏘았다고 하더라도 순식간에 건물을 폭파시키기는 어려웠다. 그만큼 세밀하게 초능력을 다루는 것은 거의 불가능에 가까웠다.

김상현은 앞의 차들을 따라 정차를 시키고 담배를 꺼내 물었다. 그러고는 그들의 행각을 똑똑히 뇌리에 박으려는 것처럼 응시했다.

'강두호 총수가 있었다면.'

만약 그랬다면 그와는 훌륭한 팀이 되었을지도 모른다. 저런 식으로 어긋나는 초능력자들을 사전에 관리할 수가 있게 되었을 것이다. 가엘과 강두호가 손을 잡지 못하도록 방해한 것은, 바로 김상현 자신이었다.

막을 수 있을 거라 예견했던 죽음을 돌이킬 수 없게 됐다.

수적인 유리함을 믿은 까닭이다.

김상현은 휴대폰을 꺼내 다엘에게 전화를 걸었다.

"전화했네?"

"가엘이 움직이기 시작했어. 우리도 움직여야 돼."

김상현이 건물 옥상을 응시하며 말했다.

건물을 폭파시킨 초능력자가 옥상을 빠져나가고 있었다.

44.

인공지능 툴이 완성되기 직전이었다.

이제 막 연구소에서 마지막으로 얻은 초능력자들의 기록을 적어두던 때였다. 갑자기 아무도 없던 곳에서 기척이 들렸다. 조금 화가 난 듯이 보이는 김상현과, 의미심장하게 웃고 있는 다엘이었다.
"왔어요?"
이광호가 다엘을 보며 물었다. 그러고는 김상현을 바라봤다.
"너의 계획에 대해서 말해줘."
김상현이 말했다. 시간 능력자들이 찾아올지도 모른다는 걸 염두에 두고 있었기에 당황하지는 않았다. 그들이 무턱대고 찾아올 리도 없고, 잠깐 동안은 아무도 이곳을 지나가지 않을 것이다. 이광호는 기지개를 피며 어깨를 두드렸다.
"야! 지금 웃음이 나와?"
김상현이 이광호의 멱살을 잡았다. 의자에 앉아 있던 이광호가 빙긋 웃으며 그의 손을 거둬냈다.
"그럼 울까?"
"가엘의 초능력자들이 움직이기 시작했어. 이건 예상하고 있었어?"
김상현이 물었다.
이광호는 컴퓨터 파일을 정리하고 그들을 바라봤다.
"사람들이 죽었어?"
"건물을 폭파시켰어. 사상자도 나오고 지금 난리도 아니야. 사람들이 초능력자 전체를 싸잡아서 욕하고 있다고. 괜찮은 거야? 사람들도 사람들이지만 너도 위험할 수가 있어. 그러게 방송 출연을 왜 해가지고."
김상현이 말했다.
다엘을 바라보자 그가 싱긋 웃었다.
"사상자가 나온 건 유감이야."
이광호가 말했다.
"뭐?"
"그렇지만 더 많은 피해가 나오기 전에 빨리 정리해야 돼."
"하아, 그래. 그러니까 네 이야기를 들려줘. 앞으로 어떻게 해나갈 생각인지. 우리를 믿는다면, 그리고 우리가 널 믿기를 바란다면 최소한 설명을 해줘. 어떻게 할 생각이야? 저들이 움직이기 시작한 거라면 앞으로도 사상자는 많이 나올 거야."

김상현이 말했다.

이광호는 USB를 뽑아 주머니에 넣었다. 컴퓨터에 저장한 파일을 백업시키고, 이메일을 열어 누군가에게 전송했다.

"연구소에서 뭘 하고 있던 거야? 예정대로면 가엘은 사람들을 조종하기만 했을 거야. 그런데 지금 네가 낀 이후로 직접적으로 행동하고 있어. 굳이 자기 사람들을 겉으로 드러내고 있다고."

김상현이 말했다.

"아버지가, 아니 가엘이 우리보다 능력이 월등하다고 말해준 건, 상현이 너야. 그리고 다른 시간 능력자들이지. 나엘, 다엘, 라엘, 마엘, 그리고 너. 다들 입을 모아서 그렇게 말했잖아."

이광호가 말했다.

"그래서 뭐?"

김상현이 물었다.

"우리가 할 수 있는 건? 정면으로 막는다면 막을 수 있을까?"

"그건."

생각해보면 강두호의 죽음조차 막을 수가 없었다.

시간이 가로막힌 것처럼, 가엘은 다른 시간 능력자들의 침입을 혼자의 힘만으로 막아냈다. 그런 그의 목적에 대놓고 반대되는 행동을 한다면 아마도 성공할 수 없을 것이다. 그러나 그의 말에 긍정을 한다면 지게 되는 것이다.

"너도 우릴 도우면 되잖아."

"난 초능력을 가장 마지막에 얻었잖아. 내가 막을 수 있다고 봐?"

"하, 그래서 일단은 비슷하게 따라주고 있는 거야? 그럼 앞으로 어떤 식으로 할지, 그로 인한 피해가 얼마나 클지는 전부 생각하고 있는 거지?"

김상현이 말했다.

그는 마음을 진정시키고, 뒤편에 있던 의자를 끌어와 이광호와 마주 앉았다. 다엘은 앉지 않고 가만히 서서 그 둘을 바라봤다.

"인공지능 툴을 개발할 거야."

이광호가 말했다.

"가엘이 했던 것처럼? 그걸 앞당기자는 이야기야?"

"그래."

"앞당겨서 뭐하려고?"

"우리가 시간을 조정하는 것처럼. 가엘도 그러고 있잖아. 아마도 지키고 싶은 게 있을 거야. 만약 내가 인공지능을 앞당긴다면 그에 따른 대응을 하겠지. 나는 그걸 보고 앞으로의 행동을 결정할 생각이야."

김상현이 멍한 얼굴로 그를 바라보다가 입술을 깨물었다.

대화를 하는 듯이 보였을 수도 있는 거다.

"알겠어. 그 다음은?"

"상현이 네가 가엘의 초능력을 빼앗았지?"

"정확히 말해서 초능력의 발현 시간을 뒤로 돌린 거야."

"죽이지 않았던 이유가 있어?"

"죽이려고 했다면 우리가 오히려 죽임을 당했을 테니까."

"그래, 아무튼 가엘이 초능력을 잃고 처음 했던 일이 인공지능 개발이야. 그게 끝나고 나면 과거로 돌아올 예정이었다고 전에 들은 적이 있어. 박사 노릇을 해야 했던 이유가 있을 거야. 만약 딱히 그럴만한 이유가 없었다고 해도, 내가 인공지능을 상용화하는 걸 가만히 지켜보고만 있을 수는 없을 거야."

이광호가 말했다.

그는 덧붙여 설명했다.

"강두호 총수님이 했어야 할 일을 내가 해낼 거야."

"뭐?"

"총수님의 초능력. 그걸 인공지능에 담아볼 생각이야."

"그게 가능해?"

김상현이 아연한 얼굴로 물었다.

물론, 미래에는 기계에 초능력과 비슷한 기능이 담길 것이다. 단지 따라하는 정도긴 하지만 거기에는 상당한 연구기간이 아직 필요하다. 지금도 SPC내부에서 초능력자들의 DNA를 연구하고 있다고 알고 있다. 하지만 그것을, 한 단계 앞서, 그것도 기계가 아닌 인공지능 자체에 담는다는 발상은 현실적이지가 않았다.

"초능력자를 감별하는 능력을 어떻게 담을 수 있다고?"

"물론 기초적인 틀에 불과하지. 흉내를 내는 정도에 그칠 거야. 하지만 가엘이 정말 강두호 총수의 능력이 방해된다고 생각했다면, 아마도 이게 상용화되도록 내버려두진 않을 테지."

이광호가 말했다.

그의 말대로라면 적어도 그를 싸움터 안으로 끌어들일 수 있을 것으로 보였다. 여러 번의 기회를 얻게 될지도 모른다.

"일반인들 사이에서 초능력을 구분할 수도 있어야 해."

"그 점은 예외야. 가능하지가 않아. 그래서 우리도 그에 맞는 행동을 할 거야. 초능력자들을 SPC에 몰리게 만들어야 해. 그리고 SPC 내부의 초능력자들만 감별할 생각이야. 그들의 능력, 성격, 가치관 등을, 행동으로 유추할 수 있는 인공지능을 만들어 봤어. 우리내부의 초능력자들을 데이터로 기록하고, 위험한 인자를 추려내서 그들에게 그에 따른 적당한 임무배정을 할 생각이야."

"SPC밖의 초능력자들은?"

"생각할 필요가 없어."

"왜?"

"저들이 끌어 모으려고 한다면, 우리도 그렇게 하면 돼."

이광호가 빙긋 웃으며 말했다.

"하아……."

긴장이 풀린 듯이 김상현이 그를 바라봤다.

"미워할 수 없는 놈이라니까."

김상현이 말했다.

"믿어줘서 고마워."

"그래, 네가 하고 싶은 대로 한번 해봐. 우리는 옆에서 돕도록 할게. 요약하면, SPC에서 빠져나가는 돌들을 관리하자는 거잖아. 알았어."

김상현이 몸을 일으켰다.

"상현아."

이광호가 돌아서는 그를 불러 세웠다.

"수요일 날 시간 돼? 저녁쯤에."

"몇 시?"

"음, 오후 다섯 시에서 여덟시 사이까지."

"뭐가 그렇게 디테일해? 알았어. 시간 비워둘게."

김상현이 말했다.

다엘이 연구실의 닫힌 문을 바라봤다.

"돌아가 봐. 전할 말이 있으면 그곳으로 갈게."

이광호가 말했다.

"알았어."

그들이 시간을 이동해 사라지고 잠시 후 문이 열렸다.

이광호는 열린 문을 바라봤다.

"오빠?"

오세나가 갈색 봉투를 들고 들어왔다. 인공지능 툴을 개발한다는 것을 알게 된 그녀는 종종 먹을 것을 사서 방문하고 있었다. 이번에는 박철민이 보이지 않았다. 아마도 파견을 나갔을 것이라 생각되었다.

"들어와."

이광호가 말했다.

오세나가 두리번거리며 연구실 안으로 들어왔다. 밖으로 꺼내진 의자를 한동안 바라보더니 그녀는 거기에 앉아 접힌 봉투의 입구를 열었다.

"토스트 사왔어."

오세나가 웃으며 말했다.

"먹어봐."

그녀는 이광호가 토스트를 먹는 모습을 가만히 바라봤다. 뚫어지게 쳐다보는 눈빛이 부담되었던 건지 그는 음식을 넘기는 것이 힘겨워 보였다. 그러면 눈을 돌릴 법도 한데, 오세나는 가만히 지켜보다가 뒤쪽에 있던 생수를 하나 가져왔다.

"고마워."

이광호가 말했다.

그가 불편해하고 있음을 오세나는 알고 있었다. 그러나 싫은 것과, 싫지 않은 것은 구분할 수 있었다. 동생이 아닌 다른 식으로 인식될 수 있다면, 조금 불편한 관계도 잠깐 동안은 참아줄 수 있었다.

"천천히 먹어. 여태 밥도 안 먹고 있었지?"

오세나가 물었다.

그러자 이광호가 어색한 표정으로 고개를 끄덕거렸다.

"순 허당이라니까. 너무 어설퍼서 오빠는 비밀 같은 것도 어설프게 만들 것 같아."

오세나가 웃으며 말했다.

"비밀은 무슨."

이광호가 말했다.

잠깐 정적이 흘렀다.

"인공지능은 잘 되어가고 있어?"

오세나가 물었다.

인공지능 개발에 대해서 말은 전해들었지만, 그 이유에 대한 설명은 없었다. 그러나 굳이 묻지 않고 기다리는 중이었다. 박철민이 옆에서 물어봤지만 그때도 뚜렷한 대답은 해주지 않았다. 참고는 있지만 그래도 속이 타는 것은 어쩔 수가 없었다.

"이제 다 완성이야."

이광호가 말했다.

"잘했네. 우리 오빠가 제법 똑똑하다니까. 믿음직해."

오세나가 말했다.

빙긋 미소 짓는 그를 뒤로하고 그녀가 일어났다.

"알았어. 마무리하고 있어. 금방 돌아올 테니까."

그녀는 연구실 밖으로 나와 문을 닫았다.

그리고 오세나는 어두운 표정으로 닫힌 문을 사이에 두고 섰다. 그가 숨기고 있는 비밀을 쉽사리 들을 수 있을 것 같지가 않았다. 서운했지만 어쩔 수 없었다. 직접 알아보는 방법밖에는 없는 것이다.

45.

달아나는 남자의 팔을 김상현이 잡아 꺾었다. 초능력자가 아닌 평범한 은행 강도, 그는 총기로 사람들을 위협한 후에 갈취한 돈을 가방에 담아 은행을 빠져나가는 중이었다. 그가 잡힌 팔을 빼내려고 했지만, 그보다 김상현이 더욱 빨랐다. 몸싸움으로 가볍게 제압한 후에 김상현이 강도를 바닥에 눕혔다.

납작 엎드린 강도가 신음을 토해냈다.

"얌전히 있어."

김상현이 남자의 손목을 뒤로 붙잡아놓고 말했다. 옆에서 지켜보던 다엘이 강도가 발버둥치지 못하도록 등을 내리밟았다.

곧바로 경찰이 도착했다. 총기를 꺼낸 강도를 지켜보던 사람들 중 누군가의 신고를 받고 도착한 것으로 보였다.

"경찰 왔어."

다엘이 강도의 등을 세게 걷어찬 뒤에 발을 떼어냈다.

"이제 가야 돼."

다엘이 말했다.

김상현은 준비해온 밧줄로 강도의 손목을 여러 번 감아 묶었다. 다엘이 금방이라도 움직일 것처럼 그들을 바라보고 있었다.

"이봐."

김상현이 강도의 머리채를 위로 잡아당겼다.

경찰에 들킬 것을 우려한 강도가 그를 말없이 노려봤다. 어떤 울분을 간직한 것처럼 눈시울이 붉어지고 있었다.

"맘 약해지게."

김상현이 중얼거렸다.

"잘 들어."

김상현은 강도의 귀에 대고 속삭였다.

그가 말을 마치고 머리채를 놓았다. 은행 강도는 머리를 맞은 사람처럼 멍하게 무릎을 꿇고 앉았다.

"알겠지? 내가 말한 대로 이야기 해. 그리고 꼭 기억해."

김상현이 강도를 향해 말했다.
그리고 순간 김상현과 다엘의 모습이 흔적도 없이 사라졌다. 남겨진 남자는 경찰에 발견되어 붙잡힐 때까지, 그들이 서있던 장소만 멍하니 바라봤다. 입 밖으로 똑같은 말을 계속해서 반복하면서.

마엘은 건물 옥상 위에 서있었다. 가을바람이 시원하게 불어왔다. 눈을 감고 바람을 느끼는 마엘의 평온한 표정과는 다르게 그의 모습은 불안해 보였다. 난간에 아슬아슬하게 걸친 발이 금방이라도 추락할 듯, 한 발자국씩 앞으로 움직이고 있었다.
마엘이 천천히 눈을 떴다.
'세계는 변화하고 있다.'
마엘은 속으로 되뇌었다.
그가 바라보고 경험해온 시간들은 항상 어디론가 흘러가고 있었다. 시간의 바다. 시간은 바다와도 같았다. 유영하고, 흘러가고, 부딪치고, 물살을 일으키며, 썩거나, 사라진다. 그래도 남을 것은 남고, 하늘 위로 증발한 시간은 중력에 이끌리듯 다시 되돌아온다.
'시간 능력.'
시간을 조정하는 능력을 받은 것은 신에게서였다. 그는 필요에 의해 천사들 중에 시간 능력자를 만들었다. 시간 능력자들 중 가장 많은 기억을 간직한 것은 아마도 자신일 거라고, 마엘은 확신하고 있었다.
마엘은 고개를 오른쪽으로 돌렸다.
가엘을 따르는 초능력자들이 문제를 일으켰던 곳이다. 재가 되었던 그곳에 며칠 사이, 건물의 철거를 위한 인부들이 가득 메우고 있었다.
"가엘……."
마엘이 중얼거렸다. 그의 눈에 연민의 감정이 스쳐 지나갔다.
가장 첫 번째로 선택되어 시간의 바다에 스스로 들어간 천사. 그가 가엘이었다. 가엘은 책임감이 강하고 맏형으로서의 의무감이 투철했다. 그런 그가 지하 세계로 떨어진 것은 순전히 사고였다. 그 사고가 불행한 운명의 고리를 만들어냈다.
마엘은 다시 눈을 감았다.
한동안 움직임이 없던 그가 다시 눈을 떴다. 다시금 불어온 바람과 함께 라엘은 시간 속으로 흘러들어갔다.

라엘은 장난기 어린 표정으로 골목사이로 들어갔다. 성인을 갓 지난 것처럼 보이는 불량배들이 그 안에 모여 있었다. 그들의 시선이 한쪽으로 향했다. 라엘은 그들 사이로 걸어 들어가서, 이어폰을 꼽고 노래를 틀었다.
'……네가 그럴 셈이라면.'
라엘은 미소 지었다.
사회적으로 운동이 일어났다고 해도, 그 밑바닥까지 뿌리 뽑지는 못했다. 그건 아마도 경찰이 있다고 해도, 마주치지만 않으면 된다는 예전의 사고가 변하지 않았기 때문으로 보였다. 제아무리 초능력자들이 외부로 모습을 드러냈어도, 그들은 아직 많은 이들에게 방송에 가끔 출연하는 비범한 사람 정도밖에 되지 않았다. 수많은 사람이 무리 지어서 초능력자들을 등에 업는다고 해도, 고정된 사고까지 금방 변화시킬 수는 없는 것이다.
'그 밤 네가 했던 말을 기억해. 달콤했던 말처럼 솜사탕 같은 우리 사랑.'
노랫소리가 귓가에 흘러들어왔다.
가만히 노래를 듣고 있는데 불량배들이 다가와 라엘을 에워쌌다.
"누구냐? 기생오라비처럼 생긴 게. 우리한테 볼일 있어?"
라엘이 조용히 웃었다.

그것이 기분 나빴던 건지 불량배들의 표정이 굳어졌다.

"기분 나쁘게 하네. 이 새끼, 손 좀 봐줄까?"

불량배 중 한 명이 다가왔다.

혼내줄 생각이었지만 그는 사색이 되어 뒤로 물러서야 했다. 머리를 내리치려던 손을 외려 붙잡혀서 뒤로 꺾이게 된 것이다. 손을 봐주려다가 반대로 혼쭐이 나자 불량배는 당황한 기색으로 붙잡혔던 손을 매만졌다.

"손금이 아주 좋네. 오래 살겠어."

라엘이 말했다.

"이, 이 미친 또라이 새끼가!"

불량배가 말했다.

당황한 얼굴로 그는 자신의 일행들을 돌아봤다.

"며칠 전 사고 이야기 들었어? 초능력자가 문제를 일으켰다고 하잖아. 너희들도 들어서 알고 있지?"

라엘이 말했다.

"그게 우리랑 무슨 상관인데! 아니, 무슨 상관인데요. 누구세요?"

불량배가 말했다.

그의 일행들이 입가에 미소를 지우고 뒷걸음쳤다. 라엘이 그 모습을 보고 장난스럽게 웃었다. 가장 먼저 다가왔던 불량배가 만감이 교차하는 얼굴로 가만히 서 있었다. 뒷것음쳐서 도망치려는 일행들을 쳐다보지도 못하고 있었다.

불량배의 머리카락을 쓰다듬으며 라엘이 입술을 벌렸다.

"요즘 운동이 벌어지고 있다고 하지? 비리척결 운동이었던가. 그런데 내가 동생 같아서 이야기 하는데. 너희들 담배를 피는 것까진 좋아. 그런데 담배는 태워도 되지만 너희들 양심, 이 영혼까지는 지킬 수 있어야지."

불량배가 입술을 떨며 마른침을 삼켰다.

"착하게 살아. 남들 괴롭히지 말고. 이 땅, 너희들이 전세 낸 거 아니잖아."

라엘이 말했다.

그는 골목 어귀에 놓여있던 각목을 향해 손을 뻗었다. 아마도 불량배들의 것으로 보이는 각목에 날카롭게 못이 박혀서 반대쪽으로 나와 있었다. 아주 긴 못을 어떻게 구했는지는 모르나, 일반인들에게 충분히 위협적인 물건이었다.

"잘 봐. 이런 거 가지고 다니면 안 돼."

라엘이 말했다.

각목에 박혀있던 못이 순간 떨어져 나왔다. 그 못들이 바닥에 뒹구는 것을 보고 불량배들이 질겁했다.

"알겠지?"

라엘이 웃으며 말했다.

"어우, 와. 으, 으아악!"

붙박인 것처럼 서있던 불량배가 뒷걸음쳐 도망갔다.

라엘은 도망치는 불량배들을 보며 멋쩍게 머리를 긁적였다.

이광호는 뉴스를 시청하고 있었다.

'초능력자의 사회적 물의.'

그러한 주제로 뉴스가 방영되고 있었다.

얼마 전 일어났던, SPC 외부의 초능력자들이 벌인 사건이었다. 김상현의 말처럼 수많은 사상자가 발생했다. 다섯 명이 중상을 입어 병원에 실려갔고 건물에서 잠을 자고 있던 칠십 대 노인과 열 살 아이가 숨을 거뒀다.

"행간에서는 이 사건을 두고 초능력자들 사이에 문제가 생긴 것이 아니냐는 의견을 내놓고 있습니다. 대한 그룹의 강지환 회장은 이 일이 자신의 기업과는 별개의 일이라고 일축했는데요. 자세한 것은 특파원을 통해서 듣도록 하겠습니다."

"지금 이 곳이 며칠 전 사고가 벌어졌던 화재 현장입니다. 도저히 손을 볼 수가 없어서 지금은 철거 중인 상태입니다. 우선 화재의 이유는 건물 전체에 보급되는 가스의 폭발로 밝혀졌습니다. 특이한 점은, 폭발과는 별개로 건물 안에 있던 가전제품들이 전부 일시에 터진 것으로 보인다는 것입니다. 초능력자가 벌인 일이라고 밖에는 설명이 안 되는데요. 목격자들의 증언에 의하면 건물의 연이은 폭발이 있던 당시에, 건물 옥상에 어떤 사람이 서있었다고 합니다. 지금 경찰은 그를 범인으로 보고, 특별 팀을 꾸려서 쫓고 있다고 합니다. 자세한 것은……."

이광호는 서류 더미로 눈을 돌렸다.

강지환 회장에게 보고하기 위해 정리한 파일이었다. 아직 그에게는 어떤 프로그램의 개발을 위해 연구소를 빌린 것인지 이야기하지 않았다.

'강지환 회장.'

그는 아직 이훈철과의 접선이 이루어지지 않았다.

"강지환 회장님, 내 퀸은 당신으로 정할게."

이광호는 재킷을 걸친 뒤 서류를 가방에 담았다.

그는 연구실 안을 둘러본 뒤, 바깥으로 나왔다.

46.

"인공지능 프로그램을 개발했다는 말입니까?"

강지환 회장은 보고서에서 눈을 돌려 이광호를 바라봤다. 그는 쉽사리

믿기 어렵다는 얼굴이었다. 흔히 예상이 빗나갔을 때 지을 수 있는 당혹감 어린 표정으로, 그는 흥분을 가라앉히려 하고 있었다.

"잠깐만 기다려주십시오."

강지환 회장은 끼고 있던 안경을 벗어 책상 위에 올려두었다. 보고서를 읽는 회장의 손끝이 미세하게 떨리고 있었다. 그는 입술을 매만지거나, 책상을 손끝으로 두드리며 이광호에게서 건네받은 서류를 꼼꼼하게 훑어 내려갔다.

"확실한 겁니까?"

강지환 회장이 서류를 뒤로 넘기며 물었다.

"프로그램이 완성되었다면 시용 가능성도 있다고 보는 거겠지요?"

아무런 대답이 들려오지 않자 회장이 고개를 들었다.

이광호가 책상 앞으로 다가왔다.

"이걸 들고 굳이 이곳으로 오지 않아도 되었습니다. 물론, 그 점은 회장님도 잘 아실 거라고 생각하고 있습니다."

이광호가 말했다.

그의 손에 USB가 들려있었다.

"지금 개발 중인 인공지능보다 더욱 대단한 것을 완성했다고 감히 자신할 수 있습니다. 회장님, 천문학적인 돈을 지불하고도 이 프로그램을 사려고 할 사람들은 널려 있었어요. 그런데도 제가 회장님을 찾아온 것은 강두호 총수님과의 옛정이 있었기 때문입니다. 그리고 강지환 회장님에게도 좋은 감정을 지니고 있구요."

이광호가 말했다.

강지환 회장은 서류를 정리하고 그 위에 두 손을 모았다.

"꼼꼼하게 읽어봤습니다. 광호씨가 개발한 프로그램이 단지 기계적인 반응만 나타낼 뿐인 기존의 인공지능과는 차이를 뒀다고 봤습니다. 그렇다면 이광호씨, 제가 한 가지 질문을 던지겠습니다. 당신이 개발한 인공지능 프로그램으로 어떤 일들을 할 수 있을 거라고 보십니까?"
강지환 회장이 물었다.
이광호는 그를 보며 웃었다.
그는 역시 다른 사람들과는 달랐다. 달콤한 말을 듣고도 바로 믿어버리는 하수는 아니었다. 프로그램에 대한 검증을 하려고 하고 있고, 또한 그렇게 하고 말 것이다. 포부가 있는 남자였고, 욕심이 나는 물건을 누군가 노리는 것을 두고 보지 않는다. 똑똑한 사람이고, 주변인들의 이상한 낌새를 잘 알아차릴 것처럼 보였다. 인간적인 감정에 휘둘리지 않고 이익만을 위해서 행동해줄 것이다.
"기존의 인공지능은 단순히 기계장치 속에서 입력값에 대한 반응을 하고 있습니다. 편리한 기능을 내세우며 여러 기업들이 앞 다투어 내놓고 있죠. 하지만 누구도 그것이 진짜로 자율적인 사고를 지닌 인공지능이라는 말에는 긍정하지 못할 겁니다. 인공지능이지만 인공지능이 아니죠."
이광호가 잠시 말을 멈추고 그를 보았다.
회장은 두 손을 맞잡아 턱밑에 대고 그를 바라보고 있었다.
"초능력자에 대한 이야기가 돌고 있습니다. 회장님께서 직접 선을 그어 주셨지만 아마 신뢰도가 전과 같지는 않을 겁니다. 그래서 처음 상용화를 하는 제품은 인공지능을 가진 안드로이드 로봇이었으면 합니다. 특정하자면, 몸이 불편한 사람들을 곁에서 보조해주는 로봇을 먼저 내놓는 것이 좋습니다. 처음부터 여러 시도를 하게 되면 반감이 커질 수도 있으니까요. 사람처럼 사고하는 인공지능을 무서워하는 사람이 반드시 나올 겁니다."
이광호가 말했다.
회장이 만족스럽게 웃었다.
"점차 확대해갈 수 있도록 말입니까?"

강지환 회장이 물었다.

다소 경직되어 있던 그의 얼굴에 혈색이 돌았다.

"인공지능이 결코 만들어질 수 없는 이유가 있습니다. 생물이 아닌 컴퓨터 속의 숫자로만 존재하는 그저 만들어낸 프로그램일 뿐이지요. 입력 단어를 집어넣거나, 어떠한 행동을 하면 그에 반응해서, 미리 만들어 놓은 반응을 보일 뿐입니다. 사람은 상호작용을 하지요. 하지만 기계는 사람의 행동, 명령, 입력, 그런 것들이 없으면 움직일 수가 없습니다. 어떠한 반응도 보이지 않지요. 모든 기계와 전산 상의 장치는 자극이 없으면 반응하지 않습니다. 제 아무리 스스로 움직이고 사고하는 것처럼 보이는 기계도, 그저 미리 입력해둔 행동을 하고 있을 뿐인 겁니다."

강지환이 덧붙여 물었다.

"어떤 변화를 주셨습니까?"

"입력 값을 조금 다르게 주었습니다. 멈춰 있지 않을 것을 우선순위로 해두고, 입력 값 사이사이에 공백을 두었습니다. 그렇게 한 결과, 제가 개발한 인공지능은 그 공백을 메우기 위해, 스스로 정보를 찾으며 움직였습니다. 그리고 원하는 답이 나오지 않으면 그것을 알아내기 위해 끊임없이 사고를 거듭했습니다."

"조금 위험하게 들리는 부분입니다. 문제가 발생하지 않을 거라고 봅니까?"

"안전장치를 해두되, 그전에 인공지능이 찾아낸 의문을 말로 설명해줄 사람이 필요합니다. 최대한 바른 사고를 지닌 사람이 맡아야 한다고 봅니다. 편의를 돕는 보조 로봇에 적용된다고 한다면, 그와 관계된 사람이 좋을 겁니다."

"만약 문제가 발생하더라도 바로 조치를 취하도록 말이지요."

강지환이 입술을 매만지다 일어섰다.

그는 이광호의 어깨에 손을 두르고 회장실 밖으로 이끌었다. 데스크에 앉아 있던 비서가 일어나려는 것을 강지환이 저지했다.

"잠깐 가볼 곳이 있습니다. 누가 물어보면 바람을 쐬러 나갔다고 하세요."

강지환 회장이 말했다.

무척 냉랭한 목소리로 말을 마친 그가 이광호에게 웃어보였다. 그의 눈빛이 마치 동족을 만난 듯이 반갑게 느껴져서 이광호는 불편함을 감출 수 없었다. 하지만 가엘을 확실하게 끌어들이기 위해서는 그의 도움이 필요했다.

"가시죠."

강지환이 이광호를 데리고 엘리베이터 안으로 들어갔다.

1+1은 1

1+2는 1

1+3은 1

1+4는 1

사칙연산, 복잡한 수식, 그것은 단지 숫자 계산에만 그치지 않는다. 조금 사색적으로 들어가 보면 생활의 모든 것들이 숫자와 연관되어 있음을 알 수 있다. 하나는 개인이고 둘이 집단이면 그것을 합친 것은 또 다시 집단이 된다. 보통 집단을 말할 때는 그것을 인원수대로 세지 않는다. 종족은 비슷한 객체의 모든 합을 나타내고 종족에서 벗어나는 종은 또다시 객체가 된다.

경우의 수.

어떤 사람이 어떠한 행동을 했을 때 발생하는 모든 현상을 경우의 수라고 칭할 수 있다. 사람의 마음은 한 가지 종류씩 비슷하게 묶어서 말할 수는 있지만, 그에 따른 감정의 깊이는 숫자로서 또 다시 세분화될 수 있을 것이다. 감정과 사고, 선택의 지향성을 숫자로 나타냈을 때, 그것들이 완벽하게 같은 인간은 찾아보기 어려울 것이다. 그렇게 되기 위해서는 철저하게 통제된 비슷한 환경이 주어져야만 가능하다.

3-2는 1도, 0도 될 수 있다.

4-1은 3도, 1도 될 수 있다.

5-6은 -1로 보기 쉽지만 그 사이에 아주 많은 숫자들이 존재할 수 있음을 조금만 관찰해보면 알아낼 수 있을 것이다.

인간은 시간을 초 단위로 나누고, 물질을 더 작게 잘라서 숫자로 나타내었지만, 가장 중요한 사람들의 감정을 세분화 시킬 수는 없었다.

이광호는 발밑을 내려다봤다.

찌그러진 캔 밖으로 음료가 흘러나와 있었다. 잘못했으면 밟게 되었을지 모르는 일이다. 조심성 없이 아무렇게나 버려진 쓰레기를 밟지 않고 그는 다시금 걸음을 재촉했다. 얼굴이 보이지 않도록 모자를 눌러쓴 모습으로, 그는 간간이 뒤를 돌아봤다.

수상한 사람은 보이지 않았다.

그러나 확실하게 누군가 뒤따라오는 느낌이 들었다.

'귀찮은 건 딱 질색인데.'

이광호는 김상현을 만나기 위해 가는 중이었다.

이제는 공인이 되었기 때문에 조심해야 했다. 자발적으로 모습을 드러낸 것은 어쩔 수 없는 선택이었다. 가능한 초능력자로서 사람들 앞에 서고 싶지 않았다. 뒤쫓는 사람이 가엘과 관련이 있는 사람이라면 큰 수확이겠지만, 최근의 일들을 더듬어보면 그저 호기심에 따라붙은 일반인일 가능성이 높았다.

'너무 섣불리 방송출연을 결정한 건가?'

이광호는 뒤를 돌아보지 않은 채로 걸음을 빨리 했다. 따라붙은 사람이 누군지는 모르겠지만 기분이 좋지 않았다.

널을 뛴다는 표현이 정확했다.

전과는 다르게 요즘은 감정이 제멋대로였다. 남들이 한 번씩 겪는다는 사춘기를 뒤늦게 겪는 것처럼 시시때때로 지금과 같은 변화를 느끼게 되었다. 날짜를 굳이 추정해보면, 사탄의 아들이 지상에 나타났던 그 시점부터였다.

악마의 추종자들에게서 기분 나쁜 의식을 받게 되었고, 감염자들과 비슷한 증상을 겪었었다. 그 뒤로 어떠한 문제가 발생했다면 바로 이러한 변화였다. 부정적인 변화라고는 말할 수 없었다. 전과는 다르게 감정이 더욱 깊어졌을 뿐이고, 단지 시기상으로 겹쳤을 뿐인지도 몰랐다.

'그렇지만…….'

이성적인 사고를 해야 할 때마저도 감정에 방해를 받는 것은 참기 어려웠다. 그 선택이 다른 이들의 삶을 변화시킬 수 있다는 것을 알게 된 지금은 더욱 확고해졌다. 마음 내키는 대로, 단지 순간적으로 변덕을 부려서 일을 그르치면 안 되었다.

이광호는 약속장소를 그대로 지나쳐 상가 건물로 들어갔다. 뒤쫓는 이도 아마도 들어왔을 것으로 생각되었다.

상가의 화장실 칸으로 들어가 바깥의 소리에 귀를 기울였다. 오가는 사람들의 기척이 이어지다가 끊기고, 다시 적막이 감돌고 있었다.

"이럴 거면 굳이 모자를 쓰고 올 필요가 없었잖아."

이광호가 모자를 벗으며 중얼거렸다.

그는 5분 전으로 시간을 돌려 약속장소 안으로 들어갔다. 그가 갑자기 음식점 안에 나타난 덕분에 사람들의 이목이 집중됐다. 이광호를 알아본 사람들이 술렁거리며 한마디씩 던졌지만, 그는 음식점 안에서 바깥을 바라봤다.

이광호는 음식점을 지나쳐가는 자신의 모습을 확인했다. 그리고 그 뒤를 따르던 인물을 확인했다. 똑같이 모자를 쓴 채로, 사람들 틈에 숨어 조심히 발을 옮기는 사람은 놀랍게도 자신이 아는 인물이었다. 머리스타일을 다르게 했지만 한눈에 알아볼 수 있었다.

"광호야, 왔으면 들어와야지."

김상현이 이광호의 어깨에 손을 올리며 말했다.

그의 놀란 표정을 보고 김상현이 바깥을 내다봤다. 그러나 특별한 것은 발견할 수가 없었다. 천천히 발길을 옮기는 김상현을 따라 이광호도 움직였다.

47.

강지환 회장은 정비를 마친 공장을 내려다봤다. 최대한 빠르게 작업을 진행하기 위해서 장비들을 구입하고 설치하기까지 이틀이 넘는 시간이 소요됐다. 인력을 들여와 로테이션으로 작업을 하게 했고, 정보가 새나가는 것을 막기 위해 고액의 돈을 지불했다. 혹시 모를 상황을 대비해서 그들의 신상정보, 가족과 친지 등을 조사하는 것도 잊지 않았다. 만약 외부에다가 대한 그룹의 새로운 사업 내용을 발설한다면 그에 따른 제재가 있을 것이라고 경고해두었다. 알려진다고 해도 믿어줄 사람이 어디 있을까 싶지만, 아무튼 그것이 이광호의 부탁이었다. 최대한 비밀리에 진행해 달라고 하였다.

"회장님, 설비들 점검 마쳤고요. 정상적으로 작동되는 걸 확인했습니다."

회장의 뒤에서 작업반장이 다가와 말했다.

강지환은 그를 흘깃 바라보고 다시 아래를 바라봤다. 원래는 대규모 상업단지 조성을 위해 구입해두었던 부지였다. 그 자리에 예기치 않게 공장을 만들게 되었고, 공산품을 만드는 장소라고 말하기에 지나치게 컸던 공장 내부가 외국에서 들여온 설비들로 꽉 들어차 있었다. 제법 모양새는 갖추어진 것 같았다.

그는 이광호의 말을 떠올렸다.

"지금 기술로는 완벽하게 사람처럼 보이는 로봇을 개발할 수는 없을 겁니다. 하지만 그렇다고 하더라도 로봇의 표면은 인조피부를 사용해 덮어주세요. 사람과 구별되지만 거부감이 없도록 만들었으면 합니다."

이광호는 그렇게 말했다.

"1호부터 30호까지 정상작동 확인되었고요. 말씀하신대로 최대한 적은 인력으로 가동이 가능하게끔 설치해뒀습니다."

작업반장이 말했다.

"가동 중에 오류가 생기면 안 됩니다. 비싸게 구입한 장비들이에요. 지금 채용한 인원이 모두 몇이나 되죠?"

로봇의 몸체는 부위 별로 각각 만들어져서 나오게 될 것이다. 중간에서 작업자가 설비에 매달린 로봇의 몸체 각 부분을 대강 모아준 뒤에, 버튼을 누르면, 마지막 단계에서 그것을 압축하여 강한 열로서 마감처리를 한다.

각 호마다 계속해서 로봇이 만들어질 것이고, 만들어진 로봇을 작업자가 수거해 한 곳에 모아둘 예정이다. 같은 층에서 로봇의 겉 표면에 입힐 인조피부만을 다루는 사람들이 필요했다. 그렇게 정교하진 못해도 단순한 작업은 아니기에 경력이나 그에 대한 지식을 가진 사람을 사용하는 편이 좋을 것으로 보였다.

"최대한 줄이라고 하셔서 80명 안팎으로 채용했습니다. 다들 관련 지식이 있는 사람이고요. 입이 무거운 사람들로만 채용하려고 노력했습니다."

작업반장이 말했다.

"50명으로 줄이세요."

강지환 회장이 말했다.

"예? 하지만……."

"설비는 30개가 고작입니다. 각 호마다 한 사람씩 맡으면 서른 명. 로봇의 수거 및 정리는 5명이 맡습니다. 만들어지는 시간이 오래 걸리는데 수거하고 정리하는 사람을 굳이 많이 둘 필요가 없어요. 인조피부는 시간이 많이 걸리는 작업인 만큼 9명에서 10명 정도가 적당하겠군요. 인조피부를 덮는 작업자는 최대한 꼼꼼한 사람으로 4명에서 5명 정도로 분류해주세요. 최종적으로 검사를 하는 사람을 한 명 두고, 출고 및 공장의 모든 관리를 사장님께서 맡아주시면 됩니다."

강지환 회장이 뒤돌아 작업반장을 바라보며 말했다.

반장이 우두커니 그를 바라보고 섰다.

"하지만 저는 반장일 뿐으로 알고 지원을 한 건데요."

반장이 말했다.

강지환이 그의 어깨를 다독이듯 두드렸다.

"급하게 꾸린 사업이라 사장을 맡을 사람이 없었습니다. 순전히 제 독단으로 만든 것이고 다른 업무도 봐야하는 제가 이곳의 사장까지 자처할 수는 없습니다. 내 회사라는 생각을 갖고 최선을 다해주세요."

"하지만 그런 걸 제가 할 수 있을 리가 없습니다."

"관련전공 박사까지 하지 않으셨습니까. 박사님, 부탁 좀 드립니다."

강지환 회장이 말했다.

시종일관 딱딱한 표정을 짓던 그가 싱긋 웃어보였다. 작업반장은 한껏 경직된 모습으로 머리 위의 안전모를 정리했다.

"가장으로서 집안 환경이 좋지 않은 것으로 알고 있습니다. 기태호 반장님, 언제까지 이런 불안정한 상태로 가정을 이끌어 가실 겁니까? 이 사업, 확실한 사업인 걸 봐서 알지 않습니까?"

강지환 회장이 말했다.

"예, 물론 도무지 믿겨지지 않을 정도였어요. 하지만 이렇게 갑자기 말씀을 하시니 좋긴 하지만 불안한 것도 사실이에요. 회장님, 그게 진심이십니까? 이 사업에 이렇다 할 투자를 한 것도 아니고 내놓으라고 해도 돈이 없습니다. 저는……."

작업반장이 불안한 눈으로 기계설비가 가득한 작업장을 내려다봤다.

"금액은 제가 다 지원합니다. 사장님은 이곳을 잘 이끌어주시면 됩니다. 사업이 성공하고 아무 문제가 없게 되면 언젠가는 진짜 사장이 되시겠지요."

강지환이 말했다.

작업반장은 다시 작업장을 내려다봤다. 빼곡한 기계, 비싼 외국 수입 물품들로 가득한 공간, 이곳에서 함께 일하게 될 고급 인력들, 성공할 것이 뻔한, 이미 확인을 마친 프로그램의 성능. 그것을 잘 조합하여 최적의 물건을 만들어낼 수 있다면 그야말로 떼돈이 굴러들어올 것으로 보였다.

"하시겠습니까?"

강지환 회장의 말에 작업반장이 화들짝 몸을 떨었다.

"예, 해보겠습니다."

작업반장이 말했다.

공학을 전공하며 공부와 연구를 계속해오다가 꿈이 뭐였는지도 잊어갈 쯤, 평범하게 남들처럼 공장에 들어갔다. 공장에서 공장으로 옮겨 다니면서, 기계공학을 전공했다는 사실은 비웃음거리에 불과했다. 그래서 공부를 했었다는 이야기도 하지 않고, 일만 하고 지내다가 지금의 아내와 만나 결혼을 하고 가정을 꾸렸다.

반장을 맡고 있던 공장에서 트러블이 생겨 밖으로 나오게 되었다. 일을 하지 못하는 아내와 어린 아이가 눈에 밟혀, 직장을 알아보던 중에 지원하게 된 것이었다. 이력서에 뭐라 적을까 고민하다가, 그 동안 오점으로 생각되던 학벌을 적어두었다. 대학교, 대학원, 박사까지 13년을 공부했다.

"열심히 한번 해보겠습니다. 강지환 회장님."

작업반장이 말했다.

그는 강지환 회장을 향해 고개를 힘껏 숙였다.

48.

대한 그룹의 인공지능 안드로이드가 시중에 유통되기 시작했다. 안전성 확인을 위해서 처음에 한두 대씩 무상으로 보급되던 로봇은 검사를 마친 후에 한정으로 팔려나가기 시작했다. 부품 값과 인건비, 시장성 등의 이유로 가격책정에 어려움이 있었다. 몇 번의 회의 끝에 안드로이드는 고가에 내놓기로 결정되었다. 대중적으로 상용화가 이루어지기까지 가격을 변동시키지는 않을 것이라고 강지환 회장은 밝혔다. 다만, 경제적으로 어려움이 있는 이들에게는 사회적 배려 차원에서 무상으로 보급하기로 결정했다.

'행동보조 안드로이드'

그가 사회적 배려와 동시에 외국으로 유통하기 시작한 안드로이드는 천문학적인 숫자의 외화를 벌어들이기 시작했다.

대한 그룹의 주가가 다시금 폭등했다. 일부 초능력자의 사회적 결례에도 불구하고, 주식을 사들였던 중소 투자자들이 거액의 돈을 거머쥐게 되었다.

강지환 회장은 안드로이드 시연회에서 이런 말을 했다.

"우리 대한 그룹은 한국의 대표 기업으로서, 행동보조 안드로이드를 발판으로 한국을 세계에 알려나갈 것입니다. 그렇게 해서 이 자그마한 나라를 핍박하던 사람들에게 일침을 날릴 것입니다. 우리가 기술적으로 발달이 늦었지만, 그럼에도 우리는 이만큼 해내었고, 앞으로도 계속 놀랄 만한 기술을 발명해낼 수 있다는 것을 똑똑히 알도록 만들 것입니다. 대한 그룹은, 우리나라를 선진국으로 만드는 것에 발 벗고 나설 것이며, 가장 살기 좋은 땅으로 만들 것임을 모두에게 알리는 바입니다."

그의 말은 수많은 찬사를 받았다.

강지환의 말에 자극을 받아 비리 척결 운동은 더욱 거세졌다. 비리 인사들이 뿌리 뽑혀 나가기 시작했다. 대한 그룹과 한때 1, 2등을 다투었던 대기업이 거의 몰락에 가까울 정도로 사회적 물의를 일으키며 줄줄이 도산했다. 그 빈자리를 다른 기업이 비집고 들어와서, 대한 그룹의 보조 기업처럼 자리매김하게 되었다. 한 때, 2등이었던 기업은 누군가에게 팔려서 이름을 바꾸고 새롭게 꾸려졌다.

"매우 똑똑하고 현명한 사람입니다. 인간적으로 존경받아 마땅한 사람이지요. 내 생에 그 사람을 만난 것은 천운이라고 생각합니다."

강지환 회장은 인공지능 프로그램 개발자에 대해서 자주 거론했다.

개발자의 이름을 알아내기 위해 기자들이 동분서주했지만 철저한 감시와 통제 속에 밝히기는커녕, 대한 그룹 산하의 연구소조차 출입할 수가 없었다.

"행동보조 안드로이드가 안정적으로 상용화를 마치고 나면, 그것과는 다른 물건을 또 다시 내놓을 것입니다. 인공지능 프로그램을 적용하여 인간의 편의를 돕는, 안전하고 안락한 생활을 도와주는 제품을 많이 만들어낼 것입니다."

강지환 회장은 때때로, 네트워크상이나 매스컴을 통해 자신의 의견을 발표했다.

“강지환 회장님! 다음으로 선보일 물건을 개발 중에 있나요?”

회장의 저택 앞에서 기자가 말했다.

강지환은 기자의 뒤에 있는 카메라를 흘깃 바라봤다.

“개발 중에 있습니다. 하지만 아직은 밝힐 수 없는 점, 이해 부탁드립니다.”

강지환 회장은 그 말만 남기고, 차에 올라탔다.

불과 두 달 사이에, 기술개발이 빠르게 진척되고 있었다.

완전한 겨울.

11월 중순으로 들어서면서 날씨가 쌀쌀해졌다. 두꺼운 옷을 입지 않으면 칼바람이 스며들어 거구의 장정도 몸을 떨게 할 정도였다. 사시사철 사계절이 뚜렷했다던 한국의 날씨는 흔적도 찾을 수 없었다. 봄 날씨는 2주일이면 끝이 났고, 가을은 그래도 2개월 정도는 지속되었다. 그 외에는 여름과 겨울 뿐이었다. 덥고, 조금 더 덥고, 춥고, 조금 더 추울 뿐인 날씨. 겨울 날씨가 시작되는 11월 중순은 그래도 비교적 쌀쌀한 정도에 그치는 것이었다. 한파를 이기기 위해서 겨울옷은 디자인보다 실용성이 강조되는 방향으로 바뀌어가고 있었다.

유화는 두 손을 모으고 입김을 불었다.

“춥지?”

그녀를 향해 박철민이 물었다.

“응. 겨울에는 쉬고 싶은데 드높으신 회장님께서 쉬게 해주시질 않으니.”

유화가 말했다.

“가끔 휴식을 받으면 되잖냐. 오늘처럼.”

박철민이 쇼핑백을 흔들며 말했다.

모처럼 휴가를 받아 이틀간의 시간이 생겼다. 외부 초능력자들이 문제를 일으키고 다니는 바람에 유난히 파견을 나가는 일이 잦아졌다. 스트레스 때문에 못 견딜 지경에 이르고 나서야 유달수 팀장에게 말해 휴가를 받게 된 것이다.

"그리고 파견임무를 하달하는 게 회장은 아니잖아. 우리 팀장님이지."

"팀장님이 하고 있어도 결국엔 그 사람이 시키는 대로 하는 거겠지."

"그건 그래. 나도 회장이 싫다."

둘은 마주보며 웃었다.

그리고 거리를 걷기 시작했다.

두꺼운 옷에 파묻히듯 걷는 사람들을 바라보다가 유화가 한쪽으로 시선을 고정시켰다. 상용화가 이루어진 행동 보조 로봇이 작은 아이를 등에 업고 움직이고 있었다. 아이와 이야기를 나누고, 간간이 멈춰서 시간을 보내는 모습이었다.

"저기 봐."

유화가 말했다.

"똑똑한 녀석인 줄은 알았는데. 아무리 그래도 미래의 그 기술을 빼오다니……."

박철민이 복잡한 심정으로 로봇을 바라봤다.

"프로그램 개발까지 하는 줄은 몰랐어. 나는 완전 기계치거든."

유화가 말했다. 그녀는 목도리를 빼내어 다시 목에 둘렀다.

"사람마다 다 잘하는 게 있는 거잖냐. 너도 잘하는 게 있을 거야."

박철민이 부드럽게 미소 지으며 말했다. 그러자 유화는 침울한 표정을 지었다. 아이를 등에 업은 안드로이드 로봇이 사람들 틈에 섞여 들어가고 있었다. 그 모습을 가만히 바라보다가 유화가 입술을 열었다.

"이광호, 강지환 회장이랑 친해진 걸까?"

"친해지면 어때. 오히려 좋은 거지. 사람을 가려 사귀는 게 좋다고 하지만 그 사람과는 모른 척하고 살 수가 없는 사이잖아. 불편한 것보단 낫다고 봐."

"어떻게 친해진 걸까?"

유화가 말했다.

박철민은 유화를 말없이 바라봤다. 엉성하게 묶인 목도리가 눈에 들어왔다.

"그렇게 똑똑한 사람이면 유능한 사람들이랑 친해지고 싶은 게 당연한 거겠지?"

유화가 물었다.

박철민은 유화의 목도리를 풀어서 정리한 뒤, 다시 묶어주었다. 바람이 통하지 않을 정도로, 그렇다고 숨이 막히지는 않을 정도로 조심해서 둘렀다.

"우리보다는 친하지 않을 걸? 겉으로만 그런 척하는 거지."

박철민이 웃으며 말했다.

"역시 그렇겠지?"

유화가 말했다.

"그래."

박철민이 대답했다.

유화는 안드로이드가 사라진 곳을 바라보다가 고개를 돌렸다.

"이제 가자. 가는 길에 뭐 사갈까?"

박철민이 물었다.

그는 천천히 걸음을 옮겼다.

"애들 주게 닭 꼬치 사서 가자. 근처 포장마차에서."

유화가 말했다.

포장마차에 들러서 닭 꼬치를 4개 포장했다. 그걸 들고 아파트로 진입하는 횡단보도에 서서 유화가 조심스럽게 말을 꺼냈다.

"오빠는 만약 내가 나쁜 짓을 해도 날 믿어줄 수 있어?"
"어떤 나쁜 짓을 하는데?"
"예를 들어서 사람을 죽인다거나."
"이야, 그건 너무 심하다."
"그렇게 심한 짓을 해도 믿어줄 수 있냐고."
유화가 물었다.
꼭 대답을 들어야 하겠다는 듯이 비쳐졌다.
박철민은 조금 길어진 머리카락을 뒤로 쓸어 넘겼다.
"믿어줘야겠지. 이유가 있을 거라고 생각을 하고. 잘못을 한 거라면 반성할 수 있도록 도와줄 거야. 그게 소중한 사람을 대하는 자세라고 생각하니까."
박철민이 말했다.
정지선에 차량이 줄줄이 멈춰 섰다. 잠시 뒤 신호등에 적색 불이 들어왔다.

49.

바위틈으로 물이 흐른다. 풀꽃을 지나, 자갈을 발판 삼아, 천천히 아래로 흘러간다. 굽어진 틈을 지나 잠시 고였던 물웅덩이는 쏟아지는 폭우에 떠밀려 흩어지고 다시 떠내려간다. 그러다가 굽어진 길목을 지나 가파른 땅을 만나면 속도를 높여 밑으로, 밑으로, 쏟아져 내려가기 시작한다. 물은 물줄기가 되고, 물줄기가 물살을 만들어내어, 끝을 모르고 밑으로 떨어진다. 땅으로 흡수되지 못한 물은, 그렇게 계속 움직인다. 움직이지 않으면 끝내 사라지고 마는 만물의 법칙 속에서, 자신을 보전하기 위해 계속해서 하강한다. 물은 웅덩이가 되고, 웅덩이는 개울을 만들고, 개울은 마침내 호수를 이루고 바다를 형성한다. 바다는 가장 낮은 곳에 있는 동시에 하늘과 근접해 있다.

추락하고 있다.

"김팀장이 연락을 해왔습니다. 어떻게 할까요?"

반듯하게 차려입은 남자가 말했다. 유성우, 그는 휴대폰을 손으로 막아서 내리며 이훈철을 바라봤다. 사람의 온정이라고는 찾아볼 수 없는 냉정한 눈빛이 그에게 닿았다. 가만히 유성우를 바라보던 이훈철이 혀를 차며 들고 있던 신문을 구겨서 땅바닥에 던졌다.

"쯧, 그 양반은 유선 상으로 전화하면 안 된다고 몇 번을 말했는데. 일단 받아봐. 나눌 말만 간단히 하고 끝내."

이훈철이 말했다.

차가운 목소리에도 유성우는 불쾌한 기색을 보이지 않았다. 그의 태도에 처음에는 분명 반감이 생겼던 것 같지만, 지금은 사라지고 없었다. 이훈철은 항상 고자세로 남들을 대했고, 모든 것에 달관한 눈빛으로 사물을 바라봤다. 그가 은연중에 풍기는 어두운 분위기와 철두철미한 성격은 '타고난 성격이 그런 사람'으로 생각하도록 만들었다. 어딘가 음산하고 같은 인간에게 대하는 상냥함은 다소 부족했지만, 바로 그런 점이 유성우는 마음에 들었다. 사탄을 숭배하는 교도에게, 사탄과 닮은, 그러면서도 사탄과 밀접한 관계에 있는 이훈철이 싫을 리가 없었다.

"알겠습니다."

유성우가 대답했다.

그는 옆으로 돌아서서 전화를 받았다. 과거에 함께 동고동락하던 팀장이었다. 마을에서 지내며 악마의 성경에 수록된 예언대로 일을 진행할 때 그의 지시를 받아 움직이고는 했다. 김팀장은 예언에 수록된 '성녀'를 찾아내기 위해서 열을 올렸었다. 결국 그는 그녀를 찾아냈다. 처음 계획과는 반대되는 방향으로 흘러가 버렸지만, 그래도 찾아낸 것이다. 나트교가 악마의 성경이 하나밖에 없을 거라고 생각한 것이 이쪽에선 그나마 다행인 일이었다.

"유성우씨, 잘 지내세요?"

김팀장이 말했다.

"예, 팀장님. 아주 잘 지내고 있습니다."

"그 분이 잘 대해주고 있고요?"

"흠잡을 데가 없으신 분입니다."

유성우가 말했다.

"그런데 이렇게 굳이 전화를 거신 이유가 뭐죠? 우리가 몰래 찾아가는 편이 더 안전했을 텐데요."

수화기너머로 김팀장의 웃음소리가 들려왔다.

"다름이 아니라 긴히 전할 말이 있어서입니다."

"대화가 오래 지속되면 안 됩니다. 그 사람들이 우리를 찾아내면 곤란해지는 거 아시잖아요."

"죄송합니다. 잠시 그 분을 바꿔주실 수 있으신가요? 직접 전하고 싶은 말이 있어서 말입니다."

김팀장이 말했다.

유성우는 가만히 서서 힐긋 바라보던 이훈철과 눈을 맞추었다.

"전화 바꿔달라고 하시는데요. 받아 보셔야 할 것 같습니다."

유성우가 말했다.

그러자 이훈철이 순순히 휴대폰을 건네받았다.

"여보시오. 전화 받았습니다. 말씀하세요."

이훈철이 수화기에 대고 말했다.

유성우는 인기척을 느끼고 고개를 돌렸다. 평범한 20대로 보이는 남자들이 몇 명의 사람들을 이끌고 다가오고 있었다.

다음 날,

잠에서 깨어난 이훈철은 의자에 등을 기대고 앉았다.

그는 눈을 감고 미간을 손으로 쓸어내렸다. 얼굴 굴곡이 만져졌다. 나이에 비해 비교적 젊었던 피부는 거칠어졌고, 주름이 생겨 있었다. 뼈를 둘러싼 조직들이 노화해 전보다 볼품이 없어졌다.

기억을 되찾은 뒤에 곧바로 신체의 나이를 바꾸어 놓았다. 그 결정은 분명 잘한 선택이었다. 그 동안의 가치관과 사고 등을 통째로 뒤집기 위해서는 그 동안 간직해오던 외모부터 달라져야 했다. 그래야 마음먹기가 조금 더 쉬워진다.

이훈철은 피곤이 깃든 얼굴로 텅 빈 액자를 바라봤다. 항상 갖고 다니던 액자에 걸려있던 가족사진은 조각조각 찢어서 개울가에 버렸다.

"나도 조금씩 틀을 짜야겠군."

이훈철은 부하들이 데려온 사람들을 떠올렸다.

초능력을 잃어버렸다고 자처하는 이들 중에, 초능력자는 아마 얼마 되지 않을 것이다. 그렇지만 일반인이라고 해서 쓸모가 없지는 않았다.

이훈철은 다리를 힘주어 고정시키고 무거운 몸을 일으켜 세웠다.

50.

메이크업 아티스트가 김상현의 얼굴을 매만지고 있었다. 정성껏 화장을 해주는 손길에 몸을 맡기고 있으면서도, 그는 난감한 기색을 감추지 못했다.

"나까지 방송에 나갈 이유가 있을까?"

김상현이 이광호를 보며 물었다.

메이크업과 스타일 정리를 모두 마친 이광호가 그를 내려다보며 웃었다.

"걱정돼?"

"걱정이 아니라. 자식아. 괜한 짓을 할 이유가 없잖아. 그 사람들한테 우리 모습을 훤히 드러내는 건데."

김상현이 걱정스러운 목소리로 말했다. 대기실의 다른 사람들을 의식한 듯이 그는 눈짓으로 나머지 말을 대신했다.

"그래서 의미가 있는 거야."

이광호가 말했다. 그는 스텝이 사다준 커피를 빨대로 마시고 있었다.

"난 모르겠다. 이게 중요한 일인지. 수요일 날 시간을 비워두라는 소리가 이런 일 때문인지 알았다면, 난 거절했을 거야."

김상현이 말했다.

물론 그가 똑똑한 놈이란 사실을 잘 알고 있었다. 가볍게 움직이는 것 같으면서도, 되돌아보면 전혀 허튼 짓은 아닌 그런 선택을 해왔다. 다소 조심성 없는 결정을 할 때가 있었지만 그래도 믿고 지켜보면 그만큼의 수확을 얻을 수 있었다.

하지만 가끔 보면 그저 승부사 기질로 밀어붙이는 것이 아닌가 생각이 들 때가 있었다.

"대본 숙지했어?"

이광호가 물었다.

김상현은 메이크업 담당자의 뒤편에서 스템플러로 고정된 A4용지를 집어 들었다. 대본이라고 거창하게 부를 필요도 없는, 간단한 내용만이 인쇄된 종이였다. 스텝이 찾아와서 방송이 시작하기 전까지 둘러보라며 무성의하게 던져주고 간 것인데, MC들의 주요 질문과 패널들의 반응

등이 적혀 있었다. 촬영 시간이 두 시간을 넘기는 데 비해 아주 적은 양의 대본이었다. 결국은 종이에 적힌 것들을 빼면 모든 게 애드리브로 채워진다는 말이었다.

"몰라, 대충 보다가 말았어."

김상현이 말했다. 메이크업 아티스트가 그의 턱을 잡아 들어올렸다. 그 모습이 웃긴 것인지 이광호가 입을 막고 고개를 돌렸다. 김상현은 이광호를 가만히 응시하며 화장이 마무리 될 때까지 기다렸다.

"다 됐습니다."

메이크업 아티스트가 말했다.

김상현은 거울 속에 비친 자신의 모습을 신기하게 바라봤다.

"나 오늘 좀 멋있는 것 같아. 어쩌지?"

김상현이 말했다.

약간 상기된 얼굴로 거울을 보던 그가 다시금 찾아온 스텝을 바라봤다. 스텝은 방송촬영이 곧 시작된다는 사실을 알리고 준비할 것을 부탁했다. 그가 나가서 다른 패널들의 대기실에도 똑같이 말을 하고 다녔다.

"넌 해봐서 알지? 진짜 대본대로만 숙지하고 있으면 되냐?"

김상현이 물었다.

그는 몹시 걱정스러운 얼굴이었다.

"생방송이 아니니까. 걱정하지 않아도 돼."

이광호가 부드럽게 웃으며 말했다.

"처음 방송할 때 우황청심환 몇 알 먹었지."

"그거 지금 있어? 촬영하는 줄 모르고 못 챙겼잖아. 너 때문에."

"여기."

이광호가 청심환을 꺼내서 김상현에게 건넸다.

"그냥 씹어서 먹으면 돼."

이광호가 말했다.

김상현은 시키는 대로 약을 꺼내 입속에 넣었다.

"괜찮은 거냐? 진짜?"

김상현이 물었다.

"미안. 근데 그거 원래 30분 전에는 먹어야 돼. 그래야 효과가 있어."

이광호가 말했다.

천진하게 웃는 그에게 화를 내려다가 김상현은 입술을 다물었다. 그는 이광호를 말없이 관찰하다가 스타일리스트의 손에 잡혀갔다. 스타일리스트는 작은 행거에 걸린 옷을 뒤적였다. 그러기를 몇 번, 드디어 방송 때 입을 의상이 정해진 것 같았다.

"이걸로 입고 나오시면 될 것 같아요. 헤어라던가, 뭔가 필요하면 말씀해주세요."

스타일리스트는 옷을 주고 대기실 밖으로 나갔다.

스텝들이 모두 나가고 이광호와 김상현만 대기실에 남았다.

"방송 5분 전일 거야. 빨리 입어야 돼. 나는 밖에 나가 있을까?"

이광호가 물었다.

"아니야, 여기 있어."

김상현이 말했다.

그는 스텝이 건네준 옷으로 갈아입고 거울 앞에 섰다. 사실상 헤어까지 부탁할 시간은 없었다. 누군가에게 맡기기보단 스스로 하는 편이 좋다는 결정으로 김상현은 머릿결을 정리했다.

"MC가 질문 많이 하냐?"

김상현이 정리를 마치고 말했다.

이광호는 대기실의 문을 열고 그를 바라봤다. 둘은 바쁘게 지나다니는 스텝과 출연진들 사이로 걸어 들어갔다.

"대답이 생각 안 나면 솔직하게 말하면 돼. 말했듯이 생방송이 아니니까. 네가 실수를 해도 알아서 편집해줄 거야."

이광호가 말했다.

"이게 뭐라고 긴장 되냐. 아오, 진짜 죽겠다. 넌 안 떨려?"

김상현이 물었다.

방송국에 마련된 촬영장 세트가 보이자 그의 걸음이 느려졌다. 속이 좋지 않은 듯 목소리를 가다듬으며 김상현은 이광호를 흘깃 바라봤다. 그래도 방송 출연 경험자가 맞는지 이광호는 전혀 긴장하지 않은 것처럼 보였다.

"패널들 모두 자리에 앉아 주세요. 다 준비되면 슛 돌립니다."

스텝 한 명이 돌돌 말은 A4용지를 돌리며 말했다.

과하다 싶을 정도의 조명이 촬영장을 내리쬐고 있었다.

"제가 이 다음에 무슨 행동을 할 것 같습니까?"

한 출연진의 질문이었다.

인기 개그맨으로 주가를 올리고 있는 사람이었다. 다소 짓궂은 행동과 오버된 표정으로 사랑받는 코미디언. 하지만 돌발행동으로 MC들을 당황시키는 경우가 많은 그가, 이번에도 역시 대본에 없던 돌발질문을 던진 것이다.

질문을 받은 사람은 이번이 첫 방송 출연인 김상현이었다.

"시간 능력자라고 들었어요. 몇 분 뒤의 미래로 가서 제가 무슨 행동을 할지 미리 보고 와주세요. 혹시 실수를 하지 않았을까 걱정이 돼서요."

사적으로 초능력을 써보라는 부탁이었다. 굳이 방송 출연을 하고 싶지도 않았지만, 출연해서 광대처럼 사람들을 만족시키며 웃고 싶기는 더욱 싫었다. 이럴 땐 어떻게 해야 하는지, 김상현은 이광호를 흘깃 쳐다봤다.

"아아, 부탁드려요. 형님! 시청자분들도 기대하고 계실 거예요. 다른 초능력자들은 다 한 번씩 보여줬는데. 시간 능력은 너무 생소하다고요. 한번 확인할 기회를 주세요."

그래도 방송이었다.

미소를 떨치지 않으면서, 김상현은 출연진들을 돌아봤다. MC들은 말릴 생각도 하지 않고, 오히려 기대되는 표정으로 바라보고 있었다. 다른 출연진들도 마찬가지. 바로 옆에 앉은 이광호는 가만히 웃는 얼굴로 그와 눈을 맞추었다. 이광호의 눈빛을 보고 김상현은 도망갈 데가 없다는 것을 알았다. 그도 마찬가지의 뜻으로 보였다.

"하아. 알겠어요. 그렇게 해볼게요."

김상현이 말했다.

모두의 시선이 집중된 가운데 그가 눈을 감았다. 뭔가 골똘히 생각하는 모습으로 숨소리 하나 내지 않던 그가 다시 눈을 떴다.

"보고 온 거예요? 아니면 어디 다녀오신 거예요? 궁금해요. 빨리 알려주세요. 형님!"

질문을 던졌던 개그맨이 발을 동동 구르며 물었다.

얼핏 호기심 어린 표정으로 보였지만, 그 이면에는 검증하고자 하는 기분 나쁜 의심이 내재되어 있었다.

"다녀왔어요."

김상현이 미소 지으며 말했다.

"예언 능력이랑은 다른 게 맞나요? 그렇지만 우리는 형님이 사라지는 모습을 보지 못했는걸요."

"제가 여기서 사라져버리면 여러분 심장마비 걸려요. 그래서 다시 이 시간대로 돌아온 거예요. 현국씨."

김상현이 말했다. 출연진들이 한바탕 웃었다.

"알겠어요. 그럼 우리 촬영하는 동안 무슨 일이 생기나요? 제가 앞으로 어떤 행동을 할 것 같아요?"

김상현이 개그맨 김현국을 바라봤다.

운명이란 것은, 인위적으로 만들어내는 것이다. 따라서 한 가지 사건만 틀어지면, 다른 양상으로 흘러가게 마련이다.

개그맨 김현국은 '자신의 행동'으로 특정하면서 시간을 다루는 초능력이 보잘 것 없음을 드러내려 하고 있었다.

김상현은 몇 시간 전에 김현국이 대기실에서 지인과 나누었던 대화를 떠올렸다.

"저만 알고 있을게요. 그리고 그때가 되면 말해줄게요."

김상현이 말했다.

"그게 뭐예요. 형님!"

김현국이 놀리듯 말했다.

"그럼 알려줄게요. 몇 분 뒤에 김현국씨 바지가 찢어질 거예요. 팬티가 다 보일 정도로 심하게 말이죠."

김상현이 말했다.

출연진들이 김현국을 바라보며 의자를 옆으로 끌었다. 갑자기 떨어져서 앉는 출연진들을 보고 김현국이 살짝 당황하고 있었다.

"에이, 멀쩡한 바지가 왜 찢어져요. 계속 조심하고 앉아 있으면 안 찢어지겠죠."

"오늘 붉은 색 팬티 입었죠?"

김상현이 물었다.

"붉은 바탕에 검은 색 줄무늬 트렁크 팬티요. 영어로 뭐라고 쓰여 있었는데 너무 놀라는 바람에 까먹었네요."

김상현이 싱긋 웃으며 말을 마치자 김현국의 얼굴이 달아올랐다.

"조심하면 되죠. 붉은 색에 검은 줄무늬 팬티는 흔하니까요."

김현국이 말했다. MC가 급하게 주위를 환기시켰다.

"자자, 김현국씨 팬티를 보지 않도록 기도하면서, 혹시 바지가 찢어지면 모두 눈을 돌려주세요."

MC가 웃음을 터뜨리며 말했다.

그는 애써 표정관리를 하며 다음 질문을 던졌다.

"대한 그룹이 참 좋은 일을 많이 하고 있어요. SPC회사가 초능력 회사임이 밝혀진 마당에 질문을 하자면, 대우가 다른 회사 직원들보다 특별할 것 같거든요. SPC회사의 일원들은. 김상현씨는 SPC 소속 초능력자가 아니라고 밝혔는데, 혹시 이광호씨는 이번 인공지능 프로젝트에 대해서 들은 바가 없었나요?"

"들은 바요?"

이광호가 되물었다.

"듣기로 강지환 회장님과 상당히 두터운 친분을 갖고 계시다고 알고 있어서요. 혹시나 개발자에 대해서 아는 정보가 있나요?"

"글쎄요. 우리는 계열사이기 때문에 들은 바는 별로 없었습니다."

이광호가 말했다.

"이런, 아쉽군요. 그렇다면 이건 말씀해주실 수 있겠죠. 방금 질문과 관련된 이야기는 아닌데 혹시 SPC회사의 내부 환경은 어떤가요? 임직원 모두가 같은 주거공간에서 살고, 또 출근을 하면서 평범하게 하루를 보낼 것 같지는 않거든요."

MC가 물었다.

"특별한 풍경을 말하는 거라면 아무래도 있습니다."

이광호가 말했다.

"파견을 주로 나가기 때문에 회사에서 마주치는 일은 비교적 적고요. 초능력자들이 편의를 위해서 초능력을 사용하는 모습을 가끔 볼 수가 있어요."

"예를 들어서 분리수거를 하러 갈 때 염력을 써서 쓰레기를 버리기도 하고요?"

MC가 짓궂게 웃으며 물었다.
"아니요, 그 정도까지는 아니구요. 우리도 평범하게 지내려고 해요. 보통은. 초능력을 너무 많이 사용하면 진이 빠지는 경우가 있거든요. 그래서 보통 때는 잘 사용하지 않지만, 위급할 때라거나 그냥 서로 장난을 칠 때 쓰게 되는 것 같아요."
이광호가 말했다.
"어떤 장난을 치나요?"
MC가 물었다.
"만약 물대포를 쓰는 사람이 있으면, 오세나 양이 불을 쏘고 그런 식인가요? 아니면 그 반대의 경우가 더 많은가요?"
이광호가 말없이 웃었다.
"아, 죄송합니다. 요즘 제가 초능력자들한테 푹 빠져 있어서요. 저도 살면서 초능력을 한번쯤 써보고 싶은데 그렇질 못해서요. 카페가 많이 생겼는데 저도 가입했답니다. 초능력자들 팬 카페요. 오세나 양의 빅 팬이죠. 물론, 이광호씨도 많이 좋아합니다. 준수한 외모에 생각도 깊으시고 정의감도 많으시고. 그래서 팬 카페에 이광호씨 팬도 많아요. 아, 그렇다고 제가 게이는 아닙니다."
MC가 말했다.
"관심 고맙습니다."
이광호가 말했다.
출연진들이 웃었다. 반대편에서 유난히 반응이 크던 여자 출연진이 발언권을 얻어 김상현에게 질문을 던졌다.
"김상현씨도 초능력자인데 SPC 회사에 입사할 생각은 없으신가요? 이광호씨와 친분도 깊고 같은 능력을 지니셨는데 둘이 다니면 여러 가지로 편할 것 같아요. 의지가 되는 상대잖아요."
"아직 입사할 생각은 없습니다."

"향후 계획도 없으시고요?"

"아직은 없어요. 다른 중요한 일을 하고 있거든요."

김상현이 대답했다.

그는 김현국을 바라봤다. 김현국은 아까 전의 일이 치욕적인지 불만스러운 얼굴로 김상현의 시선을 외면하고 있었다.

"자, 그럼 본격적으로 우리 모두 친해지자는 의미에서 게임을 시작하도록 하겠습니다. 모두 자리에서 일어나 주시고요. 무대가 세팅될 때까지 잠시 기다리도록 하겠습니다."

MC가 말했다.

방송이 잠시 중단되고 김현국이 자리에서 일어났다. 화가 단단히 난 얼굴로 황급히 자리를 뜨려던 그가 못 볼 것을 본 사람처럼 다시 의자에 앉았다. 출연진들은 못보고 그냥 지나칠 뻔했지만, 우연히 눈을 돌린 MC가 그를 발견해서 모두를 멈춰 세웠다.

"카메라 꺼졌죠?"

다가온 MC를 보며 김현국이 물었다.

MC가 어찌된 상황인지 살폈다. 김현국의 바지가 누군가 뜯어놓은 것처럼 뜯어져 있었다. 단순히 어딘가에 스쳐서 찢어진 것이라고 말하기에는 그 정도가 심했다.

김현국이 비밀로 하고 싶었던 바지 사건은, 함께 출연한 출연진의 SNS를 타고 사람들에게 알려졌다.

제 7장
마지막 천사

51.

신이 사탄의 제안을 받아들여 초능력자들을 세상에 숨겨두었다. 그들은 자신이 다른 이들과 다름을 모른 채로 살아가다가 때가 되면 초능력을 발현시켰다. 그렇게 특별한 능력을 지닌 그들은 사람들 속에서 추앙을 받거나, 적대시되거나, 심하면 또 다른 신으로 군림하게 되었다.

사탄의 뜻대로 흘러가는 것을 보다 못한 신이 결단을 내렸다.

거대한 종교가 세상에 도래했다. 전쟁이 벌어졌고, 사람들은 초능력자들을 숭배하는 것을 그만두었다.

마녀사냥, 종교 전쟁, 유태인 학살, 테러집단의 출현.

속속들이 죽어가는 사람들을 보며 초능력자들은 숨어서 살기로 결정했다. 남과 다름이 특별한 것이 아니라 단지 두려움과 배척의 대상이 될 수도 있다는 사실을, 그들은 깨달았다. 더 철저하게 자신을 감추고 소규모로 집단을 꾸려서 모여 살았다.

그렇게 끊어질 듯, 끊어질 듯, 초능력자들은 맥을 잇기 시작했다.

사탄은 신의 개입에 분노하며 조금씩 타락해갔다. 인간의 본질을 의심했던 사탄이 보기에 신의 행동은 부질없는 짓에 불과했다.

사탄은 신을 향해 말했다.

"존경하는 만물의 왕이시여. 당신이 진심으로 인간을 곁에 두시기를 원하신다면 제게 지상의 모든 권한을 위임하소서. 무릇 유리잔에 뜨거운 액체를 담으면 깨지기 마련인 법이옵니다. 당신의 몸과 그들의 몸이 판이한데, 제대로 담길 리가 있겠사옵니까. 당신의 개입은 그들을 시험할 수 있는 기회를 앗아가고 있사옵니다. 제게 권한을 위임하시고 부디 지켜만 봐주시기 바라옵니다."

신은 사탄의 부탁을 거절했다.

사탄이 또 다시 간청했다.

"시간은 반복될 뿐이옵니다. 반복된 시간 속에서 저들은 당신이 만든 모든 생물체들과 같이 육신의 달콤함을 탐하며 갈구하기만 했사옵니다. 겁을 줘서 억압한다고 한들, 바뀌는 것은 없사옵니다. 저들은 자기들이 증명할 수 있는 모든 방법을 동원하여 당신의 존재 자체를 거부할 것이옵니다."

신은 사탄이 지상으로 출입할 수 있는 모든 통로를 막아, 그를 지하에 두었다.

사탄은 분노했다.

꾹꾹 참았던 이질적인 감정이 온몸을 지배했다. 그는 울부짖고, 지하의 모든 영혼을 괴롭히다가, 지상의 천사들을 끌어들여 지하로 오게 만들었다.

사탄은 신과 통할 수 있는 거울 앞에 섰다.

이제는 작동하지 않는 거울 앞에서 사탄이 말했다.

"만물의 왕이시여. 왕께서 보았던 대로 되었사옵니다. 보시지요. 저는 당신의 목적과 진심을 의심하기 시작했고, 그것이 불합리하다고 판단하게 되었사옵니다. 왕께서 그러하시다면 저도 가능한 모든 수단을 강구하여 내가 옳았음을 증명해 보이지요. 아니, 증명하는 것은 이제 무의미한 것이 되었사옵니다. 하여 신은, 이 모든 걸 거꾸로 돌리려 합니다."

사탄은 신과 접선할 수 있는 유일한 물건을 부숴버렸다.

가능한 많은 영혼을 끌어모았다. 신이 그토록 아끼는 인간들의 영혼은 물론이고, 천사 시절 같이 지내던 이들과 함께 지하에서 머리를 맞대었다.

이훈철은 자신의 필체로 직접 쓴 편지를 봉투에 넣었다. 세 번 반듯이 접은 편지지를 봉투에 넣어서 실링 스탬프로 찍어 눌렀다. 밀봉된 편지봉투가 모두 3장이었다. 한 장은 미래로, 한 장은 아주 먼 미래로,

다른 한 장은 과거로 보내는 것이었다.

그는 편지봉투 하나를 손바닥 위로 올렸다. 순식간에 봉투가 사라지자 이훈철은 같은 방식으로 나머지 두 개의 봉투를 시간 속으로 날렸다.

귀찮은 일이지만 꼭 필요한 수순이었다.

'광호.'

이훈철은 이광호를 떠올렸다.

그가 먼 미래에 개발되어야 했을 사라시스템의 틀을 옮겨왔기 때문에 벌어진 일이다. 단지 미래의 일이면 신경 쓸 일이 없었겠지만, 그것은 자신과 연관되어 있기 때문에 과거와도 연결이 되어 있었다.

시간 능력자들은 기억의 소실을 경험하지 않는다. 잠깐 어떠한 일 때문에 잊어버릴 수는 있지만, 어쨌든 과거의 일부터 차근차근 떠오르게 된다. 어느 한 순간에 바뀌었던 것들을 정돈된 사건 순으로 단번에 알아차릴 수가 있다.

문제는 사라시스템이 미래에 개발되는 프로그램이란 사실에 있다. 지금 개발이 되게 되면 미래로 가서 그것을 개발했던 자신의 행동에 변수가 생기게 된다. 그때의 자신은 아무런 기억도 하지 않았었고, 심지어 능력도 잃은 상태였다.

해서, 과거와 미래의 자신에게 편지를 보내게 되었던 것이다.

'사엘.'

이훈철은 아주 어린 꼬마 모습이던 그를 떠올렸다.

호기심이 많았다. 그것이 탈이었던 아이다.

유성우는 후드를 뒤집어 쓴 사람들을 바라봤다.

새롭게 함께 하게 된 초능력자들이다. 아직 각성 전이었던 이들을 이훈철이 알아내어 능력을 끄집어내 주었다.

"1번."

유성우는 그들을 이름으로 부르지 않았다. 작전마다 우선순위대로 번호를 매겨서 이름 대신에 불렀다.

“침투.”

유성우가 말했다.

호명된 사람은 체구가 작은 남자였다. 아직 십 대로밖에 보이지 않는 그는 후드 밑으로 나이에 맞지 않는 어두운 미소를 보이고 있었다.

“먼저 갈게요.”

남자가 말했다.

그는 후드를 뒤집어쓴 채로 앞으로 나아가다가 새파란 광채를 몸 밖으로 뿜어내며 그 속에서 손을 휘둘렀다. 그의 손에 일척이 넘는 큰 일본도가 생겨났다. 새파랗게 날이 선 칼, 그는 어느새 아이가 아닌 장정의 모습으로 바뀌어 있었다.

그가 건물로 들어갔다.

“2번.”

유성우가 말했다.

머리를 길게 내려묶은 여자가 건물 외벽을 따라 숨어들었다. 여자를 발견한 사람들의 비명소리가 한동안 이어졌다.

“3번.”

유성우가 말했다.

소란하던 거리가 쥐죽은 듯 조용해졌다. 숨소리조차 들리지 않게 되자 유성우가 다음 사람을 가리켰다.

“4번. 지원.”

유성우가 말했다.

호명당한 남자가 씩 웃더니 눈앞의 건물을 향해 손을 흔들었다. 그의 손가락이 부드럽게 펼쳐지더니 스파크가 튀었다.

건물의 모든 전기가 끊어졌다.

"5, 6번. 이곳을 둘러싸."

유성우가 말했다.

그들이 손을 펼쳐 하늘로 뻗었다. 반투명한 막이 주변부를 수놓았다. 완전한 은신 상태. 지금까지의 모든 행동은 CCTV가 기록했어도, 앞으로는 아닐 것이다.

"나머지 전부 들어가도록."

유성우가 말했다.

가만히 서있던 미망인들이 한 번에 달려나갔다. 그들이 건물 안으로 들어가는 것을 지켜보며 유성우가 입꼬리를 움직였다.

이 세상에 모순이 없었다면 희노애락 또한 존재하지 않았을 것이다.

이훈철은 구불구불한 골목길을 따라 걸었다.

'모순 속의 모순.'

칼과 방패는 서로가 존재하기에 모순을 낳는다. 생물과 생물은 서로가 존재하기에 강자와 약자를 만들고, 잡아먹고 잡아먹히지만, 동시에 서로를 필요로 한다. 종족은 위협 속에서 진화되었고, 안락함 속에서 퇴화를 거듭했다.

이훈철은 사탄의 말을 떠올렸다.

사탄은 모순을 송두리째 뒤바꾸려고 하고 있다.

"가기 전에 바람이나 쐴까?"

라엘의 목소리였다.

이훈철은 몰래 그의 뒤를 밟으며 상황을 관망하고 있었다. 하지만 계속해서 가만히 뒤만 쫓을 수는 없었다.

라엘은 빌라 맞은편에 놓인 의자에 앉았다. 조금 지친 표정으로 기대어 앉아서는 조용히 눈을 감으려 하고 있었다.

이훈철은 시간을 돌려 그의 뒤로 이동했다. 최대한 기척을 줄이면서 그가 눈을 뜨기를 기다렸다.

라엘의 입술이 달싹거리며 움직였다.

"가엘."

라엘이 눈을 떴다.

마치, 자신의 방문을 알고 있었다는 말투에도 이훈철은 동요하지 않았다. 그의 침착한 표정을 보며 라엘이 말했다.

"많이 늙었네. 일부러 그렇게 만든 거지?"

라엘이 말했다.

"내가 올 것을 알고 있었다면. 그 뒤의 일도 예상을 했겠지?"

이훈철이 말했다. 라엘이 가만히 미소를 지었다.

"안 아프게 해줘."

라엘이 말했다.

이훈철이 그의 목 뒤를 가격했다.

52.

라엘이 사라졌다.

그의 귀환이 늦어짐을 수상하게 여긴 나엘이 시간의 로그를 확인했고, 라엘이 납치되는 장면을 목격할 수 있었다. 이훈철이 라엘의 목 뒤를 가격해서 기절시킨 후에 그와 함께 모습을 감추었다.

이광호는 맨 처음에 아버지를 알아보지 못했다.

"그래도 아직 죽은 것 같지는 않아."

나엘이 침착한 목소리로 말했다.

"무엇 때문인지 자세히는 모르지만 적어도 우리와 관계된 정보는 여기서 손쉽게 찾아낼 수 있어. 우리가 어디에 있든 여기서는 어디서 뭘 하는지, 어디로 이동했는지까지 모두 기록이 되지. 따라서 우리가 무언가를 하고자 할 때 조금 더 손쉽게 일을 해결할 수 있었던 건, 다 이곳이 존재하기 덕분이라고 생각하면 편해. 가엘은 물론이고 사엘 너도 마찬가지야. 다만 가엘의 경우에는 조금 다르지. 가엘의 기록을 따라가 보려고 하면 가끔씩 추적이 어려울 때가 있어. 암전된 것처럼, 검은 화면만 나타나지. 아마도 가엘은 시간의 로그를 피할 수 있는 법을 알고 있는 것 같아."

"라엘이 아직 살아있다는 건 어떻게 아는데?"

다엘이 말했다.

"이걸 봐. 라엘에 대한 정보를 따라가 볼게."

나엘이 말했다.

그가 바닥 위로 떠오른 반투명한 자판을 몇 번 두드렸다. 그 뒤에 비쳐진 것은 암전된 듯 온통 검은 색의 바탕뿐이었다.

"이해가 돼?"

나엘이 시간 능력자들을 보며 되물었다.

"가엘이 다른 시간 능력자들의 로그까지 통제할 수 있다는 거야?"

다엘이 물었다.

모두 숨을 죽였다. 그가 다른 시간 능력자들에 비해서 월등한 능력을 지녔다는 사실은 익히 알고 있었다. 그러나 모르던 사실이었다. 그가 시간의 로그를 통제하는 것은 그 자신만으로 국한되지 않는다. 그렇다는 것은 시간의 로그에만 기대어서는 안전하지 않다는 뜻과도 같았다. 가엘이 원했다면, 지금 확인한 장면 또한 암전 속에서 이루어졌을 것이다.

"이제 알겠어?"

김상현이 이광호를 응시했다.

그는 생각이 많아 보였다.

"아무튼 라엘이 지금 가엘과 함께 있다는 거잖아."
다엘이 말했다. 나엘이 고개를 끄덕거렸다.
"혼자 다니면 안전하지 못하겠어. 조를 짜서 함께 행동하는 게 좋을 것 같아. 일단 가엘이 모습을 드러냈으니 우리도 반격할 기회가 생길 거야. 거의 확실해. 운이 좋으면 라엘을 무사히 구할 수도 있을 거야. 그러니까 우리는 조를 짜서 가엘이 나타났을 때를 대비해야 해."
다엘이 말했다. 모두 긍정의 뜻을 내비쳤다.
"광호 너는?"
김상현이 물었다.
"애초부터 아버지를 외부로 끌어내려고 인공지능 프로그램도 개발했던 거야. 이제 만날 때도 되었겠지. 라엘을 구하는 데 동의해. 그리고 함께 행동해야 한다는 점도 충분히 이해하고 있고."
이광호가 말했다.
김상현은 말없이 이광호를 응시했다.
"하지만 아버지가 날 쉽게 대할 수는 없을 거야. 우리는 이제 다섯 명이잖아. 세 명씩 다니면 눈에 띄어서 힘들어. 그러니 두 명씩 짝을 지어. 나는 혼자 다니도록 할게. 혼자서는 아니지. 다른 사람들과 함께 있을 테니까. 걱정하지 마."
이광호가 덧붙여 말했다.
"역시 그럴 줄 알았어. 그래, 알겠어. 그렇게 하자."
김상현이 말했다.
"좋아, 그럼 그렇게 하는 거야."
"이곳은 어떻게 할까?"
"시간의 로그에 도움을 기대할 수 없다면 여긴 무용지물이야. 하지만 가엘이 기억을 찾은 지금, 이곳으로 들어오도록 내버려둘 수는 없어. 그러니까 가급적 이곳을 지키는 편이 좋을 거야. 알겠지? 바엘과 내가 함께 행동할게. 마엘, 너는 다엘과 같이 다녀. 그리고 시간의 바다는 우리들이 교대로 지키도록 하자."

나엘이 자판에서 손을 떼며 말했다.

자판이 바닥으로 흡수되어 사라졌다.

"시간의 바다에 있는 팀이 오더를 주고, 지상에 있는 사람은 그에 따라, 가끔 개인적 판단도 섞으면서 행동하면 될 거야. 아무리 무용지물이라고 해도 가엘 혼자서 여러가지 변수를 다 조정하는 것은 어려울 테니까."

나엘이 말했다.

다엘이 웃으면서 검지와 엄지를 둥글게 말아 올렸다.

"라져 댓."

다엘이 말했다.

"장난치지 말고. 위험하면 바로 이곳으로 돌아와."

"이런 건 라엘이 했던 건데 라엘이 지금 없으니까. 아무튼 알았어."

"조심해."

고개를 끄덕이며 다엘이 마엘과 함께 시간의 바다 밖으로 나갔다.

나엘이 이광호를 응시했다.

"사엘. 막내야."

나엘이 말했다.

이광호는 죄스러운 얼굴로 주먹을 쥐고 있었다.

"네 탓이 아니야. 가엘과 네가 부자지간으로 태어나 자란 것을 원망해야지. 우린 천성적으로 운명이라는 걸 믿지 못하지만, 그래도 너랑 가엘을 보면 운명이란 걸 생각할 수밖에 없게 돼."

나엘이 말했다.

"조심해. 막내야. 너는 똑똑하지만 그래도 걱정이 돼. 우리도 정말 믿고 싶지는 않지만. 가엘은, 너의 아버지는 더 이상 네가 아는 사람이 아닐지도 몰라."

"제가 조금 더 꼼꼼하게 확인해야 했어요."

이광호가 말했다.

"괜찮다니까. 어서 가 봐. 가서 다엘과 마엘을 알게 모르게 도와줘."

"무슨 일이 생기면 말해줘요."

이광호가 말했다.

그는 시간의 바다를 빠져나가기 전 김상현을 바라봤다.

"또 보자. 상현아."

이광호가 미소를 지었다.

김상현은 그 미소가 어쩐지 이상하다는 생각을 머리에서 떨쳐냈다.

"왜 그래?"

이광호가 빠져나가고 나엘이 물었다.

"아니야."

김상현이 말했다.

나엘은 다시 자판을 불러왔다.

집으로 돌아온 이광호는 옷을 벗고 화장실로 들어갔다.

샤워를 하면서 머릿속을 정리했다.

'추정해서 아는 사실과 실제로 확인하는 것은 매우 다르다.'

아버지는 몰라보게 변해 있었다. 목소리는 여전히 비슷하지만, 말투와 분위기, 심지어는 자주 짓는 표정까지 달라져 있었다. 그 때문인지 처음에는 알아보지 못했다.

'초능력을 잃은 사람들에게 접근해서 능력을 되찾아주는 것은.'

그들에겐 불행일 수도 있고, 어쩌면 구원일 수도 있다.

구원을 받았다고 생각하는 사람들은 삶의 이유를 한 순간에 바꿔버린다. 그 맹점을 아버지는 이용했을 걸로 보였다. 강두호 총수가 초능력자들을 단번에 알아봐 그들을 먼저 자기 사람으로 만들었다면, 아버지는 앞으로의 계획에 타격이 컸을 것이다. 모든 정황이 아버지가 강두호 총수를 죽였음을 알리고 있었다.

'라엘이 사라진 그날, 그보다 먼저 의문의 초능력자들이 한 종교 단체를 몰살시켰다.'

도덕적이지 못한 것으로 보이는 잔혹한 학살 사건을 일부의 사람들이 긍정적으로 바라보고 있었다. 초능력자들을 좋게 바라보는 인터넷 카페의 회원들이 주축이 되어 종교 단체의 반발과 맞서고 있었다.

'아버지는.'

어쩌면 정말로 변해버린 것일지도 몰랐다.

문득 이광호는 '가엘'로서의 그를 마주하는 것이 두려워졌다.

'하지만 아버지도 역시 우릴 모른 체 하고 있지는 않았어.'

이광호는 거울을 바라봤다. 샤워기에서 떨어져 내리는 물이 몸을 타고 곤두박질치고 있었다.

보란 듯이 행동하고 다녔지만, 그가 제일 먼저 찾아간 사람은 라엘이었다. 쉽사리 만나주지 않을 것 같았다. 아니, 굳이 만날 필요가 없어진 것일지도 몰랐다. 다른 존재일 때의 기억이 되살아나더니 정말로 달라져서는, 이제는 아들이던 자신마저 모른 척하고, 오히려 아주 귀찮은 존재로 여기게 되었을지도 모른다.

이광호는 샤워기를 잠그고 젖은 머리카락을 정리해 쓸어 넘겼다.

격한 감정이 가슴속에서 요동치고 있었다.

오세나는 오두막 아래 벤치에 앉아 있었다.

그녀는 두 다리를 동동 구르며 돌들 사이를 비집고 피어난 꽃을 바라봤다.

'그냥 물어보는 편이 더 빠를까?'

오세나는 침울한 표정을 지었다.

답답하고 자꾸만 신경이 쓰여서 밖으로 나갈 때 몰래 따라가 보았다. 아무도 없는 틈을 타서 그가 사라진 남자 화장실로 들어갔지만 그는 이미 사라지고 없었다. 시간 능력을 이용해서 어디로든 갈 수 있는 사람인데 미행 따위는 무용지물인 것 같았다.

'오빠가 뭘 하든 난 이해해줄 준비가 돼 있는데.'

단 둘이 있을 때 물어보려고 했었다.

하지만 좀처럼 그런 자리가 만들어지지 않았고, 모처럼 그가 혼자 집에 있을 때 찾아가는 것은 내키지 않았다. 섣불리 감정을 드러낸 것은 아닌지 걱정이 되었다. 어색한 사이로 남는 것은 연인관계로 발전하는 것보다 싫었다. 분명히 이광호도 자신에게 이성적인 감정이 조금은 있는 것 같았다. 하지만 그는 지나치게 조심하고 있었다. 벽을 만든다는 표현이 정확했다. 그 이유는 나이 때문으로 짐작이 되었다.

"내가 너무 어리다는 건가……."

오세나가 중얼거렸다.

그가 어떤 여자와 매일 아침 다정하게 운동을 하는 것을 알고 있었다. 우연히 새벽에 밖을 내다보다가 알게 되었고, 나중에는 그녀와 인사도 나누었다. 이름이 김민정이었다. 볼륨 있는 몸매를 지니고 있었다. 예쁜 얼굴은 아니어도 충분히 매력적인 여자였다. 자신과는 다르게 성숙하고 여성으로서의 매력이 넘쳤다.

"기분 나빠."

오세나는 검지 끝에 작은 불꽃을 만들어냈다.

띠 동갑을 만나는 경우는 비일비재하다. 심지어 이광호와 자신은 나이 차이가 그렇게 많이 나지도 않았다. 단지 아직 미성년자라는 이유로 거부당하고 있다는 생각에 기분이 좋지 않았다. 그는 원리 원칙이 뚜렷한 사람이고, 그만큼 바른 행동을 하려고 노력한다. 그것이 그의 매력이기는 하지만 어쩔 때는 분통한 심정도 들었다.

"예전 같았으면 결혼해도 문제없는 사인데."

오세나가 중얼거렸다.

그녀는 검지에 타오르는 불꽃을 밖으로 쏘아냈다. 아무도 없기에 생각 없이 했던 행동인데 누군가 작게 신음을 냈다.

"아픈데요?"

젊은 남자의 목소리였다.

오세나는 그를 바라보았다. 말끔하게 차려 입었지만 어딘가 거부감이 드는 음침한 남자였다. 이 세상의 모든 그림자를 품에 안고 있는 듯이 그의 눈동자가 광채 없이 떠 있었다.

"누구세요?"

오세나가 쏘아붙이듯 물었다. 그녀의 기억에는 없는 사람이었다. 우연히 지나치다가 본 적도 없었다.

"오세나 양이죠?"

남자가 물었다.

"이광호 씨와 뭔가 문제가 있나 봐요? 뜻대로 안 돼요?"

남자가 부드럽게 웃었다.

"그걸 어떻게…… 아니, 누구신데요?"

오세나가 물었다.

그녀의 얼굴에서 적의가 사라지는 것을 확인하고 남자가 운을 띄었다.

"비밀이 많은 남자죠? 나엘은 또 누구고."

남자가 말했다.

"나엘? 그걸 어떻게 알아요? 오빠랑 혹시 아는 사이인가요?"

오세나가 물었다.

남자가 두리번거리며 인기척을 살폈다.

"여기는 너무 눈에 띄고. 자리를 옮겨서 대화를 해볼까요?"

남자가 말했다.

"그럼 알려주는 거예요?"

오세나가 물었다.

그녀는 주저하면서도 내심 끌리는 눈치였다.

"물론이죠."

남자가 말했다.

자리를 옮기기로 했다. 둘은 아파트 단지 밖으로 나가 횡단보도 앞에 멈춰 섰다. 횡단보도의 불이 바뀌고 그들은 도로를 건너기 시작했다.

"말 바꾸면 안 돼요. 하나도 빠짐없이 말해주세요."

오세나가 말했다.

"물론입니다."

남자가 말했다.

반대편 인도에 다다라서 남자가 뒤돌아 오세나를 바라봤다. 남자는 움직일 기미가 보이지 않았다.

"여기서 대화를 하나요?"

오세나가 의아한 얼굴로 물었다.

남자가 히죽 웃었다.

"소개시켜줄 사람들이 있어요."

남자가 말했다.

잠시 기다리자 누군가 모습을 드러냈다. 은신 능력 속에 숨어있던 이훈철이 오세나와 남자가 있는 방향으로 걸어왔다.

"이훈철 박사님?"

오세나가 놀란 얼굴로 물었다.

아는 얼굴을 보자 그녀는 완전히 경계를 풀었다.

"언제 오신 거예요? 오빠랑은 만나 봤어요?"

오세나가 물었다.

이훈철이 미소를 머금고 다가왔다. 그가 다가와 오세나의 머릿결을 쓰다듬었다. 예상치 못한 행동에 그녀가 뒤로 물러났다. 이훈철의 뒤로 낯선 남자들이 다가오기 시작했다. 어쩐지 위험한 느낌이 온몸을 휘감았다.

"그게, 조금……."

오세나가 주춤거렸다.

"이렇게 만나니 감회가 다르군요."

이훈철이 말했다.

"아, 그러게요."

오세나가 눈치를 보며 말했다. 낯선 남자들이 이훈철의 뒤로 붙어섰다.

"아, 이제 나엘이 누군지 말해줘요. 그리고 오빠가 감추는 게 뭔지도요."

오세나가 말했다.

대화만 짧게 나누고 가는 편이 좋을 것 같았다. 혹시 모를 상황을 대비해서 언제든 초능력을 사용할 수 있도록 촉각을 곤두세웠다.

"그 전에 우리가 먼저 확인할 말이 있지요?"

이훈철이 말했다.

전에 봤을 때와는 확연히 달라진 분위기였다.

"어떤 건데요?"

오세나가 물었다.

"우리 아들을 보수적으로 키워놔서 그런 데 자유분방하지가 못합니다. 광호를 좋아하고 있는 거지요?"

이훈철이 말했다.

오세나는 그의 외모가 어딘가 이상함을 알아챘다. 세월이 많이 흐른 듯이 외모가 변해 있었다.

"오세나 양."

이훈철이 바짝 다가와 오세나의 얼굴을 들어올렸다.

"기분이 이상할 겁니다. 너무 놀라지 않길 바랍니다."

이훈철이 말했다.

오세나는 그의 곁에서 떨어지려 했다. 하지만 턱을 만지고 있는 그의 손을 도무지 뿌리칠 수가 없었다. 겉으로 보이는 모습과는 다르게 힘이 상당했다.

"되도록이면 눈을 감고, 기절하지 않으려 노력하지 마세요."

이훈철이 말했다.

그의 의중을 파악하기도 전에 강한 힘이 얼굴을 타고 전해졌다. 전류가 통하는 것처럼 몸속의 모든 세포가 발작을 일으켰다.

이훈철이 신음도 내지 못하는 오세나를 보며 조용히 웃었다.

53.

오세나가 없어졌다.

이광호가 그 사실을 알게 된 것은, 샤워를 하고 나와 옷을 갈아입고 생각을 정리하려고 하던 때였다. 유화가 돌연 화난 얼굴로 집에 들어와서 그녀의 실종 사실을 알렸다. 그녀의 행방에 대해서 알고 있는 게 있다면 당장 말을 하라고 소리치는 유화를 박철민이 다그쳐서 돌려보냈다.

박철민과 단둘이 남은 이광호는 오세나의 행적을 추적했다. 그녀가 마지막으로 외출했다던 시점으로 되돌아가서 상황을 주시했다.

그 결과, 낯선 남자가 다가와 오세나를 아파트 단지 밖으로 유인하는 것을 목격할 수 있었다. 직접 개입해서 막고자 했지만 어쩐지 그럴 수가 없었다. 과거를 바꾸려고 시도할 때마다 장벽에 막힌 것처럼 시간을 돌리기 직전으로 되돌아가게 되었던 것이다. 그래서 일단은 지켜보고자 하며 이광호는 오세나와 남자의 뒤를 보이지 않게 뒤따랐다.

'일단은 혼자야.'

이광호는 낯선 남자를 경계하며 오세나의 안위를 살폈다. 오세나는 꺼림칙한 얼굴이었지만 순순히 수상한 인물을 따라 걷고 있었다. 뭔가의 목적이 있어서 남자를 따라 나선 것으로 보였다. 멀리 떨어진 장소에서 관찰해야 했던 이유로 그들이 대화를 나눴다는 사실만 알뿐, 어떤 대화를 나눴는지는 상세히 알 수가 없었다.

'나를 돌려보낸 건 아마도 시간 능력자 중 하나겠지.'

김상현과 함께 하는 이들이 그런 짓을 했을 거라고는 생각되지 않았다. 그는 다른 초능력자들에게는 반감이 있었어도 오세나에게는 이상하게 호의적이었다. 그와 함께 하는 다른 이들까지 모두 같은 생각일 것이라는 확신은 없지만, 직감이 그것은 아니라고 말해주고 있었다.

그렇다면 남은 것은 이훈철, 아버지밖에 없었다.

돌연 오세나를 유인하던 남자가 뒤를 돌아봤다.

'제길.'

이광호는 아파트의 높다란 담벼락 쪽으로 몸을 바짝 붙였다. 조심스럽게 밖을 내다보니 남자가 히죽 웃으며 고개를 돌리는 것이 보였다. 남자는 이제 오세나와 함께 횡단보도를 건너고 있었다.

'저 근처로 이동해볼까?'

시간을 돌려 미리 잠복을 하는 식으로 쫓는다면 다른 수가 있을지도 모른다. 적어도 도중에 놓칠 일은 없었다. 어떤 변수가 기다리고 있을지, 또 누군가의 방해로 시간 이동을 할 수 없게 될지도 모르지만 말이다. 보다 치밀하게 실수 없이 접근하려면 성급한 결정일지도 모른다. 하지만 자꾸만 조급해졌다. 실수를 조금 하더라도 역시 오세나를 지키는 것이 더욱 중요했던 것이다.

'그럼 어디.'

이광호는 건너편 인도를 바라봤다. 일전에 다엘과 마주쳤던 골목길이나 있는 맞은편 길. 은신할 곳이 마땅치는 않으나, 어차피 발생할 변수는 조정해가면 되었다.

이광호는 건너편 인도의 작은 상가를 한동안 바라보다가 오세나를 응시했다. 그녀는 남자와 함께 맞은 편 보도블록에 발을 디디고 있었다.

'아까 그건 분명 내 존재를 알고 있는 눈치였지.'

이광호는 남자의 미소를 떠올리며 1분 전으로 시간을 돌렸다. 장소는 오세나와 남자가 건너갈 아파트 맞은편에서, 우측에 자리하고 있는 상가 안.

차가운 액체가 몸을 휘감는 느낌이 전해지며 장소가 바뀌었다.

이광호는 상가 안에서 밖을 내다봤다.

"여기서 대화를 하나요?"

오세나가 남자를 향해 말하고 있었다.

"소개시켜줄 사람들이 있어요."

남자는 또다시 히죽 웃으며 오세나를 바라봤다. 그 표정이 불쾌하게 느껴져서 이광호는 저절로 이가 갈렸다.

어쨌든, 그녀는 아침까지 돌아오지 않았다. 그렇다는 것은 저 남자가 오세나에게 몹쓸 짓이든, 뭐든 했다는 말이 된다.

이광호는 더 기다리지 않고 밖으로 나가려 했다.

"이훈철 박사님?"

오세나가 놀란 눈으로 말했다.

그녀의 목소리에 담긴 이름 때문에 이광호는 발을 마저 떼지도 못하고 굳어버렸다. 순간 잘못 들은 것이 아닌가 생각되었다.

"언제 오신 거예요? 오빠랑은 만나 봤어요?"

오세나가 친근하게 말을 건넸다.

그녀가 바라보는 노인의 모습을 이광호는 바라봤다. 뒷모습뿐이지만 어딘가 낯설지 않았다. 시간의 바다에서 봤던 아버지의 모습이라고 생각하면 얼추 맞는 것 같았다. 언제나 모습을 숨기며 드러내지 않던 그가 왜 오세나를 찾아와야 했던 것일까.

"아버지……."

이광호가 작은 목소리로 그를 불렀다. 아버지가 돌아보길 원했지만 그는 뒤쪽은커녕, 다른 이의 눈은 신경도 쓰지 않고 있었다. 그 매정한 모습을 보고 있다가, 이광호는 아버지가 여러 명의 사람들과 함께 나타났다는 사실을 뒤늦게 인지했다.

"그게, 조금……."

오세나가 불안한 얼굴로 뒤로 물러나고 있었다. 이광호는 닭살이 돋고 온 몸에 털이 곤두서는 것을 느꼈다. 그토록 사실은 다를 거라고, 분명 아버지는 누군가에 의해 강압적으로 움직이고 있을 거라고 생각했다. 그런데 지금 목격하고 있는 장면은 결코 그렇게 생각되지 않는 그림이었다. 아버지는 그들 사이에서 리더였고 자발적으로 행동하고 있었다. 아버지의 얼굴은 확인할 수 없지만, 오세나의 얼굴에 드러나는 불편한 기색은 이 남자가 위험한 사람이라고 생각하는 여자의 감정으로 보였다.

'설마, 우리 아버지가……'

이광호는, 자신을 위해 두꺼운 책을 몇 시간이고 읽어주던 아버지의 모습을 떠올렸다. 그리고 눈앞에 늙어버린 모습으로 여자를 희롱하는 남자를 바라봤다.

둘의 대화가 귀에 들어오지 않았다.

'진짜로 사탄과 손을 잡고.'

이광호는 가슴속이 심하게 요동치는 것을 느꼈다. 조금씩 커지던 심장 고동소리에 정신이 아득해질 무렵, 그는 고개를 흔들며 앞을 바라봤다.

"오세나 양."

이광호는 주먹을 세게 쥐며 달려나갈 준비를 했다. 그가 어떠한 행동을 하면, 어떤 수를 써서든 막을 생각이었다. 시간 능력자 중에서 가장 능력이 탁월할지는 모르지만, 그 역시도 어차피 같은 시간 능력자였다. 막으려고 마음먹으면 충분히 막을 수 있다.

"기분이 이상할 겁니다. 너무 놀라지 않기를 바랍니다."

그는 오세나의 얼굴을 턱으로 받쳐서 들고 있었다.

이제야 상황을 직시한 오세나가 발버둥을 치기 시작했다. 이광호는 천천히 상가 바깥으로 나갔다. 한발 한발 힘주어 걸으며 나아갈 때마다 이상하게 머릿속이 정리되는 느낌이었다. 오감이 뚜렷해지고 해야 할 것이 무엇인지 명확해졌다.

"……기절하지 않으려 노력하지 마세요."

이훈철이 오세나의 몸에 이상한 힘을 주입하는 것이 보였다. 마치 자아를 가진 작은 번개가 움직이는 모양새였다.

"이런, 방해꾼이 왔나 보군."

오세나는 기절한 듯이 몸에 힘이 풀려 있었다. 그녀는 아스팔트바닥으로 곤두박질쳤다. 근처에 나 있던 돌부리에 머리를 다친 듯 피가 조금 흘렀다.

이광호는 3초 전으로 시간을 돌려 곤두박질치는 오세나를 받아냈다.

그리고 아버지 이훈철을 바라봤다.

"오랜만이네요."

이광호가 말했다.

날이 선 그의 말투를 듣고도 이훈철은 흠칫하거나 당황한 표정 없이 덤덤하게 마주보고 서 있었다.

그러더니 한다는 첫마디가 이것이었다.

"사엘. 말썽꾸러기 막내 동생이 왔구나."

심장이 지끈거렸다.

이광호는 그를 무시하고 품에 안긴 오세나를 힐긋 바라봤다. 다행스럽게도 크게 다친 곳은 없는 것 같았다. 조금 전에 수상한 힘이 그녀의 안으로 들어가는 것을 목격했다. 그러나 현재로선 아무런 탈이 없는 것 같았다.

"세계를 멸망시키려고 한다는 게 사실이야? 그렇다고 사람들을 무작정 학살하는 것도 아니고, 분란을 조정하기만 하는 것 같던데. 어떻게 생각해?"

이광호가 물었다.

이훈철은 그를 한동안 가만히 바라봤다.

말이 없는 이훈철을 향해 이광호가 다시 한 번 말을 꺼냈다.

"진짜로 하려는 게 뭐야?"

"굳이 대답할 필요성을 못 느끼겠군. 가지."

이훈철이 말했다.

그러자 주변에 있던 사람들이 그의 뒤로 몰려들었다.

이광호는 남자들에게 둘러싸여 사라지려는 이훈철을 향해 손을 뻗었다. 순간 시공간이 암적색의 이상한 형태로 뒤섞여들었다. 정확히 그가 손을 뻗은 자리에 생겨난 괴현상은 곧바로 사라졌다.

"다음에 볼 때는 조금 더 참신한 방법을 기대하지."

이훈철이 말했다.

그는 그 말을 남긴 채로 모습을 감추었다. 일행 중에 은신 능력을 지닌 초능력자가 존재하는 것 같았다.

이광호는 멍한 얼굴로 아버지가 사라진 곳을 응시했다.

그의 시간을 되돌리려고 했다. 정확히 언제라고 특정하지는 않았지만 그가 원래의 모습으로 돌아오길 바랐다.

그런데 마지막 시도와 같은 그것이 전혀 먹혀들지 않았다.

"네가 생각하는 게 아니라고 말해주길 바랐는데."

이광호는 오세나를 부축해 안았다.

아직 깨어나지 않은 그녀를 등에 업고 신호등 앞에 섰다. 신호등이 더디게 켜지고 이광호는 횡단보도를 횡단했다.

아파트 안으로 진입하며 그는 경비실을 바라봤다. 불은 켜져 있었지만 모두들 깊은 잠에 빠진 듯이 보였다. 아무렇게나 쓰러져 자는 그들의 모습을 보면 적대 초능력자의 개입이 있었을 걸로 보였다. 그 적대 초능력자는 아마도 이훈철의 수하일 것이다.

"내 주변 사람들을 건드리는 건 용서 못해. 아무리 아버지라고 해도."

이광호가 다짐하듯 중얼거렸다.

그는 자신을 보며 무감정하게 '사엘'이라고 내뱉던 아버지를 떠올렸다. 이훈철은 유감스럽게도 변해버린 것으로 보였다.

그의 눈빛에 전과 같은 생기가 전혀 느껴지지 않았던 것이다.

54.

"이곳에 머무는 것은 이제 무의미한 짓이야."

나엘이 말했다.

"동감이야."

"그렇다고 여길 버리고 갈 수는 없잖아? 우리가 없는 사이에 가엘이 와서 무슨 짓을 할지 몰라."

다엘과 김상현이 말했다.

마엘은 멈춰버린 시간의 바다를 가만히 바라봤다. 말 그대로 '멈췄다'라고 하기 보다는 제 기능이 일부 '상실'되었다고 말해야 옳을 것이다.

상자 바깥의 세상은 여전히 흘러가고 있었고 물결처럼 일렁이는 몽환적인 기체도 여전했다. 변한 것은 없다. 더는 시간의 로그를 관찰할 수 없다는 점만 빼면 말이다.

"이제 너무 막무가내로 행동하는 것은 금지야. 관찰하고 지령을 내릴 수가 없으니까. 그래서 말인데 상황을 통제할 만한 사람이 필요해."

나엘이 말했다.

네 명은 각자 생각에 잠겼다.

"광호는 어때?"

한참 후에 김상현이 물었다.

"나도 막내를 아끼지만. 그건 아닌 것 같다. 사엘은 아직 더 생각할 시간이 필요해."

다엘이 말했다.

"글쎄, 모르겠어. 언제쯤 제대로 결심이 설지 알 수가 없으니. 부자지간이었다는 점이 상당한 걸림돌이 될 거야. 스스로 그걸 끊을 생각을 하지 못한다면 승부에 승산은 없어. 진심이 아닌 적처럼 쓰러트리기 쉬운 상대는 없으니까."

나엘이 말했다.

그는 구석에서 벽면을 응시하고 있는 마엘을 바라봤다. 마엘은 벽면을 수놓은 멈춰진 시간들을 한참동안 관찰했다. 멈춰진 영상 위로 유일하게 움직이는 것은 무한대 표시뿐이었다. 일렁이듯 그 무늬가 천천히 빛을 발하고 있었다. 그마저도 전과는 달라져 있었다. 이어지고 끊어지길 반복하던 무한대 표시는 벌써 몇 시간째 끊어지지 않고 있었다.

"마엘."

김상현이 그를 불렀다.

그러자 마엘은 복잡한 얼굴로 김상현을 바라봤다.

"내가 할게."

마엘이 말했다.

한번도 리더 자리를 맡으려 하지 않았던 마엘이다. 그런 마엘이 갑자기 앞으로 나서겠다고 말하고 있었다. 시간 능력자들은 놀란 얼굴로 그를 응시했다. 모두가 의외라고 생각하며 그를 보고 있는데 마엘이 다시 입술을 달싹였다.

"너희들의 통제와 지시는 내가 맡도록 할게. 바엘, 사엘을 여기로 불러와줘."

김상현은 잠시 당황한 기색을 내비치다 이내 납득한 듯이 고개를 끄덕였다. 한 번도 해본 적이 없는 마엘이지만, 그래도 그가 맡아준다면 어쩐지 안심이었다.

"알았어. 데리고 올게."

김상현이 말했다. 그는 곧바로 시간의 바다를 나갔다.

"어쩔 생각이야?"

셋만 남게 되자 나엘이 물었다.

"뭐가."

마엘이 말했다.

"모른 척 하지 마. 마엘. 내가 무슨 말을 하려는 건지 알고 있잖아."

나엘이 다시 말했다.

"그냥 해보고 싶었을 뿐이야."

마엘이 말했다.

대화는 종료됐다. 나엘도, 마엘도 더는 말을 꺼내지 않았다. 그 어색한 분위기 속에 불편해진 다엘이 갑자기 몸이 간지러워지는 것을 느낄 쯤에 이광호가 김상현과 함께 시간의 바다 안으로 들어왔다.

"데려왔어. 오는 도중에 대충 이야기 해뒀어."

김상현이 말했다.

이광호는 시간의 바다 안을 바라봤다. 멈춰진 시간, 정지된 영상들이 사진처럼 빼곡하게 벽면을 수놓고 있는 모습이었다.
“이게.”
이광호는 조금 놀란 얼굴로 벽을 바라보다가 입술을 잘근 물었다.
“광호야, 지금 봐서 알겠지만 상황이 좋지만은 않아. 라엘은 여전히 사라진 상태고, 시간의 로그는 이제 무용지물이 됐어.”
김상현이 말했다.
그가 충격을 받거나 고민에 빠질 것이라 생각하며 조심스럽게 꺼낸 말이었다. 그런데 이광호는 예상 외로 덤덤해 보였다.
“알겠어. 마엘, 당신이 맡겠다고 했죠?”
이광호가 말했다.
마엘은 고개를 두어 번 끄덕였다.
“그래.”
“고마워요.”
“뭘.”
둘은 짧게 대화를 나눈 뒤 자연스레 시선을 멀리 했다.
“둘이 뭐야?”
김상현이 이광호와 마엘을 번갈아보며 말했다.
하지만 이광호는 대답하지 않고 이번엔 나엘을 바라봤다.
“나엘. 시간의 바다를 버릴 건가요? 어디 머물 곳은 있어요?”
“걱정하지 마. 우리라고 은신처가 없어서 여기 있던 것은 아니니까.”
“다행이네요.”
이광호의 말에 나엘이 웃었다.
“사엘, 네 말대로 일단은 여길 버릴 거야. 저쪽의 의도가 뭔지 모르는 지금은 너무 한 곳에 매달리는 것은 좋지 않다고 생각해.”
마엘이 말했다.
김상현이 다시 놀란 얼굴로 마엘을 바라봤다.

"마엘, 형이 그렇게 길게 말하는 거 처음 봐."

김상현이 넋을 놓고 말했다.

이런 상황에 어울리지 않는 말이지만 그래도 한마디 내뱉을 수밖에 없었다. 놀라움의 연속이라고 이광호가 전과 다른 식으로 나오는 것도 충분히 놀랄 일인데, 마엘과 다른 이들의 행동도 놀랄 노자였다. 마치 자신만 쏙 빼고 모두가 한 가지 비밀을 공유하는 것처럼 의연하게 행동하고 있던 것이다.

"하아, 정말이지. 알았어. 다들 맘대로 해."

김상현이 토라진 얼굴로 주저앉았다.

그가 중얼거리며 애꿎은 바닥만 긁고 있을 때 간단하게 회의가 시작됐다.

"은신처로 옮기자. 사엘한테도 어딘지 알려주는 게 좋을 거야. 그리고……."

마엘이 운을 뗐다.

"앞으로 우린 게릴라전을 펼쳐야 해."

"게릴라전?"

다엘이 물었다.

마엘은 게릴라전을 펼쳐야 하는 이유에 대해서 설명했다.

"그간의 상황으로 미루어 볼 때, 우리가 가엘을 관찰했듯이 저들도 우릴 관찰하고 있었을 거야. 아마도 이건 추정이 아니라 확실히 그런 것이겠지."

"우릴 관찰하고 있는 점을 이용하자는 거군?"

다엘이 말했다.

마엘은 만족한 얼굴로 고개를 끄덕거렸다.

"그래, 맞아."

"그래도 우리끼리는 확실하게 규칙을 정하는 게 좋아요. 저들이 우리의 속셈을 모르게 해야 한다고 해서 각자 행동하게 되면 조정해야 할 변수들이 너무 많아요."

이광호가 말했다.

"그러니까 제 말은."

이광호가 덧붙여 말하려고 하자 나엘이 그를 저지했다. 나엘은 어딘가 불편해보였다. 누군가의 눈치를 보고 있는 것 같기도 했고 무언가를 경계하는 것처럼도 보였다. 그는 모두가 자신의 저의를 알 수 있도록 노골적으로 바닥 아래를 응시했다.

"일단은 옮기자. 모두 모여 봐. 사엘, 너는 은신처가 어딘지 모르니까. 우리 몸을 꽉 잡고 있어. 어디라도 좋으니까."

마엘이 말했다.

"알겠어요."

이광호가 대답했다.

애처럼 불만을 중얼거리고 있던 김상현이 그들을 바라봤다. 모두들 한가운데 모인 채로 자신을 내려다보는 모습에 그가 마지못해 일어났다.

"나 참, 이럴 때만 챙긴다 이거지?"

김상현이 투덜거리며 다가왔다.

한 자리에 모인 그들은 시간의 바다를 빠져나가지 않고 곧바로 워프했다.

55.

역할극 놀이.

시간 능력자들끼리 역할을 나눴다. 가엘을 잡기 위해, 그를 막기 위해

각자가 할 일을 배분한 것이다. 그러나 뚜렷하게 드러나게 하지 못하도록 어떠한 규칙을 정했다. 각자가 맡은 역할을 저쪽에서 알게 된다면 일을 그르칠 확률이 높았기 때문이다.

이광호는 자신의 아버지, 즉 가엘이 오세나에게 접근했던 사실을 모두에게 알렸다. 말할지 말지 고민해야 할 상황은 아니라는 것을 시간의 바다에서 확인했던 것이다. 무엇 하나라도 숨긴다면 그로 인해서 주변 사람들이 위험에 빠질 수 있었다. 그가 이 사실을 알리면서 시간 능력자들은 자신들의 존재와 처한 상황을 가까운 이들에게 공표해야 할지 고민했다. 일부에게 사실을 알리는 것은 불가피한 일이었다.

그래서 지금과 같은 상황이 만들어졌다.

"그러니까 여태까지의 일들이 모두 이 사람들이 벌인 일이라는 거지?"

박철민이 시간 능력자들을 바라보며 물었다.

"모두 오빠랑 같은 초능력자들?"

오세나가 물었다.

그녀는 이훈철을 만났을 때의 충격에서 아직 벗어나지 못한 것 같았다. 조금 움츠러든 모습으로 오세나는 시간 능력자들을 한 명씩 관찰했다. 그러다가 그녀의 눈길이 김상현에게 멈추었다.

"방송에 나온 거 봤어요. 광호 오빠 친구셨죠?"

오세나가 말했다.

"세나야 안녕. 그래, 맞아. 그때 봤었지?"

김상현이 손을 내밀며 말했다.

난데없이 수줍은 그 모습을 이광호가 바라보다 김상현의 손을 거둬냈다.

"아직 환자야. 어디 다친 데는 없어도. 조심해줘."

이광호가 말했다.

"새끼, 까칠하기는!"

김상현이 음흉하게 웃으며 말했다.

갑자기 묘해지려는 분위기를 박철민이 환기시켰다. 그는 멀찍이 떨어져 있는 유화를 데리고 와서 모두를 자리에 앉혔다.

뉴 프리아 호텔. 세상을 떠난 강두호 회장이 일전에 초능력자들에게 제공한 적이 있던 호텔 객실이었다.

넓은 거실에 모두 모여 앉으니 자리가 꽉 들어찼다.

"당신들 말은, 꼭 필요한 살상을 했을 뿐이라는 거네요."

유화가 말했다.

그녀는 심각한 얼굴로 앉아 있다가 이내 웃음을 터뜨렸다.

"그것도 모르고 난 광호 오빠가 이상한 일을 벌이려는 줄 알았어요."

유화가 말했다.

"이상한 사람들이랑 엮인 건 맞지. 어쨌건, 사람을 죽인 건 맞아."

박철민이 정정했다.

"그리고 이 사람들을 우리가 신용할 수 있는지도 아직 몰라. 광호랑도 알게 된지 얼마 안 되었다고 하고. 이 사람들이 거짓말을 하고 있을지도 모르는 거야. 하지만 그럼에도 우리가 믿을 수밖에 없는 건, 세나가 광호 아버지와 있었던 일을 말해줬기 때문이야."

"이해합니다. 쉽게 믿을 수 없겠죠."

나엘이 말했다.

오세나가 나엘을 뚫어져라 응시했다.

"왜 그렇게 보세요?"

나엘이 웃으며 말을 던졌다.

그러더니 그는 바로 본론을 꺼내 들었다.

"가엘이, 당신들이 이광호의 아버지라고 알고 있는 그가 말했듯 안 좋은 일을 계획하고 있어요. 전에 있었던 사탄의 아들 소동을 함께 겪었다고 알고 있어요. 덕분에 이해하기 쉽겠네요. 이훈철은 사탄과 손을 잡고 뭔가의 일을 계획하고 있습니다. 그게 처음에는 단순히 신과 사탄의 내기 때문이라고 생각했지만 그렇게 생각하기에는 이상한 점이 너무 많습니다. 그것보다 더 안 좋은 계획을 갖고 있다고 보는 편이 좋아요. 이 말을 지금에 와서 당신들에게 하는 이유는 단 하나입니다."

나엘은 박철민과 유화, 오세나를 차례로 바라봤다.

"이훈철이 당신들을 노리고 있어요."

나엘이 말했다.

시종일관 진지한 자세로 나엘의 말을 듣던 박철민이 단도직입적으로 질문을 던졌다.

"그건 우리가 광호와 친하기 때문인가요?"

"오빠."

유화가 박철민을 만류했다.

"맞아요. 일단은 그렇게 생각하는 편이 좋겠군요. 하지만 그게 원래의 계획과 연관이 있는지 단순히 감정적인 대응인지는 알 수가 없어요."

나엘이 말했다.

"우리에게 말을 하는 건 일종의 경고겠네요."

박철민이 말했다.

그는 생각할 것이 있다며 객실의 큰 방으로 들어갔다. 유화가 그의 움직임을 눈으로 좇다가 몸을 돌려 나엘의 옆에 앉은 다엘을 바라봤다. 다엘은 그녀와 시선이 마주치자 빙긋 웃어 보였다. 잘생긴 얼굴이지만 어딘가 거부감이 느껴졌다.

"나엘이라고 했죠."

유화가 나엘을 보며 말했다.

"우리가 도울 일은 없나요?"

"일단은 여기서 우리가 했던 대화를 제대로 기억해주세요. 잊어버리지 않고. 최대한 기억하셔야 할 겁니다. 상황을 조정하는 중에 많은 게 변할 거예요. 있던 일이 없던 일이 되고, 없던 일은 있던 일로 변해갈 거예요. 하지만 우리는 여기서 대화했던 것을 가능한 지우지 않을 작정입니다."

나엘이 말했다.

유화는 말없이 옆에 앉은 오세나의 손을 감싸 잡았다.

"알겠어요. 그럼 그때마다 알려줘요. 이참에 연락처도 교환할까요?"

유화가 물었다.

"아니요. 우리 쪽에서 그때마다 연락하도록 하겠습니다. 그건 걱정하지 마세요. 골치 아픈 일들은 우리들이 처리하도록 하겠습니다."

다엘이 끼어들어 말했다.

"그럼 협의가 된 거예요. 아무튼 말해줘서 고마워요. 덕분에 바보처럼 무슨 일인지도 모르고 당하기만 하는 것은 면할 수 있게 됐어요."

유화가 말했다.

시간능력자들은 할 일을 마친 듯이 자리에서 일어났다. 이광호와 대강의 인사를 나누고 또다시 사라지려는 그들을 오세나가 올려다봤다. 금방이라도 떠날 듯이 보이는 시간능력자들 속에서 유난히 정적인 분위기를 가진 남자가 있었다.

"오세나 양."

마엘이 오세나를 마주보며 말했다.

"우리 막내를 잘 부탁해요."

마엘이 빙긋 웃었다.

그리고 그들은 마치 없던 존재들처럼 시공간 속으로 사라졌다. 이곳에 머물러 있었다는 기억만을 남긴 채 시간능력자들이 사라지자 유화가 손뼉을 마주쳤다.

"좋았어. 또 내가 나설 때가 됐구만!"

유화가 말했다.

그녀의 말에 오세나가 의아한 표정을 지었다. 시간능력자들의 방문은 그저 경고를 주기 위한 것임을 분위기로 알 수 있었다. 그렇기에 유화의 반응에 적잖이 당황할 수밖에 없었다. 시간능력자들의 싸움이 다른 초능력자들과도 무관한 일은 아니지만, 개입되었다고 해서 나서서 싸우기에는 무리가 있는 영역이었다.

"언니, 어쩌려고?"

오세나가 유화를 향해 몸을 돌리다가 나지막이 신음을 내뱉었다. 직접적으로 다친 곳은 없었지만 어쩐지 몸 상태가 좋지 않았다.

"세나야, 너는 쉬어. 걱정 말고."

유화가 말했다.

어린아이처럼 신이 나 있는 얼굴이었다. 그녀가 싱글벙글 웃으며 이광호와 마주보고 있을 때 방에 들어가 있던 박철민이 밖으로 나왔다.

"광호야."

박철민이 거실로 걸어 나오며 말했다.

"유화의 말이 맞아."

"형님."

"우리가 이렇게 나올 것도 이미 봐서 알고 있었지?"

박철민이 말했다.

그가 진지한 얼굴로 이광호의 대답을 기다렸다.

"예, 알고 있었어요. 형님."

이광호가 말했다.

오세나는 무릎 위에 손을 올려놓으며 박철민과 유화를 쳐다봤다.

"우리도 도움이 될 수 있을까?"

박철민이 물었다.

그는 덧붙여 말했다.

"일전에 유화가 나한테 질문을 했던 적이 있었어. 얼마 되지 않았는데. 가장 소중한 사람이 잘못된 길로 가려고 하면 어떻게 할 거냐는 대충 그런 질문이었지. 심한 짓을 하고 있어도 거기에 이유가 있다면서 계속 믿어줄 수 있냐고 물었어."

"형님."

"그게 너일 줄은 몰랐지만 내 대답은 이거야. 네가 이런저런 사정을 다 말했어도 광호야 나는 네가 제대로 가고 있는지 형으로서 길잡이가 되어주고 싶다. 그냥 옆에서 믿어주면서 지켜만 보는 건 내 성미에 안 맞아."

이광호는 씁쓸한 표정을 지었다.

박철민은 그에게 다가가 어깨를 세게 두드렸다.

"정신 차려. 광호, 이 자식아."

"형님, 저는 가까운 사람들을 잃는 게 두려워요."

"괜찮아. 우리가 그렇게 쉽게 죽을 만한 실력은 아니야."

박철민이 말했다.

유화가 일어나서 이광호의 앞에 섰다.

"맞아, 그리고 너한테 우리가 소중한 사람이었다는 걸 알게 된 이상. 너 역시, 네가 우리에게 마찬가지로 얼마나 소중한 사람인지 알 필요가 있다고 생각해. 만약 나나, 철민이 오빠나, 세나가 위험하다면서 자기 혼자 사지로 걸어가겠다고 하면, 너도 납득하지 못할 거잖아?"

박철민의 옆에서 유화가 말을 보태었다.

"그럼 나도."

오세나가 말했다. 그녀가 조심스럽게 한 손을 위로 들어 올리며 일어났다.

"하지만 아버지를 다시 마주했을 때 내가 어떻게 나올지 확신할 수 없어요. 그래도 괜찮은가요? 형님?"

이광호가 말했다.

박철민이 그의 어깨를 주물렀다.

“너답지 않게 굴지 말고. 그런 문제는 옆에서 우리가 케어해 줄게. 네가 망설이고 있을 때 우리가 대신 행동해주면 되잖냐. 그러니까 골치 아픈 문제는 넣어두고 우리가 어떻게 해야 할지 그거나 말해줘.”

박철민이 말했다.

“우린 너희들처럼 시간을 조정하진 못하지만 그래도 현재에서 잘해줄 수 있어.”

“고마워요. 형님.”

“우선 말하기나 해.”

“그럼 말할게요.”

“그래.”

박철민이 긴장한 얼굴로 마른 침을 삼켰다. 용기 있는 척을 했지만 사탄의 아들이 지상으로 나왔을 때의 기억이 아직도 생생했다. 겁이 앞서는 것이 당연했다. 하지만 의연한 척 힘이 되어주고 싶었다. 정작 이광호는 자신의 불안감을 알아챈 것 같지만 말이다.

“우리도 저들의 정확한 의도를 몰라요. 앞으로 어떤 일을 벌일지 시간능력으로도 전부 알 수가 없어요. 저들이 우리의 행동에 맞춰서 대응방법을 바꿔가고 있어요. 우리가 하는 행동에 초능력자들과 일반인들의 생사가 달렸다고 해도 과언이 아니에요. 특히나 일반인들은 지구의 먼지 정도로 생각하는 것 같아요.”

“우리 쪽 초능력자들의 능력을 빼앗거나 죽인 이유가 그거라고 했지? 광호 네 아버지 측, 아니 가엘 측 사람들이 그들을 이용해서 일을 벌이는 미래를 봐서? 그럼 간단하잖냐. SPC 초능력자들 정신 교육을 단단히 시켜두면 되지.”

박철민이 말했다.

“정신 교육은 팀장님한테 부탁하도록 하자.”

유화가 말했다.

"아냐, 유 팀장님은 그런 쪽엔 약해. 다른 사람이 필요해. 무시무시하면서 거부할 수 없는 매력을 가지고 있어야겠지."

박철민이 말했다.

"아무튼 그건 그거고. 단순히 이간질을 넘어서 저들이 이루려는 게 뭔데? 추측하고 있는 게 있어?"

"예전에 사탄과 신이 내기를 했대요."

이광호가 말했다.

"내기? 무슨 내긴데?"

오세나가 물었다.

"사탄이 아직 천사였던 시절에 그는 인간들을 불신했대요. 처음에는 그랬다고 하고 한 가지 내기를 하게 되는데. 그것이 인간들의 타락에 대한 것이었어요."

"아, 그거 알 것 같다."

박철민이 말했다.

"왜 악마들은 대개 사람들을 타락시키려고 하잖아. 그게 그 이유였어? 사탄이 내기에서 이기게 되면 어떻게 되는 건데?"

"사탄은 그 시절 신에 대한 충성심이 아주 깊었대요. 그래서 신이 잘못된 행동을 하고 있다는 생각에 무리한 요구를 했대요. 인간의 불완전함을 강조하면서 그런 존재는 세상에 없어져야 한다고 주장했던 거죠."

"기분 나쁜데. 그거? 듣는 인간 입장에서는."

박철민이 유화와 마주보며 웃었다.

"그래서?"

"사탄이 내기에서 이기고 나면 인간들을 세상에서 모두 없애기로 했고. 지면 그 동안의 잘못된 생각을 반성하고 다시 천상으로 올라가서 충실한 천사로서 인간들을 돕기로 했던 거죠. 처음에는 그랬대요."

"그게 잘못 됐던 거군?"
"내기를 지켜보던 신이 안타까움에 개입을 했었는데. 사탄이 그걸 두고 잘못된 행동이라면서 불만을 이야기했던 거죠."
"아니, 자기가 창조한 생명들이 잘못된 길로 가면 바로잡고 싶어지는 게 당연한 거잖아? 만들어놓고 방치하면 그게 더 이상한 거 아니야?"
박철민이 기가 차다는 듯 웃었다.
"사탄과 신, 각자의 입장에서 오는 생각의 차이였던 거죠."
이광호가 말했다.
"어쨌든 이제는 신 역시 크게 개입하지 못하고 있는 상황이에요. 사탄은 지상에 개입해서 뭔가의 일을 하려는 거구요."
"그래, 그건 알겠어. 하지만 내기라면서? 왜 사탄만 개입이 자유로운 건데?"
"신은 인간들을 사랑하는 것처럼 사탄 역시 사랑하고 있기 때문이겠죠."
"하, 참 답답하네."
박철민이 한숨을 쉬며 말했다.
답답함에 불만을 토해내려던 그가 갑자기 머리를 거머쥐었다. 유령의 존재조차 믿지 못하던 자신이 어째서 이런 이야기를 진지하게 하고 있는지 아이러니했다. 생명체로서 신의 존재를 알게 되면 기뻐야 하는 게 당연한 것을, 오히려 급체라도 한 듯이 은근한 복통까지 전해지는 것 같았다.
"내가 사탄이라면."
모두가 숨죽여 있는데 오세나가 조심스레 말을 꺼냈다.
"거꾸로 자기가 신이 되려고 할 것 같아."
"뭐라고? 신?"
박철민이 되물었다.

"그게 가능하겠냐."

"나도 잘은 몰라. 그래도 만약 그 입장이었다면 그런 생각을 해보지 않았을까? 어떤 방법을 쓸 건지는 알 수 없지만 말이야."

오세나가 머쓱하게 말했다.

"아닌가?"

"아니야, 세나야. 말 잘했어."

이광호가 말했다.

무심코 그를 쳐다보던 오세나가 얼굴을 붉히며 고개를 돌렸다.

"만약 사탄이 노리는 게 그거라면 그 동안 미심쩍었던 부분들이 다 들어맞아. 그래, 앞으로 우리가 뭘 해야 할지 정하는 건 뒤로 미루고. 우선은 가볼 곳이 많이 생겼어. 같이 가줄 거지? 나는 주시당하는 입장이라 직접적으로 가지 못할 거야."

이광호가 말했다.

"유화, 설란을 기억하지? 그 애한테 다녀 와줘. 이 아파트에 들어와서 지내도록 유도해야 돼."

"설란이?"

유화가 물었다.

"그렇지만 초능력을 잃었잖아? 일반인이나 다름없는데 표적이 될까?"

"내가 한 건 그 애의 시간을 초능력이 발현하기 전으로 되돌린 것뿐이야. 사탄의 아들이 다시 지하로 떨어졌던 것도 그 이유고. 문제는, 저쪽에 나랑 같은 시간 능력자가 있어. 초능력을 잃거나 발현하지 못한 사람들을 모아서 자기편으로 만들고 있지. 설란의 존재를 알고 있을 거야. 분명히 접촉을 하려고 들 테고. 생명 창조는 아니더라도 그 아이의 능력은 확실히 쓸모가 있다고 생각할 테니까."

"위험하잖아. 알았어. 지금 바로 다녀오면 돼?"

유화가 말했다.

그녀는 박철민을 흘깃 바라봤다.

"같이 가."

박철민이 유화의 곁에 섰다.

"그리고 또 다녀올 데가 있어?"

박철민이 유화의 뒤에서 말했다.

"다녀올 데가 있어요. 이번 기회에 퀸을 확실히 내 편으로 만들어놔야 할 것 같아요. 권력에 의지하는 건 내키지 않지만 말이죠."

이광호가 말했다.

"뭐라고? 퀸? 무슨 소리야?"

박철민이 말했다.

그러더니 그는 고개를 좌우로 흔들고 유화의 어깨를 살며시 감쌌다.

"알겠어. 네가 어련히 알아서 하겠지. 설란을 여기로 안전하게 데려오고 너도 일보고 와서 다시 상의하도록 하자."

박철민이 말했다.

그는 유화를 이끌고 밖으로 나갔다.

"우리도 이제……."

이광호가 말을 꺼냈다.

곧바로 가야 할 곳이 있었다. 강지환 회장을 만나서 조금의 정보를 흘린 뒤에 협조를 얻어야 했다. 조금 피곤하지만 지체해서는 안 되었다. 이제부터는 시간과 타이밍 싸움이다. 잠시라도 쉬어가는 것은 허락되지 않는다.

"세나야, 너는……."

습격을 받은 그녀를 혼자 두는 것은 위험했다. 같이 행동하는 편이 좋을 것으로 생각되었다. 하지만 위험에 이미 노출된 오세나를 집 밖으로 나오게 하는 것은 내키지가 않았다. 누구 한 명이라도 더 있다면 괜찮지만 다른 이와 함께 두는 것도 어쩐지 싫었다.

'역시 내가 옆에 붙어있는 편이 속이 편할까.'

이광호가 고민에 빠지던 찰나였다. 조금 떨어져 서 있던 오세나가 다가와서 그를 끌어 안았다. 그녀의 몸을 타고 움찔거림이 전해져왔다.

"오빠."

오세나가 말했다.

"너무 무리하지 않아도 돼."

이광호는 아무런 대답도 하지 못했다. 갑작스러운 일이라 저항도 할 수 없었고, 어떻게 대처해야 할지 알 수가 없어 그만 굳어버린 것이다. 결코 싫은 감정이 아니었다. 아니, 싫지 않아서 더 난감했다. 얼굴이 붉어지는 느낌이었다.

그가 손을 방황하며 어쩔 줄을 모르고 있을 때 오세나가 다시금 말을 꺼냈다.

"오빠네 아버지잖아. 나도 이렇게 놀랐는데 오빠는 오죽할까."

"세나야."

"가 봐야 할 때가 있잖아. 같이 가자. 이제 정신 놓고 있지 않을게."

오세나가 말했다.

그녀는 나갈 채비를 시작했다. 벗어두었던 외투를 몸에 걸치고 이광호를 바라봤다. 그러자 그도 말없이 외투를 입었다.

"가자."

이광호가 말했다.

그가 먼저 복도로 빠져나가고 오세나가 뒤따라 나왔다.

"강지환 회장을 만나러 갈 거야."

이광호가 말했다.

"회장님한테?"

"그래."

둘은 엘리베이터 층수가 바뀌는 것을 바라봤다.

"퀸이 새 회장님이야?"
"맞아."
"알겠어. 나는 오빠 믿으니까 더 묻지 않을게. 나중에 자세히 알려줘."
오세나가 말했다. 그녀는 멀찍이 서서 엘리베이터 문을 바라보는 이광호를 흘깃 쳐다봤다.
"세나야."
이광호가 시선을 고정시킨 채로 말했다.
"왜?"
"아니, 아니야. 빨리 가자."
엘리베이터 문이 열렸다.
둘은 그 안에 몸을 실었다. 빠르게 층수가 바뀌고 어느새 아파트 현관이었다.
"내 옆에서 절대 떨어지면 안 돼. 가까이 와."
이광호가 현관을 나서기 직전 말했다.
조금 더 붙으라는 소린데 그게 무슨 뜻일까. 오세나는 자꾸만 확대해석하려는 자신을 두둔하며 가까이 붙어 섰다.
이광호는 모를 얼굴로 오세나의 반대편 어깨를 살짝 감쌌다. 그는 조심스럽게 주변을 살피고 있었다. 최대한 자연스럽게 보이려는 모습이었다.
"아까 엘리베이터에서 잠깐 어디 좀 다녀왔어."
이광호가 말했다.
"응? 어딜 다녀와?"
오세나가 물었다.
바짝 붙어서 걷느라 그녀는 정신이 다 없었다.
"우리가 타고 갈 차. 차를 불러왔어."
이광호가 말했다.

주차장으로 향하는 아파트 정문 앞에 고급스러운 세단 한 대가 정차돼 있었다.

기사가 차문을 내리며 그들을 바라봤다.

56.

본사에서 이광호를 기다리고 있던 강지환 회장은 오세나와 그를 인근 술집으로 데리고 갔다. 잘 아는 곳이라면서 익숙하게 앞장서던 회장은 입구에서 진하게 화장을 한 중년여성과 반갑게 인사를 나눴다. 여자는 지금 시대에서 다소 촌스럽게 여겨질 만한 커다란 링 귀걸이와 컬러풀한 눈 화장으로 치장한 상태였다. 그녀는 VVIP손님이 오셨다며 한참을 크게 떠들다가 회장의 뒤편에 서있는 일행들을 뒤늦게 발견했다.

"회장님 아는 사람?"

권현아 실장. 그녀의 가슴 위로 복장과는 상반되는 깔끔한 이름표가 붙어 있었다. 검은색 바탕의 명찰 위로 하얗게 수놓아진 이름이 보였다.

"나랑 특별히 가까운 사람들이야. 마담. 그러니 잘해달라고."

강지환 회장이 말했다.

버젓이 실장이라는 명칭이 있는데도 마담이라고 부르는 회장이다. 기분 나쁠 수 있는 일인데 정작 권현아는 이런 대우가 익숙한 듯이 보였다.

"술은 어떤 걸로 해줄까? 얼마나 있다가 갈 예정?"

권현아 실장이 말했다.

강지환은 비밀이야기를 하듯 실장의 귀에 속삭였다. 그러자 실장이 함박웃음을 지으며 회장의 팔을 가볍게 때렸다.

"알겠어. 그럼 내가 알아서 잘 준비해줄게."

권현아 실장이 말했다.

그녀는 회장 일행을 구석진 방으로 안내했다. 오픈식 bar처럼 보이는 음악이 나오는 로비를 지나서 복도를 여러 번 꺾어 들어갔다. 가장 끄트머리에 위치한 방. 은밀하게 안내한 것과는 다르게 그리 크지도, 그렇다고 작지도 않은 룸이 나타났다. 정갈하고 모던한 느낌을 주는 그곳은 사치를 부린다는 느낌이 들지 않는 묘한 곳이었다.

"여기 앉아 있어. 회장님. 그럼 한 명만 데리고 오면 되지?"

권현아 실장이 일행들을 자리에 앉히며 물었다.

"알아서 데려와."

강지환 회장이 말했다.

실장이 나가고 이광호는 테이블에 정리되어 있는 여러 개의 술잔을 바라봤다. 그 옆으로 조금 녹은 것처럼 보이는 얼음 통이 있었다. 얼음을 집을 수 있는 집게와 작은 음료수 캔이 8개. 그리고 눈앞의 커다란 노래방 기계 하나. 강지환 회장은 소위 룸살롱이라는 곳에 예약을 잡아뒀던 것이다.

"오세나씨도 오는 줄 알았다면 조금 더 근사한 곳으로 예약해두었을 겁니다. 오늘은 실수라고 생각하시고 부디 즐겨주세요."

강지환 회장이 오세나를 보며 말했다.

오세나는 조금 긴장된 듯이 보였다.

"저는 괜찮아요."

오세나가 말했다.

강지환 회장이 외투를 벗어 한쪽에 두었다. 그는 다른 이들에게도 외투를 벗으라고 권유했고 이광호가 그를 따라 겉옷을 벗어두었다.

"오세나씨도 알겠지만 이광호씨와 저는 단순한 회장과 직원의 관계가 아닙니다. 그보다 훨씬 가깝다고 볼 수 있지요. 이런 말 우스울 테지만,

사업 파트너 그 이상의 관계라고 저 혼자서는 그렇게 생각하고 있어요."
강지환 회장이 웃으며 이광호의 어깨에 손을 둘렀다.
이광호는 그런 스킨십이 익숙해 보였다. 자연스럽게 회장과 마주보며 웃는 것을 보고 오세나는 어색하게 미소 지었다.
"이광호씨와 가까운 사이라면 저에게도 의미가 깊습니다. 그런 관계로 우리는 오늘 많이 친해지게 되었으면 좋겠군요. 여기가 남자는 받지 않는 걸로 알고 있습니다만, 원하신다면 호스트를 불러달라고 하도록 하겠습니다."
강지환 회장이 말했다.
오세나는 완강한 모습으로 손을 흔들었다.
"아니요. 저는 됐어요."
오세나가 말했다.
"왜입니까? 아 혹시 남자친구가 있으신가요?"
강지환 회장이 물었다.
"회장 형님."
이광호가 말했다.
"세나는 남자 관심 없어요."
"남자에 관심이 없다면, 혹시…… 뭐, 저는 편견이 없으니 괜찮습니다. 이거, 앞서 나가서 죄송하군요."
강지환이 실수를 정정하며 말했다.
"그게 아니라 세나는 좋아하는 남자가 이미 있어서요."
이광호가 말했다.
강지환이 흠칫 놀라는 오세나를 바라보다 히죽 웃었다.
"무슨 소린지 알겠습니다. 그럼 오늘은 저만 즐겁게 놀면 된다는 거군요. 하지만 말이야 즐거운 거지 사실 이 곳의 여자들은 관심이 없고. 그저 옆에서 술상대나 하고 놀라고 하지요. 이거, 이광호씨가, 우리 아우님이 사적으로 불러내서 어찌나 좋던지."

강지환이 말했다.

때마침 문이 열리며 권현아 실장이 들어왔다. 단아하게 치장한 젊은 여성이 그녀의 뒤를 따라서 들어왔다.

"인사드려라."

권현아 실장이 말했다.

"민주라고 해요."

여성이 인사를 했다. 그녀는 권현아 실장이 회장 옆을 가리키자 하이힐을 또각거리며 다가왔다. 회장이 팔을 벌려 민주라고 밝힌 여성이 자리에 앉도록 도와줬다. 민주라는 여성은 회장의 옆에 바짝 붙어 앉아 테이블을 정리했다.

"판도 깔아졌으니. 마담, 이제 우리끼리 놀도록 하지."

강지환 회장이 말했다.

조금 전 대화하던 모습과는 상이한 태도였다. 자신보다 낮은 신분의 자에게 보다 높은 신분의 자가 보일 수 있는 태도. 권력형 인간의 정점에 서있는 회장으로선 그나마도 상당히 예의 바르게 대하고 있는 게 느껴졌다.

"알겠어. 회장님. 재밌게 놀다 가셔. 술은 우리 애들이 가져올 거야. 노친네는 빠져줘야지. 그래도 나 보고 싶으면 언제든 불러. 회장님이라면 다른 방에 있다가도 바로 달려올 테니까?"

권현아 실장이 말했다.

깔끔하게 차려입은 남자 웨이터가 안으로 들어왔다. 그는 양주 세 병을 들고 들어와서는 늘 있는 일처럼 꾸벅 인사를 한 후, 팁을 받아서 밖으로 나갔다. 양주 세 병은 고스란히 테이블 위에 놓였다.

"저는 얼음을 안 넣어 먹습니다. 그래도 역시 얼음은 바꾸는 게 좋을까요?"

강지환이 말했다.

"회장 형님, 저도 상관없습니다."

이광호가 말했다.

강지환 회장은 민주가 글라스에 따라준 양주를 입에 흘려 넣으며 그를 바라봤다. 관찰하듯이 미소를 지은 채로 이광호를 바라보던 회장이 글라스를 내려놨다.

"나눌 대화가 따로 있을 것 같은데 그건 나중에 듣도록 하고."

강지환이 테이블을 정리 중인 민주의 등을 흔들었다.

"이름이 민주라고? 오늘 처음 보는데 첫 출근?"

"옮긴 지 얼마 안 됐어. 오빠."

"그래, 노래나 하나 뽑아봐라. 앞에 나가서 불러."

강지환이 말했다.

그는 민주를 앞에 내보내고 이광호를 바라봤다. 그러더니 바짝 다가와 이광호의 귀에 대고 속삭였다.

"아우씨, 가시나? 나이가 열여덟? 열아홉이었나? 무튼 잘해보라고."

강지환 회장이 말했다.

이광호는 오세나를 건너다봤다. 반대편에 앉아서 가시방석으로 앉은 그녀를 보자 기분이 좋지 않았다.

"회장 형님. 사실, 오늘 보자고 한 이유가 또 있어요."

이광호가 말했다.

"아니아니, 지금 그 이야기는 나중에 하자고 말했잖아. 거의 다 끝나갈 무렵에 다시 이야기하자고. 쟤 내보내고 나서."

강지환 회장이 말했다.

그는 글라스에 담긴 양주를 한 입에 털어 넣었다.

새벽 5시. 민주가 만취해서 밖으로 나가고 술을 마저 시켜 이야기를 시작했다. 이야기가 무르익을 즈음, 강지환 회장은 빈 글라스를 바닥을 향해 던졌다. 유리가 깨지는 요란한 소리에도 종업원은 달려오지 않았다.

"우리 기술을 훔쳐가려고 한다고?"

강지환 회장이 잔뜩 열 받은 얼굴로 말했다.

"맞아요."

이광호가 말했다.

"그래서 그 사람들이 누군데? 정체를 아예 몰라? 규모는? 한국 기업이야?"

"SPC에 없는 초능력자들이 주축을 이루고 있는 것 같아요. 거기서 아무래도 우리 직원들한테까지 접근하고 있는 것 같은데. 회장 형님이 도와주셔야 해요."

이광호가 말했다.

"참고로 세나한테도 접촉해왔어요."

"오세나씨한테도?"

강지환 회장이 오세나를 바라봤다.

잔뜩 움츠리며 겁먹은 표정을 짓는 걸로 봐서 예삿일이 아니었다.

"그 사람들이 원하는 게 뭔데? 인공지능 기술을 훔치려는 걸로도 모자라서, 우리 초능력자들을 빼돌리려고 하고 있다고?"

강지환 회장이 욕설을 내뱉으며 테이블을 연신 내리쳤다.

"미친놈의 새끼들. 어딜 감히."

고개를 숙인 채로 분을 삭이는 회장을 확인하고 오세나와 이광호가 눈빛을 교환했다. 아무래도 작전이 제대로 먹힌 것 같았다.

"그 놈들 얼굴을 봤습니까?"

강지환 회장이 오세나를 응시했다.

"네, 봤어요. 잘은 기억이 나지 않지만 특징 정도는 기억할 수 있어요.”

오세나가 말했다.

강지환 회장은 휘청거리며 일어났다. 겉옷을 대충 둘러매는 것을 보고 이광호가 다가와 거들었다. 회장은 괜찮다며 그의 손길을 거부했다.

“그 놈들은 내가 잡도록 하지. 아우씨가 시간 능력으로 옆에서 서포트만 해준다면 충분히 할 수 있을 거야.”

강지환이 말했다.

그는 잔뜩 독이 오른 눈빛으로 겉옷을 제대로 입었다. 흐트러진 모습을 순식간에 지우며 똑바로 걷기 시작하는 그를 이광호가 바라봤다.

‘오빠 아까 그거 무슨 뜻이야?’

오세나가 눈빛으로 속마음을 전하는데 이광호가 응답했다.

‘안심해. 성공한 것 같아. 이제 따라 나가면 될 것 같아.’

이광호가 회장 쪽을 가리키며 눈빛을 거두고 일어났다.

“가지. 앞으로는 아우씨가 유달수 팀장과 함께 일하게 될 거야. 원한다면 오세나씨도 그렇게 해도 좋습니다.”

강지환 회장이 말했다.

아직 취기는 남아 있는 듯했지만 눈빛만은 또렷했다.

“알겠어요. 저도 같이 일할게요.”

오세나가 대답하며 이광호를 따라 나섰다.

다시 복도를 여러 번 걸어 나오자 권현아 실장이 그들을 발견하고 말을 던졌다. 재밌게 노셨어요. 약간 불안한 눈빛을 보면 아마도 뭔가 깨지는 소리를 밖에서 들었던 모양이었다. 그녀는 계산서를 조심스럽게 내밀었다.

“계산은 이거로 되겠지.”

강지환 회장이 품에서 수표 한 장을 꺼내 실장에게 쥐어줬다. 액수를 확인한 권현아가 환하게 웃으며 손을 흔들었다.

57.

이광호와 오세나가 강지환을 따라서 룸살롱으로 들어가던 때 박철민은 유화와 함께 호텔에 도착해 있었다. 설란은 로비에서 일을 하다가 자리를 옮겨 메이드 일을 하고 있다고 들었다. 그녀는 로테이션으로 일하고 있었는데 부모님이 모두 없는 이유로 호텔에서 친해진 언니와 둘이 살고 있다고 했다. 11시부터 교대를 해서 다음 날 오전 10시까지가 설란의 업무 시간이었다.

어느덧 11시 무렵이었다.

"철민 오빠, 세나랑 광호 오빠는 잘하고 있을까?"

유화가 물었다.

"그 놈들 걱정을 왜 하냐. 알아서 잘하고 있겠지. 우리나 잘하자."

박철민이 말했다.

그는 담배를 지져서 끄고 휴대폰을 꺼내 시간을 확인했다. 그리고 청소를 하고 있는 안드로이드 로봇을 바라봤다.

아직 시중에 판매되지 않는 청소용 안드로이드 로봇. 인공지능을 가진 로봇은 단지 시야에 보이는 것만 정리하는 데 그치지 않고, 계속해서 일감을 찾아 일을 하고 있었다. 활동 보조용 로봇과 다르게 이번 인공지능 로봇의 교육은 교육부 장관이 맡았다. 정치인들 심성이 좋아 봤자 얼마나 좋겠냐 하지만은 아무래도 대한 그룹 측에서도 구실이 필요했던 모양이다.

"그 성격에 용케 안 자르고 버텼고만."

박철민이 중얼거렸다.

"뭐가?"

유화가 물었다.

"메이드들. 있을 필요가 없잖아. 힘센 청소용 로봇이 있는데."

박철민이 대답했다.

"재수탱이 회장 말하는 건가 보네?"

유화가 말했다.

확실히 그가 직원들을 정리해고하지 않은 것은 의문이었다. 하기야, 외부의 눈을 신경 쓰는 회장의 성미로 보면 아주 이해 안 되는 현상도 아니었다. 돈도 돈이었다. 고액에도 잘 팔리는 로봇을 갖다가 쓰는 것보다야, 저렴한 인건비가 드는 사람을 직접 뽑아 일하게 하는 게 가성비가 맞았다.

"설란이 찾아서 빨리 가자."

박철민이 말했다.

둘은 테라스 밖으로 나와 호텔 로비로 내려갔다. 11시 정각, 설란은 어쩐지 늦고 있었다. 출근을 했다면 바로 직원 탈의실로 향했을 텐데 탈의실에도 그녀는 보이지 않았다.

"밖에서 기다릴까? 혹시 마주치지 못할 수도 있잖아."

유화가 말했다.

박철민이 그녀의 말에 동의했다.

그런데 호텔 밖으로 나오자 전에 없던 소동이 벌어져 있었다.

"무슨 일이지?"

유화가 사람들이 모여 수군거리는 장소를 바라봤다. 하지만 인파 때문에 그 수군거림의 정체를 제대로 확인할 수가 없었다. 통제를 위해서 보안 직원들이 나와 있었지만 계속해서 모여드는 인파를 막을 수가 없는 모양이었다.

"가까이 가보자."

박철민이 말했다.

그가 유화의 손을 잡아끌고 인파 속으로 들어갔다. 겨우 비집고 들어간 자리에서 발견한 것은 쓰러진 여자였다.

"설란이잖아! 잠깐만 다들 비켜 봐요."

유화가 말했다.

그녀는 쓰러져 있는 설란을 일으켜 맥을 짚었다. 희미하게 맥박이 뛰고 있었다. 그렇지만 생명이 위독한 것으로 보이지는 않았다.

"무슨 일이 있던 모양이야. 바로 데려가자."

"어디 아파서 쓰러진 거 아니야?"

"이 시점에? 타이밍이 너무 기가 막히잖아. 그리고 잠깐만, 이걸 좀 봐."

유화가 말했다.

설란이 무언가를 힘주어 잡고 있었다. 종이 재질인 것으로 보였는데 잃어버리지 않으려는 듯이 꽉 그러쥔 상태였다.

"가자."

유화가 말했다.

박철민은 유화를 진정시키며 설란을 등에 업었다. 술렁거리던 사람들이 주춤주춤 뒤로 물러났다.

"죄송하지만 SPC 직원 맞으시죠?"

보안 직원 중 하나가 물었다.

"예, 저희가 데려가도록 할게요. 설란이 메이드로 여기서 일하고 있는데 아파서 오늘은 결근이라고 전해주세요."

박철민이 말했다.

"알겠습니다. 그럼."

보안 직원이 말했다.

그는 구경꾼들을 뒤로 물리며 길을 만들어줬다.

"병원으로 옮겨야 할까?"

박철민이 유화를 보며 물었다.

그러자 그녀는 고개를 흔들었다.

"아픈 건 아니야. 아파서 쓰러진 게 아니라고."

유화가 말했다.

박철민은 퍼뜩 기억난 듯이 그녀를 바라봤다. 사이코메트리 능력을 지닌 유화라면 아까 설란의 몸을 만졌을 때 뭔가를 봤을 것이다. 그런 그녀가 확신하듯 말하는 걸로 봐서 설란은 어떠한 변고로 인해 쓰러져있던 셈이었다.

"알겠어. 그럼 아파트로 먼저 옮겨두자."

박철민이 말했다.

그는 호텔 앞쪽 길가에 정차해두었던 차로 가서 뒷좌석에 설란을 태웠다. 정신을 잃은 설란을 조심스럽게 안쪽으로 밀어 넣고 유화가 그녀의 옆에 올라탔다.

"그런데 어디로 가있어야 하지?"

박철민이 운전석에서 안전벨트를 매며 물었다.

"어디라니?"

"우리 집으로 갈까, 아니면 너희 집으로 갈까? 일단 이런 상황이니 모여 있어야 해."

"모여서 지낸다고? 다섯 명이서?"

"아마도, 그래야 하겠지?"

박철민이 머쓱하게 머리를 긁적이며 말했다.

그는 룸미러 너머로 유화를 건너다봤다. 그 조심스러운 몸짓에 유화는 고민하는 얼굴로 설란을 향해 시선을 돌렸다.

"그럼 광호 오빠네 집으로 가자."

"광호 오빠네 집으로…… 광호 오빠네 집으로라 이거지. 알겠어. 거기로 가자. 행선지는 광호네 집으로!"

박철민이 말했다.

유화가 그를 쏘아봤다. 그러자 박철민은 뜨끔한 얼굴로 정면을 응시했다. 차 시동을 걸고 운전대를 돌리면서 그는 뒷좌석에 앉은 여자들을 바라봤다.

"최대한 빨리 가줘."

유화가 말했다.

"여기서 빨리 빠져나가자."

유화는 설란의 머리카락을 넘기며 그녀를 걱정스럽게 쳐다봤다. 이 가여운 여자아이가 또 다시 안 좋은 일에 휘말릴 것 같은 예감이었다.

"걱정 마. 란아. 우리가 그놈들로부터 널 지켜줄게."

유화가 조용히 중얼거렸다.

58.

새로운 종류의 안드로이드 로봇이 개발되면 우선은 국내에 시판된다. 시판되기 전에 충분한 실험과 안정성 테스트를 거치게 되고 적합하다 판단된 것들만 외부로 내보내진다. 그렇게 해서 국내의 도입이 성공하게 되면 비로소 외국으로 수출이 되기 시작하는 것이다. 안정성 테스트와 국내 시판 기간은 대략 한 달에서 한 달 반 정도로 한다. 이것 역시 너무 성급하게 출시하는 것이 아니냐고 말이 많았는데, 이번에 강지환 회장은 이 기간을 파격적으로 줄여버렸다. 한 달도 아닌, 보름이 조금 넘는 기간으로 축약시킨 것이다.

내부적으로 말이 많았다.

"강회장님이 판단력을 잃으신 게 아닌지, 그게 걱정이 됩니다."
"어쩔 수 없잖습니까. 우리 기업 내부 방침을 부임하자마자 바꿔버리셨으니. 이제는 좋든 싫든 모든 권한이 회장님께 있습니다."
"강두호 전 회장님이 살아 계셨다면 좋았을 것을."
"어허, 입조심 하셔야지요."
강지환 회장의 주축들도 예외는 아니었다. 그를 불신하기 시작하는 세력들이 생겨났고 회장은 그들을 가차 없이 쳐냈다. 이렇다 할 다른 대처 방안이나 조언 없이 불만을 토로하는 자들만 골라 모두 가지치기를 해버린 것이다. 회장의 교묘한 인사 정리 방법으로 그들은 구제받을 수단을 어디서도 찾을 수 없었다. 출시 일정에 대한 안 좋은 말들은 그들의 처분과 함께 수증기처럼 사라졌다.

인공지능 프로젝트는 대한 그룹에서 자회사인 'SPC'로 옮겨졌다. 신축 공장들은 전부 SPC 소속으로 들어가게 되었고, 처음 부임 받았던 작업반장이 1공장의 공장장이 되었다.
"이 모델은 전과는 다른 식으로 해야 해요. 특정 부분만 강조하면 되었던 그간의 모델들과는 달라요. 자, 이런 식으로."
1공장의 공장장이 모조 피부 제작자들을 보며 말했다.
모두들 지식인들이지만 직접 안드로이드 로봇을 제작하는 일에선 처음이었다. 그렇기에 리더의 역할이 컸는데, 공장장은 작업장 가까이에서 리더를 자처했다. 성공할 수밖에 없다고 생각했던 사업이 역시나 큰 성과를 거두고 있었다. 공장장 기분 내려다가 다 된 밥에 재를 뿌려서 또다시 기름 낀 장갑을 끼고 싶지는 않았다. 같은 공장이어도 전문직으로 취급받는 일터를 겨우 잡게 되었다. 게다가 그간의 공부들이 모두 헛것이 아니었음을 증명할 수 있는 유일한 곳이었다. 쉽사리 놓칠 수는 없는 일인 것이다.

“가능한 투박하게 해주세요. 표현 형태나 전반적인 모든 것들을 말이죠. 사람과는 명백하게 구분될 수 있도록. 자재는 많습니다. 아직 정해지기 전이니. 실험적인 모든 것들을 허용하겠어요. 근처에 있을 테니 보고할 것이 있으면 와서 말하세요.”

1공장의 공장장이 말했다.

공장은 차츰차츰 규모를 넓혀서 3개로 늘어났다. 2공장은 경기 지역에, 3공장은 인천에 새로 개발되던 땅을 통째로 계약해 아예 큰 공업단지로 만들어 놨다.

SPC에는 따로 사장이 없었다.

대한 그룹 강두호 총수의 자회사였고, 이름을 가명으로 올려서 구색만 갖춰두었던 회사였다. 강지환 회장은 측근 세력들을 쳐내고 외국 기업들과의 미팅을 위해 비행기에 탑승하기 전, SPC의 사장을 유달수로 해두었다. 그리고 유달수의 역할이던, 초능력자들의 관리를 책임지는 일은 이광호가 맡게 되었다.

‘이게 설란의 손에 쥐어져 있었던 종이.’

이광호는 손바닥 위를 내려다봤다.

구경꾼들을 관찰하기 위해서 그는 아파트 옥상에 올라와 있었다. 강지환 회장이 초능력자들의 주거공간을 공개함에 따라 몰려든 인파를 관찰하다가 생각이 나 꺼내본 것이다. 종이 재질이라 형태가 일그러져 있었지만, 다행히도 찢어지지는 않았다. 종이로 이어 붙여서 만든 모형. 그것은 하나의 고리였다.

‘이걸 어떻게 해석해야 할까.’

이광호는 뫼비우스의 띠처럼 보이는 고리를 바라봤다. 유화의 말에 따르면 후드를 쓴 사람들이 설란을 급습했고, 그녀의 손에 이것을 쥐어줬을 거라고 하였다. 설란은 그때의 기억이 사라져 있었고 초능력은 아직 돌아온 상태가 아니었다.

'이 부분이 역시 신경 쓰여.'

뫼비우스의 띠, 쭉 이어진 고리 부분을 따라서 검은색 볼펜으로 일정하게 세로줄이 존재했다. 이것을 일종의 경고라고 봐야 할까. 아니면 뭔가의 메시지라고 생각을 해야 할까. 후자라고 생각하고 싶지만 아마도 전자가 맞을 것이다. 이광호는 아버지 가엘의 무신경했던 얼굴을 떠올렸다. 다시는 보고 싶지 않은 낯선 그의 모습.

"뭐가 어떻게 되려는 거야."

이광호가 거칠게 말을 뱉었다.

그는 종이로 만든 고리를 주머니 속에 구겨 넣었다. 그러고는 고개를 들어 하늘을 바라봤다. 신이니, 천사니, 사탄이니, 영혼이니, 초능력이니, 그런 건 모른다. 하지만 그것들 모두가 자신과 관련되어 있었다.

뫼비우스의 띠. 마치 도돌이표처럼 보이는 이 종이를 만들어 보내면서 그들은 무슨 생각을 했던 걸까.

"휘유!"

이광호는 하늘을 바라보다 뭔가를 발견하고 휘파람을 불었다. 도심의 하늘에서는 관찰할 수 없는 하얀 공작새가 옥상을 크게 돌더니 내려왔다. 공작새는 부리를 부르르 털고 사람의 모습으로 변했다.

"광호야, 이제 발인 시작이야. 가 봐야지."

유달수가 말했다.

그는 이광호를 얼싸안고 옥상 문 쪽으로 발길을 옮겼다.

59.

라엘은 죽은 채로 발견되었다.

시간 능력자들의 은신처 앞에서 곤히 잠든 얼굴로 발견된 그는 마엘이 거둬서 집안으로 들였다. 장례식은 그 다음날 치러졌다.

그의 시신이 눕혀진 관이 구덩이 안으로 들어갔다.

시간 능력자들과 이광호, 그리고 가까운 초능력자들만 지켜보는 가운데 장례의식이 끝나가고 있었다.

"가족들이 없어서 더 서글프네."

나엘이 의식을 지켜보며 말했다.

"우리가 옆에 있었어도 외롭고 그랬을 거야. 이곳에서의 기억도 분명 그 녀석 가슴 속에는 남아 있었을 테니까."

다엘이 말했다.

"그는 되돌아간 것뿐이야."

마엘이 말했다.

"다시 처음처럼."

"맞아."

나엘이 마엘을 바라봤다.

둘은 씁쓸한 얼굴을 감추며 마주보고 웃었다.

"광호야."

김상현이 말했다.

시간 능력자들의 뒤편에서 말없이 흩뿌려지는 흙을 보고 있던 이광호가 고개를 돌렸다. 그의 꽉 쥔 주먹을 보면 어떤 생각을 하고 있을지 예상이 되었다.

"라엘은 다시 원래 있던 장소로 되돌아간 것뿐이야. 우리 모두는 다시 거기서 만나겠지. 별일이 없다면. 그래서 결국에는 변하지 않는 게 중요해. 라엘이 가엘과 한 편이 되지 않고 떠난 건 어떻게 보면 잘 된 일이야. 그렇게 생각하자."

김상현이 말했다.

그는 이광호의 옆으로 나란히 서있는 초능력자들을 바라봤다. 오세나, 박철민, 유화, 그리고 이제는 SPC의 사장이 된 유달수까지 함께 자리를 지키고 있었다. 유달수에게도 시간 능력자들의 상황을 솔직하게 일부 털어놓았다.

"그렇게 생각해야 편하겠지."

이광호가 말했다.

그의 말에 김상현이 말을 꺼내려다가 입을 다물었다.

관이 묻혔던 자리가 어느새 평평하게 흙이 올라와 있었다. 이제 그 자리에 봉긋한 묘가 생겨날 것이다. 봉분에 머리카락 같은 풀이 돋아날 쯤 모든 게 정리되지 않을까, 김상현은 속으로 생각했다.

그럴 듯한 묘가 생겨났다.

"고생 많았어. 라엘."

나엘이 흙으로 덮은 봉분을 보며 속삭였다.

묘비에 새겨진 라엘의 이름은 '최우영'이었다. 이광호는 그의 진짜 이름을 장례식장에서 알게 된 것에 죄책감을 느꼈다. 자신이 저지른 것이 아니어도 막지 못한 책임은 느낄 수밖에 없던 것이다.

장례식의 모든 절차가 끝나고 다 같이 술을 먹으러 가기로 했다.

이광호는 차를 타고 장소를 옮기면서 어머니에게 전화를 걸었다. 강지환 회장에게 부탁해서 어머니를 안전하게 보호해달라고 말했었다. 새 보금자리는 초능력자들이 번갈아가며 비밀리에 경비를 맡게 된다. 주거지를 옮길 필요가 없다는 어머니를 타일러서 아파트와 가까운 장소로 이사를 마쳤다.

"왜, 아들?"

이광호의 어머니 윤정아의 목소리가 수화기 밖으로 흘러나왔다. 그녀의 목소리를 듣자 그의 얼굴이 밝게 펴졌다.

"이사는 잘 마쳤어요?"

이광호가 짐짓 예의 바르게 물었다.

"그럼, 우리 아들이 마련해준 곳이라 그런지 시설도 아주 좋고. 여기 가구도 다 고급이고 왜 이렇게 좋니. 따로 구매할 필요가 없어 보이는데? 이삿짐센터에다가 말해서 다 버려달라고 하려다가 중요한 것들은 챙기자 싶어서 일단 오라고 했어."

윤정아가 말했다.

그녀는 신이 나 있는 것 같았다.

"그런데 이 좋은 곳에 나 혼자 살아야 한다니 조금 외로울 것 같네. 강아지라도 한 마리 키워 볼까?"

"종종 들를게요. 어머니. 바로 앞에 사니까. 시간 날 때마다 갈 수 있어요."

이광호가 말했다.

"그래라. 자주 오고 그래야지. 나는 너 하나만 보고 사는데. 이제 우리 아들 승진했다면서? 그런 대기업에 입사할 줄은 어떻게 알았겠니. 어릴 때부터 똑똑하다, 유별나다 했지만 말이야."

"효도할게요. 어머니. 조만간 용돈 부칠게요."

"아니야. 그런 건 와서 직접 줘야지."

"알겠어요. 지금 아는 사람들이랑 술 먹으러 가요. 끊을게요."

이광호가 말했다.

통화를 마치는데 어느새 목적지에 도착해 있었다.

60.

오랜만에 깊은 숙면을 취하고 일어났다. 바로 어제 잠이 들기 직전까지만 해도 온몸이 뻐근해서 잠드는 것이 쉽지 않았다. 그런데 자고 일어나보니 고통이 사라진 것은 물론이고 컨디션이 그 어느 때보다 좋았다. 그저 많은 시간이 흘렀기에 자연적으로 치유된 것일지도 모르지만, 오세나는 몸 상태가 좋은 것이 최근의 좋은 일 때문인 것으로 믿고 싶었다. 그 좋은 일이란 최근 '라엘의 죽음'과는 거리가 먼 지극히 개인적인 일이었다.

저도 모르게 콧노래가 흥얼거려진다. 그녀는 기지개를 켜고 일어나서 팔에 닿는 머리카락을 고무줄 끈으로 정리해 묶었다.

"오늘 일정이 뭐였지? 유화 언니는 어디 간다고 했던 것 같은데."

오세나는 거실로 나와서 유화를 찾았다. 그녀는 어디로 갔는지 보이지 않았고 함께 살게 된 설란조차 집에 없었다. 밤부터 오전까지의 메이드 일을 계속하기로 했으니 아마도 호텔에 있을 것으로 생각되었다.

"오빠도 나갔나 보네."

이광호가 혼자서 쓰고 있는 방. 밝은 색의 벽지에 깔끔하게 정리된 그의 물품들이 보였다. 누가 나서서 정리해주지 않아도 항상 청결하게 유지하고 있는 것처럼 느껴졌다. 흐트러짐 없이 개어져 침대 위편에 놓인 이불과 베개. 아직 며칠밖에 되지 않았지만, 그의 성격은 확실히 알았다. 그는 매일 아침마다 운동을 다녀와 샤워를 했고, 샤워를 마친 뒤에는 기분 좋은 향기가 나는 스킨로션을 챙겨 발랐다. 외모를 꾸미는 왁스나 스프레이 같은 것은 일체 사용하지 않았다.

남녀가 같이 살면 보통 실망하는 경우가 많은데 그는 오히려 반대였다. 꾸밈없이 착실하고 빈틈을 보이지 않으면서도, 가끔씩 어리숙한 표정도 보여주었다. 빈틈을 보이려 하지 않지만 그렇다고 인간미가 없지는 않은 사람이다. 행동은 완벽하게 하려는 것이 눈에 보이는데 가끔 뜻대로 잘 되지 않는 경우도 있는 것 같았다.

그의 귀여운 표정을 볼 때면 보통 기분이 좋아졌다. 그렇지만 가끔씩은 더없이 속상하게 만들 때도 있었다. 그는 단둘이 있을 때, 무슨 생각을 하는지 모를 붉어진 얼굴로 고개를 돌려버리거나, 반대로 심각하게 변해서는 가만히 눈을 마주쳐오기도 했다. 말 꺼내기를 주저하며 바라보는 그의 눈빛이 무엇을 말하고 싶어 하는지는 물론 알고 있었다. 그것이 기분 좋은 일이었고, 동시에 서글프게 만드는 유일한 고민이었다.

"나이나 그런 건 중요한 게 아닌데."

오세나가 이광호의 방을 빠져나오며 중얼거렸다. 그가 자신에게 호감을 보이면서도 주저하는 이유가 마음에 들지 않았다.

"그깟 나이 따위."

오세나는 다시 방으로 들어왔다. 유화와 함께 쓰고 있는 방. 방은 모두 합해서 5개였지만 나머지 한 방은 협의를 통해 비워두기로 결정했다. 방문을 항상 잠그고 시간 능력자들이 아파트에 출입하는 이동로로 사용하기로 했던 것이다.

"언니는 철민이 오빠랑 잘해보려나. 그렇게 티가 나는데 모를 리도 없고."

오세나가 중얼거렸다.

처음 이광호를 좋아하는 듯이 보였던 그녀는 다행스럽게도 이미 짝이 있었다. 지금은 박철민의 짝사랑처럼 보이지만 아무튼 한쪽이 사랑을 하는 이상, 유화의 마음이 어떻든 이광호와는 이뤄질 수 없을 것이다. 그러나 어서 빨리 박철민이 경쟁자를 채가야 마음이 편할 것 같았다.

"별 말이 없는 걸 보면 오늘은 쉬는 날인 것 같은데. 광호 오빠한테 놀러가 볼까?"

오세나는 옷장 앞에 섰다.

매번 드는 생각이지만 여자들의 옷장은 새로운 옷이 넘쳐나도, 예쁜 옷을 찾기란 쉽지가 않다. 뭘 입을까 고민하다가 그녀는 자주 입는 바지와 새로 산 티셔츠를 꺼내 입었다. 어차피 눈에 띄게 예쁜 옷이 없다면 실패할 리 없는 스타일이 무난했다.

"가방은 이걸 들고 갈까?"

나름대로 귀엽다고 생각한 가방을 꺼내 들었다.

하지만 오늘따라 그 가방이 자꾸만 학생 한정 가방처럼 느껴졌다. 학생들이 아니면 잘 찾지 않는 종류의 아이템으로 비쳐지는 것이다.

"남자들은 자기보다 어린 여자를 좋아한다고 들었는데."

오세나는 자신 없는 얼굴로 가방을 들고 밖으로 나왔다. 현관 앞에 부착된 전신거울을 보며 점검을 해볼 의향이었다.

"오, 괜찮네?"

가방은 거울 속에 비친 옷 스타일과 잘 어울렸다. 어려보이기는 해도 예쁘게 소화해낼 수 있을 것 같았다. 이 정도면 어차피 조금의 호감을 가지고 있는 그가 부담감 없이 바라볼 수 있을 것이다.

오세나는 작은 단화를 꺼내 신었다. 그리고 집을 나서기 전, 다시 거울을 바라봤다. 이제 곧 있으면 성인이 되는 그녀였다. 어쩐지 다른 때보다 성숙해 있는 것 같았다. 얼굴의 솜털은 여전한 것 같았지만 어딘가 묘하게 바뀌어 있었다. 딱히 특정해서 여기가 변했다고 말할 수 없는 변화였다. 그렇지만 이제 차츰 성인의 태가 나오려는 것 같아서, 그런 작은 변화마저도 기쁘고 고마웠다.

"가는 길에 토스트나 사갈까."

오세나는 목이 막힌 듯 토스트를 먹던 이광호를 떠올렸다.

"아니야, 이번엔 다른 걸 사가자."

그녀는 가방을 다시 걸치고 집을 나섰다.

그러나 그녀는 집을 나서는 순간에도 알지 못했다. 길어진 머리카락과 묘하게 바뀐 얼굴 윤곽, 더욱 풍만해진 가슴은 하룻밤 새에 이뤄질 수 있는 변화라고 보기 어려웠다.

에필로그

리버스.

이훈철과 사탄교의 신자들이 초능력자들을 모아서 만든 신흥 세력을 지칭하는 말이었다. 그들은 자신들을 가리켜 '깨어난 자들'이라고 칭했다. 능력을 되찾은 초능력자들에게 리버스는 초능력자의 탄생 배경을 일러주고 일원으로 맞이했다. 존재 이유에 따른 행동을 강압 없이 유도하며 세력을 넓혀왔던 것이다. 결과적으로 모든 이들이 리버스에 합류했다. 숙명을 거부하고자 나서는 자들을 모두 죽여서 비밀리에 처리한 것을 빼면, 거의 모든 이가 함께 하자고 결정해준 것이다.

"생각해보면 참 많은 것들이 잘못되어 있었습니다."

유성우가 말했다.

"힘 있는 자들은 눈치를 보면서 살고, 지혜로운 사람들은 권력을 피해서 살아 왔죠. 조금 착하다 싶은 사람들은 비겁하게 현실을 외면하기 바빴어요. 약자가 약자임을 모르고, 비겁한 자가 세상은 원래 이런 식으로 돌아간다며 자위하기 바쁠 때, 진실을 아는 우리 같은 자들만이 진정으로 이뤄야 할 미래를 준비해 왔습니다."

리버스의 모임 장소.

사탄교의 교단 아래에서 그들은 둥글게 둘러앉아 있었다. 고대 식 구조로 마련된 비밀 장소는 그들의 목적과 취지에 맞게 음습하고 어두웠다. 최소한의 조명만이 누르스름하게 교단을 밝히고 있었다.

"이제는 바뀔 때입니다."

유성우가 말했다.

그는 리버스 일원들을 바라보았다. 정예 일원 중에서도 몇 명만으로 추려내 이렇게 비밀 회담을 마련한 것이다. 이훈철과 유성우 자신을 포함해서, 12명 정도로 이루어진 정기적 모임 자리. 오늘의 안건은 그간의 일들을 정리하며 더욱 돈독하게 집단을 다지려는 의도가 들어 있었다.

유성우를 지켜보던 이훈철이 무겁게 입을 열었다.

"우리는 리버스의 일원으로서 숙명을 다하도록 한다."

리버스 일원들이 엷게 미소 지었다.

"말씀을 듣기에 앞서, 다 같이 잔을 들겠습니다."

유성우가 말했다.

"우리를 위해서."

"우리를 위해서."

유성우가 금빛 잔을 높이 들었다. 그가 말미를 틀고 모두가 따라서 잔을 들었다. 잔에 담긴 붉은 액체가 넘쳐 나올 듯 출렁거렸다.

이훈철은 잔속의 액체를 마시는 일원들을 응시했다. 힘의 우위로 주축이 되는 일원들만을 추려내 이런 모임을 계획한 것은, 유성우의 제안을 받아들인 데 있었다. 일원 중에서도 더욱 목표 의식이 뚜렷한 자들을 유성우가 직접 모았다. 거기에 불만도, 이견도 없었다.

"첫째, 우리는 여태까지 그랬던 것처럼 리버스의 존재를 감춘 채로, 눈치를 보며 사는 강자들을 수면 위로 끌어올릴 것이다."

이훈철이 말했다.

"둘째, 무엇이 중요하고, 어떤 것들이 잘못되어 있었는지 모든 이들에게 보여줄 것이다. 그들이 알아듣든 말든 우리의 두 번째 목표는 그것으로 한다."

누군가 웃음을 터뜨렸다.

이훈철은 그를 바라보았다. 그 누군가는 어린애처럼 신이 난 얼굴로 고개를 숙이며 조용히 웃고 있었다. 그는 진정으로 기뻐하는 것처럼 보였다.

아직 나이가 어린 소년의 외형을 띤 남자. 리버스의 일원 중에서도 가장 촉망 받는 인물이었다. 출신과 나이가 불명으로, 쓰고 있는 이름은 있지만 그것마저도 본명인지 확신할 수 없는 남자였다. 그럼에도 따져 묻지 않고 일원으로 받은 것은, 그의 능력도 한 몫을 했지만 굳이 모든 걸 확인할 필요가 없어서이기도 했다.

"죄송합니다. 말씀하시죠. 아버지."

그가 말했다.

소년의 이름은 로만. 출신지도 불분명하고 어디서 살아왔는지도 명확하지 않았다. 그는 번번이 관련된 질문에 대답을 했지만, 그때마다 모두 다른 지명을 말했다. 굳이 확실하게 알아야 할 필요는 없었기에 문제 삼는 이들은 없었다. 그저 말하기 싫어하는 것쯤으로 생각했다. 장난삼아 캐묻던 이들은 곧 그의 의사를 존중해 더는 물어보지 않았다.

이훈철은 로만의 얼굴 위로 이광호를 떠올렸다.

"그리고 셋째, 리버스의 뜻에 맞게 우리는 힘의 판도를 뒤바꾼다. 지하에 있던 사탄을 지상으로 올려 신으로 만들고, 지하를 지상으로, 천상은 지하로 끌어내릴 수 있도록 준비할 것이다. 모든 걸 정상적으로 흘러갈 수 있도록 우리가 바꾸는 것이다."

이훈철이 말했다.

"존명."

리버스의 일원들이 차례로 대답했다.

"그렇기에 우리는 신의 마지막 보루인 시간 능력자들을 차례로 제거하도록 한다."

이훈철이 금빛 잔을 뒤늦게 들어 올리며 말했다.

그가 잔속의 액체를 입 한 가득 마셨다. 비릿하고 알싸한 향기가 목을 적시며 내려갔다.

"그리고 또 한 가지 명심할 것."

이훈철이 칠흑처럼 어두워진 눈빛으로 잔을 내려놨다.

"아담을 지켜내라."

이훈철이 마지막 발언을 내뱉었다.

아담, 신의 창조물 중에서 가장 첫 번째로 신에게 거역한 인간. 리버스 일원들은 그 옛날 사탄이 그랬던 것처럼, 비릿하게 미소 지었다.

타임 워커 3 : 뫼비우스의 띠

초판 1쇄 2020년 7월 16일

지은이 | 문지솔

펴낸곳 | 문학여행
발행인 | 고민정
주　소 | 서울특별시 중구 을지로 14길 20, 5층 출판그룹 한국전자도서출판
홈페이지 | www.bookjour.com
이메일 | contact@bookjour.com
전　화 | 1600-2591
팩　스 | 0507-517-0001
원고투고 | edit@bookjour.com
출판등록 | 제2017-000048호

ISBN 979-11-88022-32-8 (04810)

잘못된 책은 구입처에서 바꿔드립니다.
저자와의 협의 하에 인지는 생략합니다.
책값은 본 책의 뒷표지 바코드 부분에 있습니다.

문학여행은 출판그룹 한국전자도서출판의 출판브랜드입니다.